A wizard of dragon

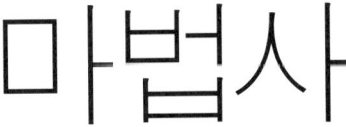

1

드래곤의 마법사 1

김종휘 판타지 장편 소설

초판 1쇄 찍은 날 § 2001년 9월 5일
초판 1쇄 펴낸 날 § 2001년 9월 15일

지은이 § 김종휘
펴낸이 § 서경석
펴낸곳 § 도서출판 청어람
편집 § 문혜영 · 허경란 · 박영주 · 김희정 · 권민정 · 장상수
마케팅 § 정필 · 강양원 · 김규진

등록번호 § 제1081-1-89호
등록일자 § 1999. 5. 31
어람번호 § 제1-0142호

주소 § 경기도 부천시 원미구 심곡1동 350-1 남성B/D 3F (우) 420-011
전화 § 032-656-4452 팩스 § 032-656-4453
e-mail § eoram99@chollian.net

ⓒ 김종휘, 2001

값 7,500원

ISBN 89-5505-151-4 (SET) / ISBN 89-5505-152-2 04810

김종휘 판타지 장편 소설

드래곤의

A wizard of dragon

마법사

1 해츨링과의 사랑 여행

도서출판
청어람

CONTENTS

등장 인물

루드웨어:현재 나이 추측 불가의 마법사. 자칭 드래곤의 마법사. 세계 제일의 마법사라 불리우는 사람으로 인간이 이룰 수 없다는 9서클을 넘어서 10서클을 마스터한 천재 마법사. 드래곤들의 세계에선 세계 최악의 마법사라 불리고 있는 그는 그린 드래곤의 해츨링 로노와르를 자신의 마누라로 삼겠다는 야심만만한 계획으로 '해츨링 보호법'을 무시한 채 로노와르를 여자 성체로 만들기 위해 함께 대륙을 여행한다.

로노와르:그린 드래곤의 해츨링으로 대륙의 유일한 에이션트 드래곤인 프로란스의 손녀. 드래곤들 사이에선 똑똑한 용재로 불리고 있지만 루드웨어 앞에만 서면 왠지 다소 멍청해지는 불운의 해츨링. 루드웨어에게 끌려 여자 성체가 되기 위해 대륙을 여행한다.

아이샤:아이네스의 여신관으로 교황의 명을 받고 여행을 하던 중 우연히 드래곤의 마법사인 루드웨어를 만나게 된다. 신전에서는 차분한 성격의 미소녀 신관으로 불리지만, 알고 보면 터프하고 돈을 밝히는 괴짜 여신관이다.

크샤스:마족들에게 쫓겨 북극의 험지로 이주한 주민들이 세운 북극령의 왕으로, 강한 검술과 흑마법을 지니고 있다. 그는 모든 종족의 평준을 외치는 종족 평준군을 만들어 대륙을 통일하려는 야심을 가지고 계획을 펼친다.

사이야:크샤스의 여동생으로 열 살의 어린 소녀. 오빠에게 어리광 피우기 좋아하는 소녀이다.

시스:크샤스에게 고용된 일류 용병으로 할버드를 사용하는 중년의 전사. 크샤스의 명령으로 드래곤을 잡으러 다니다가 후에 루드웨어의 일행을 만나게 된다.

시안:크샤스에게 고용된 다크 엘프 용병으로, 도둑질을 주업으로 삼는다. 모든 종류의 정령을 부리지만 불의 정령에 한해서는 정령왕까지 부릴 수 있는 상당한 실력의 정령사이다.

파르가:크샤스에게 고용된 일류 용병으로 투 핸디드 소드를 사용하는 이십 대 후반의 청년 전사. 성격이 급하기는 하지만 의외로 자상한 면도 있는 사람이다.

크레이드:크샤스에게 고용된 일류 용병으로 이십 대 후반의 청년. 파라딘의 직업을 가지고 있긴 하지만 교단의 명령을 받지 않는 자유 파라딘으로 상당한 실력을 소유하고 있다. 다크 엘프 시안을 좋아하지만 매번 딱지를 맞는 불운한 청년이다.

라디안:크샤스에게 고용된 마법사로 열다섯 정도의 어린 나이지만 현재 크샤스의 개인 비밀 조직인 오호사의 다섯 간부 중 한 명. 대륙 마법 길드 공인 7서클의 마스터의 마도사 직함을 가지고 있는 천재 마법사이지만 마음이 여리고 겁이 많은 성격이다.

작가 서문

거대한 날개를 휘저으며 하늘에서 불을 뿜는 드래곤의 모습, 고대의 언어를 내뱉으며 마법을 사용하는 마법사의 모습, 검을 휘두르며 악의 마물과 싸우는 용사의 모습과 함께 가냘프면서도 때로는 강한 모습을 보여주는 엘프 여전사의 화려한 모습.

처음 내가 판타지 문학을 접한 것은 미즈노 료의 작품인 『로도스도전기』로 우리 나라에서는 『마계마인전』이라 나온 작품이다.

환상의 세계, 그 동화 같은 세계에 빠져들며 판타지 문학에 흥미를 느끼게 되었고, 그와 같은 세계를 만들어보고자 고심하며 많은 단편 텍스트들을 써왔었다.

중세의 기사들의 기사도를 중심으로 한 인간의 고뇌와 전쟁의 한가운데에서 벌어지는 두 연인의 따뜻한 사랑 이야기, 죽음의 두려움으로 벌어지는 인간의 한없는 욕망에 대한 단편들.

드래곤의 마법사는 나의 첫 작품이지만 처음 내가 만들고자 했던 단편 텍스트의 설정들이 고스란히 들어가 있다.

악과 선에 대한 불확실한 경계와 역사가 설명하는 영웅의 이면을 말하고자 함과 동시에 작지만 인간의 애정 역시 담고자 했다.

다만 그 당시의 단편 텍스트는 진지한 내용을 담아보고자 했다면, 드래곤의 마법사는 흥미를 그 주로 하는 작품으로 쓰고자 했다.

재미있게, 그리고 느낄 수 있게 해야만이 읽는 이를 텍스트 안으로 빠지게 할 수 있으며 텍스트를 이해할 수 있다고 생각했기 때문이다.

이렇게 많은 의미를 부여하고자 했기 때문에 조금은 난잡한 듯한 스토리

구성이 되어버렸고, 머리 속에 들어 있는 단편 텍스트의 기억을 하나씩 하나씩 더듬어 나가는 방식으로 쓴 탓에 설정조차 제대로 잡아주지 못했지만, 이 작품에는 나의 애정이 담겨져 있다.

인간이면서도 인간 같지 않은 마법사 루드웨어와 드래곤이지만 드래곤 같지 않은 로노와르. 이 두 주인공을 통해, 오직 바른 것만을 고집하는 세상과는 동떨어진 모습으로 살아가면서도 자신이 해야 할 일은 반드시 하는 그런 인물, 바람과 같이 흐르는 그런 인간을 꿈꾸며 존재하는 그런 이가 되게 하고 싶은 나의 바램이 담겨 있기 때문이다.

2001년 어느 날.

프롤로그

　세계 최고의 마법사 루드웨어의 유일한 드래곤 친구 해츨링 로노와르에게.

　어이! 덜 자란 그린 드래곤 로노와르, 잘 지내는가?

　언제나처럼 자네의 어머니라는 그린 드래곤 헤이샤에게 혼나면서 드래곤 역사집을 보고 있는 건 아니겠지.

　이젠 적당히 말썽 피우고 해츨링으로서의 책무 좀 다하게나. 가뜩이나 쪽수도 딸리는 드래곤 일족이 자네 때문에 신경 쇠약에 걸려 더 줄면 어떻게 하나? 적당히 부모님 말씀이나 들으면서 살라고.

　아! 갑자기 웬 편지냐구?

　별거 아니야. 자네도 알다시피 내가 인간들의 나라 중 가장 강국이라는 로아냐드 제국의 제국 궁정 마법사로 있지 않은가?

　한데 이놈의 황제라는 녀석이 반짝반짝하는 드래곤 스케일 하나 얻고 싶다고 어디 가서 드래곤이나 한 마리 잡아오라고 하지 않겠는가?

자네라면 어떻게 하겠는가?

뭐, 꿈이라도 꾸고 있다면 모를까? 해츨링인 자네로선 참을 수 없는 노릇이 아니던가.

해서, 해츨링의 친구이자 인간의 천적인 이 루드웨어님이 말도 안 되는 소리를 지껄이는 황제의 바지 쪼가리를 좀 태워줬는데, 이 빌어 먹을 놈의 황제가 나에게 공개 수배령을 내려서 지금 목이 왔다 갔다 한다네. 그래서 하는 말인데…

가까운 시일 안에 자네의 드래곤 레어 안에서 시간 좀 보내야 하겠 네. 물론 나의 친구이자 그린 드래곤의 유일한 해츨링인 자네가 거절 을 하진 않을 것이란 것을 잘 알고 있지만, 자네의 어머니인 헤이샤에 게 조금 눈치가 보여서 말이야. 그럼 가까운 시일에 보도록 하세.

추신:갈 때 재밌는 선물을 준비했으니 프로란스 할머니하고 이스타 나스님에게 전하게나.

ㅡ해츨링 로노와르의 유일한 인간 친구 루드웨어로부터.

"이 빌어먹을 자식!!"

그린 드래곤 해츨링 로노와르의 드래곤 레어가 있는 사라토 산맥은 이날, 일말의 징조도 없이 들이닥친 대지진에, 살아 숨 쉬는 모든 생 물이 두려움에 몸을 떨었다고 한다.

1장 드래곤의 골칫거리 마법사 등장

"뭐 땜시 소집이야."

"몰라. 나도 로그런 대륙에서 한참 꿈꾸고 있다가 갑자기 드래곤 로드의 소집이 있다고 해서 온 거니까."

"아! 올해 들어서만 3번째 소집이야. 이번 해만큼 소집이 많은 해는 드물 거야."

"저번에 있었던 소집이 아직 세 달도 다 안 지났는데. 이렇게 부지런한 거 보면 난 아마 드래곤이 아닐까 싶다."

"그러게 말야."

그레이스 대륙에서 가장 거대하다고 알려져 있는 제일의 산맥 하그레스. 이곳은 그 커다란 산맥의 위용과 더불어 한 가지 알려져 있는 사실이 더 있었는데, 그것은 바로 대륙 전체에서 가장 많은 드래곤 레어의 숫자가 존재하는 산맥이라는 것이다. 이곳에는 대륙의 모든 드래곤들의 수장이라는 드래곤 로드 골드 드래곤 이스타나스와 유일한 에이션트 드래곤인 그린 드래곤 프로란스가 있는 곳이기도 했다. 이런 이유로 이곳 하그레스 산맥은 대륙에서 유일하게 인간들의 싸움이 없는 유일한 국경 지대로 남아 있을 수 있었지만 이 일 년 간 이 산맥은 한시도 조용할 날이 없었다.

나태하기 그지없는 드래곤들. 그 드래곤에게 백 년에 한 번 있을까 말까 한 로드의 드래곤 소집이 이 일 년에만 세 번이나 있었다는 것은 드래곤의 역사상 전후무후한 일이었기 때문이다.

드래곤 로드의 레어 안에는 인간이나 인간형의 몬스터들로 폴리모프한 백여 명(?)의 드래곤들이 여기저기 모여, 단상에 서 있는 금발의 중년인 모습에 단출한 여행복을 하고 있는 드래곤 로드와 초록색 머리에 계절에 맞지 않게 조금은 얇은 녹색의 엘프 옷을 입고 있는 여인의 모습으로 폴리모프하고 있는 에이션트 드래곤인 프로란스를 쳐다보고 있었다.

"이스타나스, 이번엔 또 무슨 일인가?"

붉은 머리의 걸출한 외모를 가진 남자. 그런 모습에 어울리지 않게 투박한 모양의 언밸런스한 체인메일과 투 핸디드 소드를 들고 용병 전사의 모습으로 폴리모프하고 있는 레드 드래곤의 수장인 하그가 불만스러운 얼굴을 하며 물었다. 하그와 이스타나스는 거의 비슷한 나이로 평상시에는 둘도 없는 친한 친구로 지내지만, 이 시간 평소에도 성격이 급하기로 소문난 하그는 분을 참지 못하는 모습으로 친구인 드래곤 로드 이스타나스에게 따지고 있었다.

사실 그의 이런 모습은 어쩌면 당연한 것인지도 몰랐다.

그는 백 년 간의 유희를 마치고 잠을 자기 위해 레어 안에서 여러 가지 준비를 하고 있었는데 드래곤 로드의 소집이라는 것을 듣게 된 것이다.

화를 참으며 하던 일을 멈춘 하그는 주먹을 쥐며 하그레스까지 날아온 것이다.

성질 급한 레드 드래곤답게 드래곤 로드에게서 별로 중요하지도 않은 일에 소집을 했단 말이 튀어나올 시에는 가차없이 화염의 브레스라도 뿜을 기세로 눈을 부라리고 있었고, 그런 모습에 드래곤 로드 이스타나스는 아무리 친구라도 화낼 만도 하지만 하그의 기분을 이해하는 듯 한숨을 쉬며 말했다.

"나라고 귀찮은 소집을 하고 싶어서 했겠는가? 자네도 알다시피 이번 해에만 소집을 두 번이나 했는데."

"딴 말 필요없어! 소집을 한 이유나 말하라고!!"

그 말에 드래곤 로드는 고개를 더 숙이며 힘없이 말했다. 그가 소집을 한 이유를 밝혔을 때 하그에게서 나올 행동을 이미 알고 있었기 때문이었다.

"미안하네만 이번에도 저번 두 번과 같은 이유네."

"뭐야!"

드래곤 로드인 이스타나스의 말이 끝나자마자 레드 드래곤 하그는 당장이라도 레어를 뒤집어엎을 모양을 했는데, 이러한 모습은 다른 드래곤 역시 과히 다르지는 않았다. 어떤 이는 애꿎은 벽에 주먹질을 하고 있었고, 어떤 이는 분노를 참지 못하고 온몸을 떨고 있었는데 대부분의 드래곤들은 무엇인가에 지친 듯한지 탄식을 하며 자리에 주저앉고 말았다.

"젠장."

"어쩐지, 요 근래 세 달 동안 조용하더라니만."

"그놈에게 조용히 있으라고 하는 것은 기적과 같은 일이지."

"아! 어느 시대의 드래곤들이 지금 우리와 같은 고민에 싸여 있겠는가."

레어 안의 드래곤들은 모두 자신이 드래곤인 것을 후회하는 듯한 표정을 지었고 성질 급한 레드 드래곤의 일족들은 화가 머리끝까지 난 채 동굴 벽을 부수며 흥분을 삭이고 있었다.

"이 빌어먹을 인간 놈."

하그는 분노를 참을 수가 없는지 온몸을 부르르 떨고 있다가 주변에 있는 다른 드래곤들을 밀치며 등에 매여져 있던 투 핸디드 소드를 뽑아 들고 소리쳤다.

"내가 죽든지 그놈이 죽든지 결정을 보겠다. 이스타나스! 놈의 위치가 어딘가!!"

평소에는 성질 급한 그가 날뛸 성싶으면 주변에 있던 드래곤들이 말리기라도 했지만 지금은 하그가 당장 뛰쳐나갈 기세를 보임에도 다른 드래곤들은 당연한 일이라는 듯이 고개를 끄덕일 뿐 말릴 생각도 하지 않고 있었다. 그런 모습에 당황한 이스타나스가 손을 내저으며 말했다.

"그만두게나. 아직 그놈이 우리에게 직접적으로 저지른 일은 아무것도 없으니까."

이스타나스의 말에 하그는 어리둥절한 표정을 지으며 말했다. 놈이 일을 저지르지 않았는데 왜 소집을 했단 말인가?

"그럼 왜 소집을 한 건데?"

하그의 물음에 이스타나스는 준비라도 했다는 듯이 마법으로 지도를 이공간에서 꺼낸 뒤 자신의 서 있는 레어의 단상 쪽 벽에 붙였다.

그가 꺼낸 지도는 사라토 산맥 주변의 지도였다.

"사라토 산맥의 지도가 아닙니까?"

지혜의 골드 드래곤 중에서 가장 뛰어나 차대의 드래곤 로드로 지목받고 있는 780살의 드래곤 하베이스가 로드가 꺼낸 지도를 보곤 말했다.

"맞네. 이곳은 일족의 유일한 해츨링인 로노와르의 레어가 있는 곳이기도 하지."

"그런데 그곳의 지도는 왜 보여주는 겁니까?"

한 드래곤의 물음이 들리자 이스타나스는 헛기침을 잠시 하고는 막대기를 들어 사라토 산맥의 남쪽에 위치한 평야을 가리키며 말했다.

"현재 사라토 산맥 남쪽에 위치한 이로안 평야을 중심으로 군사들이 북쪽을 향해 연합진을 치고 있지요. 그들에 대해서 말하면 현재 인간의 나라 중 가장 큰 제국으로 알려져 있는 로아냐드 제국의 기사단은 물론 마족 최강의 군대라는 암흑의 황태자 루덴스의 마족군, 서엘프 족의 정령군, 사라토 산맥 남부에 있는 마법 왕국의 마법 병단 등으로 그 숫자가 무려 15만 명에 이르고 있다고 합니다."

그 말을 듣자 드래곤들은 멍한 표정이 되어버렸다.

물론 인간의 군대는 15만이든 100만이든 드래곤들에게는 별문제가 될 것은 아니지만 상대는 인간뿐이 아닌 것이다.

나머지는 다 제쳐 두고라도 마령의 지배자인 암흑의 황태자 루덴스는 마계에서 내세운 지상계의 마족의 지배자로 그가 이끄는 마족군은 절대 협상이란 것을 모르는 군대였기 때문이다.

또 마족 자체는 다른 세력을 상당히 배척하는 존재인지라 혼자 싸우다 멸망할지라도 결코 다른 종족과 연합 같은 것은 하지 않는다. 그런 마족군이 인간은 물론 엘프들과 마법 왕국의 마법사들과 연합해 진을 치고 있다는 것은 놀라운 일이 아닐 수 없었던 것이다.

"재밌군."

자비의 드래곤이라는 실버 드래곤 라인하드는 드래곤 로드의 설명을 듣고는 무슨 생각이 났는지 빙그레 웃으며 말했다.

"라인하드, 뭐 짚이는 거라도 있는가?"

영문을 모르고 있는 하그가 묻자 라인하드는 손을 내저으며 말했다.

"내가 뭐 아는 거라도 있겠는가, 나 역시 유희 중에 날아온 처진데."

"근데 왜 웃는데."

"별거 아니야. 난 세상이 창조되고 멸망하는 날까지 마족이 다른 세력과 연합하는 짓 같은 것은 절대로 없을 거라고 생각해 왔는데, 그 녀석 하나 때문에 그 프라이드가 높기로 유명한 마족까지 연합해서 한 사람의 적을 상대하게 되니 우습지 않겠는가."

그 말에 하그 역시 고개를 끄덕이며 말했다.

"자네의 말에 동감이네. 나 역시 지금 당장이라도 저 연합군의 진형으로 날아가 그 녀석을 처리하고 싶으니까."

"하하하, 그렇게 되면 정말 전 종족이 연합하게 되는구만."

하그의 말이 끝나자 되받는 소리에 드래곤 레어 안에서는 웃음소리가 여기저기서 터져 나왔다.

"자, 조용히 좀 해주시오."

이스타나스는 좌중은 진정시킨 뒤 헛기침을 한번 하고 말했다.

"인간들의 군대라면 별문제가 없겠지만, 이번에는 녀석이 마족과 엘프까지 끌어들이는 바람에 어쩔 수 없이 소집을 강행할 수밖에 없었습니다."

"도대체 이번에는 뭔 일을 저지른 겁니까?"

까만 머리의 드워프 모습을 하고 있는 블랙 드래곤 한스가 궁금한 듯이 묻자, 이스타나스는 근엄한 표정을 짓고 있는 것을 포기하고는 일그러진 얼굴로 한숨을 쉬며 말했다.

"드래곤이 이렇게 한숨을 쉴 때가 많다니… 간단히 보고 식으로 말하면, 로아냐드 황성 중 북 성인 황태자궁 붕괴, 로아냐드 제1재정 창고 붕괴, 서엘프 족 숲 중 상실의 숲 소실, 루데스의 북부 마성 중 3개 성 붕괴, 하스타드 마법 탑 붕괴 등이 있습니다. 물론 언제나와 같이 인명 손실은 하나도 없으나 황금으로 친다면 약 14조 골드 가량의 손실과 150년 정도의 시간적 손실이 있습니다."

에이션트 드래곤의 브레스라면 물론 충분히 가능한 수치이기는 하지만 한 명의 인간이 일으킨 재정 손실치고는 엄청난 수치의 손실인지라 드래곤들은 이스타나스의 설명을 들으면서도 좀처럼 믿기 어렵다는 표정을 지으며 아무도 말을 꺼내지 못하고 있었다.

"녀석은 원래 드래곤으로 태어나야 하는데 잘못 태어난 것이 아닐까?"

"아니야. 드래곤으로도 평가할 수 없다고. 아마 녀석은 종족을 따로 분리해야 할걸? 녀석이야말로 지상 최강의 종족일 테니까."

"인간이 아닌 게지, 인간이 아니야."

여기저기 수군거리는 소리가 터져 나오자 레어 안은 순식간에 수군거리는 소리로 가득 차버렸다.

"자, 조용히 하세요."

이스타나스는 막대기로 단상을 몇 번 쳐 좌중의 눈을 집중시키고는 헛기침을 한 후 말했다.

"드래곤의 맹약상 언제나와 같이 녀석의 뒤처리는 우리 드래곤이 해결해야 하는데 만만치 않은 재정의 손실을 입은 녀석들인지라 조용히 처리하기가 힘들 것 같습니다."

"모든 드래곤들의 레어 안의 황금을 다 턴다고 해도 14조 골드가 될까?"

"말도 안 되지. 레어 안의 황금을 녀석의 뒤처리로 써야 한다니… 난 한푼도 못 내!"

"자네 말에 나도 동감이네."

"그냥 확 쓸어버리는 건 어때?"

"인간들이야 그렇다쳐도 마족들은 어떻게 할 텐가? 마신 라스타의 대리자라는 루덴스만 해도 우리 드래곤의 힘과 버금가는 능력을 지니고 있는데, 또 루덴스를 죽이면 뒤에 있는 마왕이 가만히 있을 것 같은가?"

"문제야, 문제……."

여기저기 문제의 해결에 대한 대책이 터져 나왔지만 천성이 느려 터져 버린 드래곤인지라 몸으로 부딪치는 일 외의 생각은 그리 탐탁지 않았다.

"녀석을 모른 체하면 안 되나?"

"드래곤의 신용이 걸려 있어."

"최강의 종족이라는 드래곤이 약속을 깨뜨릴 수도 없고 큰일이군."

사실 문제의 발단은 거기에 있었다. 녀석은 과거에 일족의 해츨링 로노와르를 구해준 후 이미 죽은 에이션트 골드 드래곤인 카뮤에게서 한 가지 약속을 받았다. 그것은 바로 그 자신이 수명을 다할 때까지 저질러 놓은 일을 처리 좀 해달라고 한 것이었다. 인간의 문제야 무슨 큰일이 있을까 하고 카뮤는 드래곤 전 종족의 도움을 약속했는데, 이건 어느 정도가 아니었다.

처음의 몇 가지 일들은 카뮤가 혼자 처리한다고 했지만 점점 그 도가 심해지자 그는 다른 드래곤들에 부탁을 할 수밖에 없었고, 시간이 지남에 따라 모든 드래곤들이 그의 뒤처리에 골머리를 앓아야 했던 것이다. 오죽하면 수명이 500살은 더 남은 카뮤는 과로사하고, 남은 드래곤들은 카뮤가 약속해 놓은 일을 처리하느라 이십 년 간 유희를 그만두어야 했겠는가.

"허참, 뭐가 문젭니까?"

문제도 아니다라는 소리에 이스타나스의 시선은 물론 모든 드래곤의 시선이 그쪽으로 쏠렸는데, 당사자의 얼굴을 확인한 순간 이스타나스의 얼굴이 일그러지며 분노에 찬 목소리로 소리쳤다.

"네 이놈, 루드웨어!!"

루드웨어. 인간은 물론 마족과 드래곤의 모든 종족 중에서 최강의 마법을 구사하는 자로 신과 인간의 사이에서 태어났다는 허무맹랑한 소문이 돌 만큼 그의 힘은 타의 추종을 불허하고 있었다.

물론 많은 인간들에게는 그의 능력이 알려져 있지 않은 상태였다. 그가 저지른 수많은 악행들은 모두 드래곤들에게 넘어갔고, 현재의 드래곤들은 역사상 가장 악한 종족이란 오명을 쓰고 있다.

자신이 지닌 막강한 마의 힘으로 세상을 구원한다고 헛소리는 치고 다니지만, 사실 세상의 구원에 관한 일은 눈곱만치도 한 적이 없을 뿐 아니라 세상을 멸망시키려 하는 데 얼마간의 도움을 주었다고 하는 것이 맞는 말일 수도 있었다.

"어떻게 왔느냐? 네놈은 사라토 산맥에서 종족 연합 군대와 대치하고 있을 텐데?"

에이션트 그린 드래곤인 프로란스가 말하자 루드웨어는 미소를 지으며 말했다.

"앉아서 옹기종기 모여 있는 연합군 구경을 하고 있는데, 여기저기서 많이 들어보던 드래곤의 날갯짓 소리가 들리더군요. 한두 마리가 아닌지라 또 소집인가 하고 로드의 레어 안으로 텔레포트했는데, 아니나 다를까 모두 모여 있군요. 도대체 무슨 문젠데 소집입니까?"

당사자인 루드웨어의 미소 띤 물음에 모든 드래곤들의 얼굴이 찡그려지고 하그를 비롯한 일곱 명의 레드 드래곤들이 검을 뽑아 들고 루드웨어에게 달려가려고 하는 것을 다른 드래곤들이 간신히 막고 있는 형국이 되어버렸다.

막고는 싶지 않았지만 어찌 되었든 맹약의 주인공이기 때문에 그를 죽일 시에는 용언을 잃어야 하기 때문이다.

"도대체 네놈이 저지른 일이 얼마나 큰 일인지 알고 있느냐?! 또 싸우려면 딴 데 가서나 놀 것이지, 왜 일족의 유일한 해츨링의 레어 앞에서 쌈질을 하려 하는가?!"

프로란스의 말에 루드웨어는 별일 아니라는 듯이 근처에 있는 바위에 앉아 주머니에서 빵을 꺼내 들고는 말했다.

"그깟 건물 몇 채 부서뜨린 게 대숩니까? 또 싸우다 보니 로노와르의 레어까지 이른 것을 낸들 어떡합니까?"

루드웨어의 말이 끝난 순간 엄청난 굉음과 함께 레어의 한쪽 벽이 함몰되면서 누군가의 외침이 터져 나왔다.

"건물도 건물 나름이지!!"

이스타나스는 더 이상 참을 수 없었는지 용언 마법을 써 레어의 벽을 허물어 버렸는데, 일을 저지르고 난 후 레어 안이 먼지로 가득 차 버리자 프로란스는 얼굴을 찡그리는 표정을 보였고, 이스타나스는 자신의 잘못을 느끼곤 미안한 마음에 고개를 숙이고 말았다.

"드래곤 로드라는 놈이 성질을 못 참기는… 쯧쯧."

혀를 차던 프로란스는 다시 루드웨어에게 고개를 돌리고 말했다.

"그래, 이번 일을 어떻게 할 게냐?"

프로란스의 말에 루드웨어는 갑자기 웃음을 터뜨리며 말했다.

"하하하하, 너무 걱정하지 마십시오. 사실 여러 드래곤들의 얼굴을 한번 볼 겸 해서 간단한 일루전 마법을 사용한 거니까요."

"일루전?"

루드웨어의 말에 프로란스는 알 수 없는 듯한 표정을 지으며 되물었다.

"예. 얼굴도 보고 싶고, 요즘 들어 최강의 종족이라는 드래곤들이 갱년기에 빠져 삶의 의욕을 상실한 듯이 보이길래(물론 드래곤들이 삶의 의욕을 상실한 듯하게 보이는 것은 모두 루드웨어의 활약 때문이다) 선물을 좀 준비했죠. 로노와르에게 보낸 편지에 썼을 텐데요?"

"그건 읽었네만, 일루전이라니?"

"대충 9서클 전체 마법의 변형입니다."

"9서클?"

"예. 전체적인 일루전을 건 거죠. 스케일을 조금 크게 했을까요? 아마 대륙의 모든 국가에서 똑같은 환상을 겪고 있을 겁니다."

루드웨어의 말이 끝나자 프로란스는 고개를 끄덕이며 말했다.

"로아냐드와 마령들에게 있었던 건물 붕괴는 환상이란 말이군."

"예."

말도 안 되는 소리였다. 세상에 존재하고 있는 어떤 클래스의 마법으로 대륙 전체의 생물들을 속일 수 있단 말인가?

이것은 클래스의 문제가 아니라 마력의 문제 면에서도 불가능한 일이었다.

"자네는 그것이 말이 된다고 생각하는가?"

"물론 말이 안 되죠."

루드웨어의 말에 프로란스는 안색을 굳히며 말했다.

"그럼 왜 환상이라 했는가?"

"글쎄요. 환상이라고 생각하는 게 쉬운 일이 아닐까요?"

"네 이놈!!"

프로란스도 이젠 이성을 잃었는지 자리에서 일어나 폴리모프를 풀었는데, 에이션트 드래곤의 몸집이 레어 안에 차자 소집 레어 안은 아수라장이 되어버렸다.

다른 드래곤의 비명 소리에 놀란 프로란스는 깜짝 놀라 다시 인간형으로 폴리모프했지만 이미 일은 저지르고 난 후라 여기저기 뼈 부러진 드래곤의 신음 소리가 울려 퍼지고 있었다.

"이런……."

프로란스가 미안한 표정으로 여기저기를 둘러보자 그것을 보고 있던 루드웨어는 웃음을 지으며 말했다.

"어차피 드래곤이야 마법 생물이 아닙니까? 금방 고쳐지니 너무 미안해하지 마세요."

"이놈이!!"

프로란스가 노려보자 루드웨어는 손으로 눈을 막는 척하며 말했다.

"아! 그런 눈으로 쳐다보지 마십시오. 사실 건물의 붕괴가 환상이 아니라 이로얀 평야에 주둔하고 있는 연합군만이 마법으로 만들어진 환상입니다."

"뭐야?!"

엄밀히 말하면 연합군을 마법을 통한 환상으로 만들어 적을 속이는 것은 가능하다. 하지만 에이션트 급인 프로란스는 연합군의 모습에서 마법의 흔적을 찾아볼 수가 없었기 때문에 의아해한 것이다.

"말도 안 돼! 블루 드래곤 래미언스와 다른 드래곤들이 전해준 소식은 그럼 또 뭐란 말인가?"

"아! 래미언스. 깜빡 잊었네요. 몇몇 드래곤들에게 심심해서 잠시 환각 마법을 걸었는데 풀지 않고 그냥 내버려 뒀군요."

그 말을 한 루드웨어는 쑥스러운 듯이 머리를 긁적였는데 인간의 일루션에 당해 버린 래미언스와 소식을 전한 드래곤들은 레어 안의 피해자 드래곤들의 따가운 눈총을 받으며 고개를 들지 못하고 있었다.

하지만 어떡하랴? 보통 성이 드래곤보다 높은 서클의 마법사인 루드웨어가 건 일루션을 어떻게 버틸 수 있겠는가.

"한데 어찌 내가 네놈이 말한 환각의 군대에 속을 수 있는가? 네 녀석이 아무리 뛰어나다 해도 에이션트 드래곤인 나의 눈을 속일 수는 없을 터. 난 그 군대에게서 어떠한 일루션의 마법도 느끼지 못했단 말이다!"

"실사일 수도 일루션일 수도 있으니까요."

그 순간 소집 레어 안에 엄청난 크기의 외눈 거인들이 밀어닥치기 시작했다. 그것을 본 드래곤들은 마법을 사용해 외눈 거인들을 공격하기 시작했다.

사실 폴리모프를 풀고 브레스로 공격하는 것이 간단했으나 방금 전 프로란스의 몸에 깔린 적이 있는지라 아무도 감히 폴리모프를 풀지 못하고 있었다.

수많은 마법에 난사당한 외눈 거인들은 피를 흘리며 쓰러지기 시작했는데 어느 순간 드래곤들의 눈에서 외눈 거인들의 모습이 순식간에 사라지고 말았다.

"뭐야?"

"텔레포트한 거야?"

"아까 그놈들은 어디서 나온 거야!!"

여기저기 어리둥절해하는 드래곤의 목소리가 터져 나오자 루드웨어는 큰 소리로 웃고는 말했다.

"하하하하, 이게 바로 제가 여러분들을 속인 일루션이지요. 이것이 신들의 거울이라 불리는 레비스의 힘입니다."

"레비스?"

창세기. 신들은 지상에 존재하고 있는 종족을 만들던 중 자신들이 만들고 있는 종족의 모습과 크기를 확립할 필요를 느끼고 하나의 거울을 만들었는데 그것이 레비스였다.

레비스는 자신이 생각하고 있는 바를 마력을 통해 거울에 입력하면 그 형상이 나타날 수 있게 만들어졌는데, 그 형상의 존재가 실제와 같은 힘과 모습을 지녔기 때문에 모든 종족을 만들고 난 후 존재하지 않는 미궁에 거울을 보관하였다.

"신들의 거울 레비스는 존재하지 않는 미궁에 보관되어 있을 텐데?"

존재하지 않는 미궁, 말 그대로 존재하지 않는 미궁으로 신들의 보물 창고라 불리는 이 미궁은 현실의 세계와 차원의 세계, 그 어느 곳에도 존재하지 않지만 존재하고 있는 미궁이었다.

"예. 이 거울은 존재하지 않는 미궁에서 꺼내온 겁니다. 드래곤들의 선물로요."

2장 어린이들의 미궁

"그래, 자네가 말하는 존재하지 않는 미궁을 어떻게 찾아냈는가?"

"별거 아닙니다. 페어리들의 이야기를 듣고 좀 힌트를 얻었지요."

"페어리?"

프로란스가 의문스러운 얼굴을 보이자 그는 자랑스럽다는 듯이 자신의 머리를 손가락으로 톡톡 치며 말했다.

"다 저의 뛰어난 머리가 이루어낸 성과라고 할 수 있죠."

그의 말이 끝나는 순간 루드웨어의 모습은 갑자기 사라졌는데 에이션트 드래곤이라는 프로란스조차 그의 흔적을 찾을 수가 없었다.

마력조차 감지되지 않기에 이상하게 생각되었지만 조금 시간이 지나자 에이션트 급의 프로란스는 차원의 벽을 돌아보면서 루드웨어가 그곳에 몸을 숨긴 것임을 알 수 있었다.

"이것이 바로 페어리들의 공간이지요."

루드웨어의 목소리가 바위에서 나오자 프로란스는 의아해하지 않을 수 없었다.

"무슨 마법인데 나조차도 마력을 감지할 수 없는가?"

프로란스가 말하자 루드웨어는 다시 모습을 드러내며 말했다.

"시각의 반대 편입니다."

"시각의 반대 편?"

루드웨어는 자신의 손에 들고 있던 빵 조각을 보이며 손가락으로 프로란스가 보고 있는 한쪽 면을 가리켰다.

"신의 창조물 중 가장 심오한 것이 바로 빛이죠. 지금 보이는 빵은 빛이 없다면 보일 수가 없는 것 아닙니까?"

"물론이지."

"하지만 이쪽 뒤편은 사물에 가려져 빛이 비춘다고 해도 보이지 않지 않습니까?"

"그렇지."

"바로 이쪽이 페어리들이 사는 공간입니다."

그 말에 프로란스는 조금 알겠다는 듯이 고개를 끄덕이며 말했다.

"그건 알겠네만 보이지 않는 미궁이란 그럼 무엇인가? 만약 페어리들의 공간이라면 지금까지 페어리들이 알지 못할 수가 없지 않은가?"

"보이는 것이 전부가 아니라는 거죠."

"보이는 것이 전부가 아니라면?"

프로란스의 물음에 루드웨어는 다시 빵 조각을 들고는 말했다.

"이것이 빵 조각으로 보이지만 사실……."

순간 루드웨어의 손에는 빵 조각이 사라지고 하나의 닭다리가 들려져 있었다.

"닭다리랍니다."

루드웨어의 마술 같은 솜씨를 보고 있던 드래곤은 모두들 무슨 현상인지 고심하기 시작했다.

"저놈이 잠시 안 보이더니만 빵 조각을 닭다리로 바꾸는 마법을 만들어냈군."

"그게 아니야. 저건 원래 빵 조각인데 우리가 보는 게 닭다리로 보이는 환상을 걸어놓은 거라고."

"웃기는 소리! 저건 원래 닭다린데 루드웨어가 잠시 빵 조각으로 보이게 한 거라고."

"하하하, 웃기는군."

한 드래곤의 웃음소리에 나머지 세 드래곤이 왜 웃느냐는 표정으로 쳐다보자 그는 말했다.

"저건 사실 닭다리가 아니네."

"그럼."

"저건 사실 오리 다리네."

그의 말에 세 드래곤이 멍한 눈으로 황당하게 쳐다보자 그 드래곤은 의미심장한 얼굴로 설명을 하기 시작했다. 들리는 소문에 그는 인간계에서 상당히 유명한 미식가로 폴리모프를 하고 돌아다니는 드래곤이라 한다.

"자세히 보라고. 닭다리라고 보기엔 겉에서 보는 육질의 미가 다르지 않은가? 지금 흐르고 있는 육즙의 속도를 잘 보게나. 육즙의 흐르는 속도는 감히 닭다리로서는 엄두도 못 낼 정도로 빠른 속도가 아닌가? 이것은 육질 하나하나의 조합성이 닭다리보다 우수하다는 것을 보여주고 있지. 멀리 떨어져 있는 이곳에서도 맡을 수 있는 고기의 냄새를 느껴보게나. 보통 닭이라고 하는 것은 농장 안에서 대량으로 키워지는 것이 보통이지 않는가? 하지만 그가 들고 있는 고기에는 약간의 진흙 향기가 느껴져 오네. 향기롭지 않은가? 군침이 흐르지 않은가? 코끝에서 강하게 뿜어 오르는 고기의 냄새에서 자네들은 오리 특유의 냄새를 느끼지 못하는가? 연못에서 방축하고 있는 오리들에게서 느낄 수 있는 그런 향길세. 연잎의 냄새가 느껴지질 않은가? 은근히 풍기는 장작의 냄새를 느껴보게. 반 뼘 정도 두께의 장작 12개로 구워낸 저 오리 다리의 밝게 빛나는 모습을 보게나. 저건 감히 닭다리로서는 흉내 낼 수 없는 것일세."

그의 자세한 설명을 듣고 있던 드래곤들은 한순간 그의 설명에 교화되었는지 고개를 끄덕이며 말했다.

"음, 저건 오리 다리로 보는 것이 타당하겠군."

"자네의 말에 나도 동감일세. 저건 오리 다린 게지."

"저 정도의 오리 다리를 들고 있다니, 루드웨어를 다시 봐야겠군."

아직도 꿈꾸고 있는 네 마리 드래곤의 명복을 빕니다.

"그것이 자네가 말하는 것인가?"

"예. 빛의 굴절을 바꾸는 것이지요."

루드웨어가 왼손을 들자 그곳에는 빵 조각이 들려 있었다.

"현재 보이는 것이 왼손에는 빵 조각, 오른손에는 닭다리가 들려져 있지만 진짜로 들고 있는 것은 왼손에는 닭다리를 오른손에는 빵 조각을 들고 있는 거죠."

이 순간 미식가 드래곤은 루드웨어의 말에 반발하며 그것은 오리 고기라고 소리치고 싶었다고 한다.

"재밌군. 그래, 존재하지 않는 미궁은 어디 있는가?"

"어린이들의 미궁입니다."

"어린이들의 미궁?"

어린이들의 미궁. 태고 적부터 존재하고 있는 미궁이지만 그 난이도가 극악의 이지 레벨이기 때문에 어린이들의 놀이터로 쓰이고 있는 곳이었다. 현재 로아나드 황성 주변에 위치해 있는데, 영구 마법을 걸어놓은 관계로 웬만한 토목 공사로 무너뜨릴 수 없기 때문에 아직까지도 존재하고 있는 최악의 미궁이다.

어린이들의 미궁에 존재하고 있는 극악 난이도의 몬스터들은 현재 미궁에서 놀고 있는 아이들의 장난감 대용이나 박제, 간식용 몬스터 고기들로 미궁 안에서 길러지고 있다.

불쌍한 몬스터들……. 잠시 벗어난 설명이라고 할 수 있지만, 이 미궁 안의 유명한 음식에는 슬라임 딸기 시럽, 물에 살짝 익힌 슬라임 고추장 무침 등이 있으니, 군침이 도는 분은 어린이들의 미궁 식당을 찾아주기 바란다. 물론 저렴한 가격에 모시겠습니다.

"어린이들의 미궁 깊숙한 곳에 숨겨져 있는 태고 적 보물을 찾아보는 것도 색다른 맛이 아닐까 싶습니다."

그의 진지한 얼굴을 본 프로란스는 혀를 차며 말했다.

"그래, 그런 선물을 싸 들고 온 까닭은 뭔가?"

"하하하하, 편지에 써놓았다시피 황제란 녀석의 엉덩이를 파이어 볼로 조금 태워놓았더니 공개 수배령을 내걸어서 말입니다. 현재 도망 다니는 중이라 로노와르의 레어에서 도피 생활 좀 하려고요."

루드웨어의 말에 프로란스는 한숨을 내쉬며 말했다.

"적당히 괴롭히고 가도록 하게나."

"괴롭히다뇨? 무슨 말씀이십니까? 아무튼 허락하시니 로노와르의 레어로 가겠습니다. 그럼 수명 연장을 빌며 사라지도록 하죠."

루드웨어가 사라지자 프로란스는 이스타나스를 보며 말했다.

"드래곤 체면이 말이 아니구나. 인간 녀석의 장난에 속아서 드래곤 소집이나 하고 말이다."

이스타나스는 분노에 어린 주먹을 쥐고 있다가 프로란스의 말에 손을 펴고는 한숨을 쉬며 말했다.

"제가 드래곤 로드란 게 부끄러울 따름입니다."

"무슨 말을. 에이션트 드래곤이라는 이 늙은이도 속았던 것을……. 그나저나 로노와르 녀석이 문제군."

"그러게 말입니다."

이 시간 제대로 폴리모프 주문조차 모르는 로노와르는 현재 엄청난 준비를 하며 자신의 레어 안에서 필사의 탈출을 감행하고 있었다.

자신의 어머니 헤이샤에게서 눈물로 얻어낸 폴리모프 주문을 간신히 외우고 몇 개의 금화와 도구를 들고 탈출을 감행하는 로노와르. 그의 눈에는 자신의 생의 연속과 밀접한 관련을 맺고 있는 루드웨어의 손아귀에서 벗어나기 위한 굳은 의지의 빛을 내뿜고 있었다.

여기저기 놀고 있는 고블린과 오크를 괴롭혀 주면서 레어를 빠져나가는 그는 인간의 세상으로 탈출을 하고 있는 것이다.

"잘 알겠지? 루드웨어가 오면 잠시 외출했다고 해야 한다."

해츨링이라고는 하지만 드래곤의 종족인 로노와르의 반협박에 가까운 부탁에 눈물을 흘리며 듣고 있는 오크들은 뒤쳐지는 지능에 못 알아듣고 있다가, 로노와르의 손에 박살이 난 불쌍한 오크와 고블린의 시체 위에서 연신 고개를 끄덕이고 있었다.

"칙칙, 그러니까 그 누드웨어 칙칙, 라는 인간이 오면 칙칙, 로노와르님은 외출을 나가셨다고 하면 됩니까?"

"칙칙, 그렇다. 칙칙."

고블린의 칙칙거리는 소리에 잠깐 동안 전염되어 버린 로노와르는 잠시 칙칙거리다가 이제는 됐겠지 하는 심정으로 가방을 메고 산 아래로 내려가기 시작했다.

"설마 이 정도까지 했는데 찾지는 못하겠지."

로노와르는 드디어 속였다는 비장한 미소를 지으며 씩씩한 발걸음으로 산 아래로 내려가고 있는데 한 마리 오크가 그의 뒤를 급하게 쫓아오며 말했다.

"로노와르님. 칙칙."

"왜!!"

큰 소리로 자신의 이름을 부르고 있는 오크를 보며 화가 난 로노와르가 소리치자 오크는 겁에 질린 목소리로 말했다.

"어디 가냐고."

갑자기 유창해진 목소리. 하지만 불쌍한 로노와르는 그러한 변화를 알아채지 못하고 있었다.

"외출 나간다고 했잖아!!"

열받은 로노와르는 검을 뽑아 들고 오크를 단번에 베어버릴 시늉을 하고 있었는데 오크는 그런 로노와르를 보며 당당하게 말했다.

"루드웨어가 들켰다고 올라오래."

순간 로노와르는 하늘이 무너지는 느낌을 받았다.

"젠장!!"

다 자란 드래곤도 못 돼보고 죽어가는 자신의 모습을 상상하는 로노와르의 눈에는 눈물이 흐르고 있었다.

'흑흑, 나도 성체 드래곤이 되고 싶어⋯⋯.'

"로노와르, 배고프다! 밥은 줘야 하잖아."

실패의 아픔으로 그 자리에서 무릎을 꿇고 있는 로노와르의 귀에 많이 들어본 목소리가 들려왔다.

"루드웨어⋯⋯."

로노와르를 멈춰 세운 오크는 루드웨어가 폴리모프한 모습이었다.

"밥 줘!! 이 덜 자란 드래곤아!!"

욕하고 싶지만 어떻게 하랴. 배고픈 인간에게 밥을 주기 위해 로노와르는 자리에서 일어나 레어 쪽으로 걸어갈 수밖에 없었다.

3장 *해츨링과 괴짜 마법사가 만나다*

루드웨어의 반협박 어린 말에 다시 쫓겨 들어온 로노와르는 역시 덜 자란 드래곤답게 미숙하게 음식을 장만하고 있었다.

로노와르는 여간 기분이 언짢은 것이 아니었다.

여기저기서 음식을 만들고 있는 최초의 해츨링을 구경하며 웃고 있는 오크들은 제외하더라도 가고린이며 고블린, 오우거, 심지어는 슬라임마저 비웃고 있는 듯한 생각이 들자 속에서 타오르고 있는 분노를 더 이상 참을 수 없었다.

'내가 왜 인간 녀석에게 당하고만 살아야 하는 거지?'

새삼 로노와르는 자신이 해츨링인 것이 불행이라고 생각하고 있었다(물론 그것은 다른 드래곤들 역시 루드웨어와 같이 있으면 똑같이 생각하는 문제이다).

"덜 자란 드래곤, 아직 밥 안 됐냐?"

"기다려!! 이 씹어 먹어버릴 인간 놈아!"

루드웨어의 재촉에 어쩔 수 없이 하던 일을 계속하던 로노와르는 태어나서 처음으로 음식 제조에 도전했고, 드디어 장장 세 시간 만에 음식이란 것을 만들기까지는 성공했다.

"뭐야!!"

로노와르가 만들어놓은 음식을 본 루드웨어의 벌어진 입은 더 이상 다물어지지 않았다. 음식이라는 것이 물론 겉모양이 맛을 나타내는 것은 아니라지만, 로노와르가 만들어놓은 음식은 겉모양에서 먹으면 넌 죽는다라는 의문의 감정을 소록소록 내뱉고 있을 정도의 모양새였기 때문이다.

"흥! 생전 음식이라고는 해본 적이 없는 내가 그 정도면 잘한 거지. 안 그런가, 루드웨어?"

자신이 만든 음식이 엉망이란 것은 알고 있지만, 처음 음식을 만든 사람들이 다 그렇듯이 맛은 어떨까 궁금하던 차였기에 로노와르는 루드웨어가 음식을 먹을 순간을 지켜보고 있었다. 똘망똘망한 눈에 기대감이 가득 찬 얼굴, 그런 로노와르를 쳐다보던 그는 위기감을 느끼며 고개를 젓고는 말했다.

"이건 인간이 먹을 수 있는 음식이 아닐 게야… 그런 게지……."

하지만 차마 로노와르의 기대에 찬 눈망울을 거부할 수 없었던 루드웨어는 어쩔 수 없이 수프라고 만들어놓은 정체를 알 수 없는 희미한 색깔을 띠고 있는, 멀건 물에 스푼을 가져갈 수밖에 없었다.

'아! 나 루드웨어의 일대기가 여기서 끝나는 것은 아니겠지?'

로노와르에게 음식을 만들라고 했던 것을 후회하고 있는 루드웨어. 그러나 그는 용감한 드래곤의 마법사였다.

과감한 동작과 끊임없이 흐르는 눈물이 교차하며 수프를 입에 넣는 루드웨어.

"맛이 어때?"

맛의 평가를 부탁하는 로노와르의 순진 어린 물음. 그러나 루드웨어는 아무 말도 할 수가 없었다. 내장 깊숙이 스며들고 있는 전율적인 느낌. 그로서는 음식의 재료를 물어보지 않을 수 없었다.

"로, 로노와… 로노와르… 여기다 대체 뭘 넣었지?"

"뭐, 별로 넣은 것은 없어. 수프에 고기 좀 넣고, 레어 밖에서 자생하는 전골 해먹느라고 채집해 놓은 버섯하고, 옛날에 어머니 헤이샤가 여행하면서 우연히 얻었다던 파리브레라는 향신료 좀 넣었는데? 왜?"

음식의 재료에 대해서 말하고 있는 로노와르. 그 말을 들은 루드웨어는 무식한 해츨링의 행태 때문인지 눈물이 앞을 가렸다.

눈앞에 있는 빌어먹을 해츨링은 식용이란 말은 고사하고 유통 기한이란 말도 모르는 놈이었기 때문이다.

"고기 종류는……."

"오크 한 마리 잡아서 넣었지."

참고로 오크는 인간이 먹을 수 없는 종류다. 대륙에 산재해 있는 마물의 종류에 따라 먹을 수 있는 종류가 있고 없는 종류가 있는데, 오크의 경우 체내의 독을 포함하고 있기 때문에 약간 분만 먹어도 저 멀리 하늘 나라에 도달할 수 있을 만큼의 독이 포함되어 있었다.

뭐, 그 정도쯤이야 다른 이들에게 리치가 아닐까 생각되는 루드웨어였기에 오크 고기쯤은 독이 있어도 먹을 수 있어 이 정도로는 아직 목숨은 부지할 만했다. 하지만 뱃속에서 울리고 있는 이 백만 볼트의 전류와 같은 느낌은 도저히 설명이 불가능하기에, 다른 것도 물어볼 수밖에 없었다.

"버섯은 어떻게 생겼었냐?"

"레어 밖에 널려 있는 붉은 색깔의 예쁜 버섯이었는데?"

바보 해츨링은 버섯은 다 먹는 것인 줄 안다. 물론 드래곤이 독이 든 버섯을 조금 먹어봤자 아침 뒷간에 건더기로 나올 뿐이다. 로노와르가 사용한 붉은 우산 버섯은 인간이 먹기에는 불가능하지만 앞에서 말한 것과 같이 괴물 마법사 루드웨어가 먹기에는 조금 부담이 되는 정도의 버섯이었다. 단, 환각 성분이 다소 포함되어 있는 버섯이기에 어느 정도의 환영은 루드웨어로서도 벗어날 수 없을 것이라 예상되는 바이다. 보통 인간이 섭취했을 때는 환각에 시달리며 헛소리를 하게 되는 무서운 버섯이다.

"니 어머니인 헤이샤가 마지막으로 꿈을 꾸었을 때는?"

"글쎄, 그간 여러 가지 사정이 있어서 레어를 벗어난 적이 없었으니까. 음… 한 이백 년 정도 전이 아니었을까 생각되는데?"

"향신료와 야채들의 보관 장소는……?"

물어보나 마나다. 보통 드래곤들은 레어의 깊숙한 곳에 물건들은 넣어놓기 때문에 보관 장소는 산속의 동굴이 다 그렇듯이 그늘지고 습기 찬 장소라고 해야 할 것이 맞기 때문이다. 물론 보물들에 한해서는 통풍 마법도 걸어놓는다.

더 이상 물어보면 더 비참해질 것 같았지만 루드웨어는 폭탄 소리를 내는 아랫배를 간신히 힐링 마법으로 진정시키며 말을 이었다.

"하도 오래되고 쓸모도 없었던 것 같아서 레어 깊숙하게 박아놓긴 했는데, 나 똑똑하지 않냐? 그렇게 오래된 일인데도 알잖아."

'니미… 차라리 잊어먹기나 하지.'

자신의 사정도 모르는 채 자신의 기억력 좋음을 자랑하는 로노와르를 향하여 속으로 욕하는 루드웨어였다.

"그거 맛은 봤냐?"

"해츨링이 맛을 봐야 뭘 알겠냐? 그래서 대충 갖고 왔는데?"

"밖에 있는 오크한테 한 스푼만 줘봐."

루드웨어의 힘없는 명령에 로노와르는 왜 그러느냐는 표정으로 레어 입구에서 안을 들여다보고 있던 불쌍한 오크들 중 한 명을 반협박 어린 눈으로 쏘아보며 오라고 지시했다.

"왜 칙칙, 부르냐. 칙칙."

"반말하지 말고 먹어봐."

로노와르가 수프를 뜬 스푼을 건네자 오크는 갑자기 음식을 주는 로노와르를 이상한 놈 보듯 쳐다보고는 수프를 먹었는데 얼마 안 있어 오크는 목을 부여잡으며 안타까운 한마디를 내뱉었다.

"캑캑… 캑캑… 캑캑……."

"왜?"

수프를 먹은 오크가 말도 못하고 캑캑거리자 로노와르는 의아한 얼굴을 하며 물어보았지만 계속 캑캑거리자 열이 받기 시작했다.

"캑캑… 캑캑… 캑캑……."

"말을 하란 말이야!!"

한 큐에 불쌍한 오크를 날려 버린 로노와르. 오크는 아무 말도 없이 날아가 레어의 벽에 부딪쳐 쓰러지더니 아무런 움직임도 보이지 않았다.

그것을 지켜보고 있던 루드웨어는 수프 땜에 죽은 걸까, 벽에 부딪

처서 죽은 걸까라는 두 가지 의문에 사로잡힌 채 레어 밖으로 걸음을 옮기고 있었다.

"어디 가냐?"

로노와르의 아무런 거리낌 없는 물음. 그러나 지켜보고 있던 사람이라면 다 알 수 있는 모습이었다.

허리를 숙이며 배를 움켜잡고 무릎은 안쪽으로 휜 채 약간 구부리며 아랫배의 개방을 간신히 참아내고 있는 고난이도의 자세. 보통의 인간들은 단 10분도 견디기 어려울 정도의 상황에 처했을 때만 나올 수 있는 그런 자세를 잡고 있는 루드웨어였다.

'으으… 해츨링만 아니었으면 그냥……. 근데 뭔 놈의 배탈이 힐링은 물론 큐어로도 치료가 안 되냐!!'

대륙 곳곳을 돌아다닌 루드웨어는 보통 마법사들에게 조금 어렵게 인식되어 있는 치료 마법에 상당한 조예가 있었다. 그가 마음만 먹는다면 다리가 잘려 나간 것조차 이을 수 있는 치료 마법을 구사할 수 있었는데, 이 인간계 최고의 마법사 루드웨어조차 악마 같은 수프의 10서클 설사 마법에는 당할 수가 없었다.

고난이도의 자세를 유지하며 사라진 루드웨어. 얼마 후 레어 밖의 한쪽 숲은 무슨 이유인지 나무와 풀이 빠른 속도로 시들어가기 시작했으며, 그곳에 살고 있는 독에 면역이 있는 수많은 몬스터들조차 접근할 수 없는 최악의 독지로 변하고 말았다.

시들어가는 풀에 스치기만 해도 의문의 독이 온몸에 퍼지는 이 대지는, 적어도 천 년 이상은 회생 불능 판정을 받을 정도의 대지로 변해갔기에, 몇 년 후 신들의 회의에서는 눈물을 흘리며 대지의 모신 안트라네가 로노와르 레어 밖 반경 10미터의 좁은 장소를 신이 거부한 대지로 명명하기 이르렀다.

거의 리치에 가까운 마법사 루드웨어는 암암리에 수프를 텔레포트시켜 지저 세계로 날려 버린 후 근처에서 놀고 있던 오크 한 마리를 불렀다.

지금은 단순하게 음식물 쓰레기를 한적한 곳에 불법으로 버린 것에 지나지 않았지만, 이 사건 이후 지저 세계에 사는 마물의 10%에 가까운 수가 중독사했고, 20%가 원인 모를 피부병에 시달리며 죽어갔다고 한다.

"배고프다."

"칙칙, 나보고 칙칙, 어떻게 칙칙, 하라고. 칙칙, 인간 놈아!!"

"팔 하나만 줘라."

잠시간의 비명 소리 후 루드웨는 레어의 한구석에서 오크 날갯죽지 고기를 먹으며 수프로 인해 제로화된 위장을 채워 나갈 수 있었다.

"황제가 무서워서 도망칠 놈은 아니잖아?"

레어의 보물 창고에서 쓸 만한 물건을 찾으며 시간을 보내고 있던 루드웨어를 보며 찡그린 얼굴로 로노와르가 물었다.

"황제야 뭐 지명 수배를 하든 말든 나야 상관없지."

"근데 왜 쫓겨왔는데?"

"쫓겨오다니, 무슨 소리야! 나 인간계 최고의 마법사 루드웨어를 뭘로 보고 그러는 거야."

당당하게 가슴을 치며 얘기하고 있는 루드웨어. 하지만 조금 둔한 로노와르에게도 그가 무엇을 숨기고 있다는 것을 눈치 챌 수 있었다.

"루드웨어."

"왜?"

"보인다."

"응?"

"도대체 뭔 일을 저지르고 다녔던 거지?"

루드웨어는 갑자기 언제나 무식하리라 여겼던 밥인 로노와르가 갑자기 똑똑해져 버리자 조금 당혹감을 느끼며 말을 이었다.

"로노와르, 너 얼마 남지 않았구나?"

"그건 또 무슨 소리야?"

"갑자기 똑똑해진 걸보니 성체로 변할 날이 얼마 안 남은 거 아니야."

말을 돌려 버리는 루드웨어를 보며 로노와르는 한숨을 쉬며 말했다.

"관둬라. 어차피 당해야 하는 건데……."

앞으로 다가올 고난을 생각하며 차라리 안 보는 것이 나을 것이라는 생각에 발을 돌리는 로노와르였는데 그것조차 루드웨어는 가만히 두질 않았다.

"로노와르."

루드웨어가 팔을 잡고 갑자기 진지하게 묻자 로노와르는 당황하지 않을 수 없었다.

"왜… 갑자기……."

"솔직히 말해 줘."

다분히 진지한 감이 있는 루드웨어의 얼굴을 보며 분위기에 약한 로노와르는 진실밖에 말할 수 없구나라는 생각이 들기 시작했다.

"물어봐."

두려움에 가득 찬 로노와르는 과연 녀석이 무엇을 물어볼 것이기에 이렇듯 진지해질 수 있을까라는 생각을 하고 있었다.

"너, 여자 될 거냐, 남자 될 거냐? 아, 아니다. 암컷이냐, 수컷이냐?"

드래곤은 성체로 되면서 본체가 원하는 성으로 바뀌게 되는데, 남자의 몸을 가지고 있는 로노와르도 성체가 되면서 여자가 될 수도, 남자가 될 수도 있었다.

하지만 루드웨어의 속셈은 그런 것이 아니었다.

"될 수 있으면 여자가 되는 거야! 헤크노소스의 로망스에 있는 드래곤의 기사처럼 나도 쓸 만한 드래곤 마누라 한 명 얻어서 영웅이 되는 거지!! 그렇기 위해선 로노와르, 네 녀석이 여성체가 되어야 한단 말이야. 어때?"

한순간에 로노와르가 여성체가 되는 것은 이젠 틀림이 없다는 투로 사실을 인식해 버린 얼굴의 루드웨어. 뭐, 평소에도 보기만 하면 느껴지는 감정이긴 하지만 다시 로노와르는 분노가 차 오르기 시작했다.

"빌어먹을 녀석이!! 내가 네놈의 장난감인 줄 아냐!!"

해츨링의 포효라고 보기에는 분노의 강도가 거의 에이션트 드래곤 급에 버금갈 정도의 드래곤 피어가 레어를 뒤흔들기 시작했다.

"뭐 어때? 인간과 드래곤이 결혼하지 말란 법도 없고 말이야. 수명의 차이야 까짓거 리치화하면 별문제도 없는데."

우리의 당당한 루드웨어는 자신의 완벽한 생각에 만족해하면서 미소를 지으며 또다시 그만의 상상 속으로 빠져 딴생각을 하고 있었다.

"미쳤다고 리치랑 결혼하냐!! 그 죽지도 못하고 안달하는 언데드 말종 녀석들하고 말이야!"

"사랑은 다 그런 거야. 짜식, 좋아서 소리칠 때는 언제고."

뻔뻔한 루드웨어는 말도 안 되는 일에 터뜨린 로노와르의 분노의 포효를 정말 멋지게 해석하고 있었다.

"근데 성체가 성을 바꾸는 것에 잘 아는 사람이 누굴까? 가만히 냅 둬도 여성체로 변하는 것은 당연하긴 하지만, 만사에 신중해야 하니. 음… 프로란스? 물론 프로란스라면야 다 알고 있겠지만 물어보기에는 조금 쑥스럽기도 하고 말이야. 음……."

비비꼬며 쑥스럽다는 듯한 행동을 하는 루드웨어를 보며 로노와르는 반은 맛이 간 상태의 얼굴을 하고 있었다.

그리고 녀석의 엉뚱함은 어디로 가게 되는 것일까란 생각에 불안해지기 시작했다.

"좋아! 로노와르, 여행이다. 여자 성체가 되기 위한 여행이지."

잠깐 생각해 보라. 대륙의 어느 해츨링이 성체가 되기 위해 여행을 간단 말인가? 또 대대로 내려져 오는 드래곤 법규에는 해츨링은 성체가 되기 전까지 레어 안에 처박혀 있어야 한다고 쓰여 있다.

"안 가!!"

당연한 반응이었다. 단호하게 루드웨어의 요청을 거부하는 로노와르. 물론 드래곤의 법규를 따진다면 정답은 못 가는 거다.

그러나 로노와르의 거부의 목소리를 한쪽 귀로 흘려 버린 루드웨어는 여행 갈 준비를 위해 자신의 집이라도 되는 양 레어 안의 창고를 뒤지기 시작했다.

"불의 마법검은 로노와르가 쓰고, 어? 다이아몬드 스틱? 팔아먹고 여비로나 쓸까? 침낭도 찾았고. 음……."

무대포식의 루드웨어의 행동을 보며 모든 상황이 여행 쪽으로 돌아가자 로노와르는 자포자기한 심정이 되고 말았다.

'제길, 차라리 그때 죽었어야 했는데…….'

로노와르는 루드웨어가 자신을 구해주지 않았으면 좋았겠다는 생각을 하며 어쩔 수 없는 여행에 동참할 준비를 하고 있었다.

4장 의문의 드래곤 슬레이어들의 등장

"어리석은 인간들!! 허약한 인간들이 감히 나 화이트 드래곤 아크라시마의 레어까지 들어오다니 용서할 수 없다!!"

드래곤 피어. 거의 모든 생물체에게 극한의 두려움을 안겨주는 드래곤 피어는 듣는 이로 하여금 견딜 수 없는 좌절감과 공포감을 심어주기에 충분했다.

하지만 북부 산맥인 하글 산맥의 절대적 지배자라 불리는 화이트 드래곤 아크라시마의 레어 안에 들어온 일단의 사람들은 드래곤 피어 따위에는 아무런 두려움도 보이지 않았다.

"용기와 전투의 여신 히루안님의 신력이 하늘을 펼치니, 용사의 용맹함은 꺾이지 않을 지리다."

전투의 여신 히루안의 신관들이 부르는 절대 용기의 노래, 그것은 드래곤 피어에도 두려움을 느끼지 않을 만큼 사람들에게 용기를 심어

주고 있었다.

"존재하며 또한 존재하지 않을 터이다. 허상의 존재감이 그대의 몸을 감쌀 터이니. 그대여! 어둠의 안개 속으로 자신의 몸을 숨겨라!! 다크 클라우드!"

안개의 지배자 마신 라드라의 다크 클라우드 소환 주문. 흑마술사의 주문이 끝나자 레어 안에는 검은빛을 띤 안개가 자욱히 깔리며 화이트 드래곤 아크라시마의 시야를 가리기 시작했다.

"흥!!"

드래곤의 브레스. 최강의 생물체라는 드래곤의 대표적인 무기 중 하나인 브레스는 그 속성마다 각각의 힘을 지니고 있다. 화이트 드래곤의 브레스는 절대 영도의 힘을 지니며 존재하는 모든 사물을 순식간에 얼려 버리며 그 생명을 앗아간다.

아크라시마의 브레스가 밀려오자 레어 안은 산맥의 추위에서도 자라고 있던 북부의 자생초마저 간접의 냉기에 의해 얼려 버리고, 잠깐의 바람에도 그 형체를 산산이 부서뜨려 나갔다.

이러한 절대 영도의 브레스는 레어 안에서 아크라시마와 대적하던 몇몇의 인간들에게도 예외가 아니었는데, 그들 중 그레이토스의 신관복을 입은 중년의 신관이 순식간에 얼음 덩어리가 된 후 브레스의 압력에 날려 레어의 벽에 부딪히며 부서져 내렸고, 그 옆에서 안개의 주문을 외우던 흑마술사는 절대 영도의 냉기를 간신히 마법의 힘으로 막아서고 있었으나, 그 힘에 대항하지 못하고 약해 빠진 마법사의 체력으로는 더 이상 막을 수 없다는 듯이 힘없는 표정으로 무릎을 꿇고는 얼음의 상이 되어버렸다.

"파이어 웨이브!!"

그때 성령의 방어장이라는 홀리 배리어로 절대 영도의 브레스의 기운을 간신히 막고 있는 파라딘의 뒤쪽에는 한 사람이 숨어 있었다.

갈색 머리의 예쁘장하게 생긴 미소년 마법사는 계속 브레스의 기운이 밀어닥친다면 파라딘 역시 견디지 못할 것이라는 것을 알고는, 긴급히 주문을 외우기 시작하더니 얼음의 극성인 불의 마법 파이어 웨이브로 간신히 브레스의 냉기를 약간 축소시켰다.

꼬마 마법사의 파이어 웨이브로 인하여 견딜 수 없게 밀어닥치던 냉기가 조금씩 약해지자 파라딘의 옆에서 투 핸디드 소드를 들고 있던 거대한 몸집의 전사 한 명이 미소를 지으며 말했다.

"드래곤 피어 따위에 숨어 있더니 중요한 때 한 방 하는군. 그렇다면 나도 움직여야겠지!"

다그침인지 칭찬이지 알 수 없는 말을 날린 전사는 그 말이 끝남과 동시에 파이어 웨이브로 약해진 브레스의 기운을 뚫고 드래곤을 향해 뛰어가기 시작했다.

"어리석은 녀석!!"

마법의 생물체이기도 한 드래곤은 용언으로 순식간에 아이스 볼의 서클을 완성시키고는 달려오는 전사를 향해 내쏘았다.

만약 보통의 전사라면 자신의 눈앞에 마법이 날아오는 것에 놀라 옆으로 피하든지 뒤로 물러섰을 것이다. 하지만 그는 두려움을 상실하기라도 한 듯, 엄청난 마력 탓에 인간의 다섯 배 이상이나 되는 크기를 지닌 아이스 볼을 가볍게 수직으로 휘둘러 간단히 반 조각을 내어버렸다.

자신의 아이스 볼을 간단히 두 동강 내버리는 전사를 보며 아크라시마는 다소 놀란 듯 뒷걸음질치기 시작했다.

기세의 제압. 뒤로 물러서는 드래곤의 움직임을 이미 파악한 듯 그는 입가에 미소를 띠며 검을 휘둘렀다. 그리고 그때의 회전력을 사용하여 가볍게 점프해서는 드래곤의 얼굴까지 뛰어올랐다.

"드래곤 따위가 나 파르가를 우습게 보느냐!!"

최강의 존재 드래곤을 우습게 보는 발언을 하면서 그의 투 핸디드 소드는 강렬한 마법의 열기로 휩싸여지더니 드래곤의 입을 수직으로 베어버렸다.

"크아악!!"

칼이 자신의 입을 베어버리자 아크라시마는 고통의 포효를 지르며 뒷걸음질쳤다.

실로 놀라운 실력이라고 할 수 있었는데, 절대의 방어력을 지닌 드래곤의 비늘이 잘려 버리는 것은 둘째 치고라도 자신의 키와 비슷할 정도의 상처를 파르가란 전사는 너무나 쉽게 내버린 것이다.

브레스에 이은 자신의 마법 공격을 파해하며 너무나 쉽게 자신의 몸을 베어버린 인간을 보며 아크라시마는 조금씩 두려움에 싸이기 시작했다.

기세를 잃어버린 아크라시마는 물러서야 함을 깨닫고는 순식간에 수십 개의 공격 마법을 쏟아 부으며 뒷걸음질치기 시작했다.

자신이 지상 최강의 존재인 드래곤이라고는 하지만 상대하는 인간들이 너무나도 강했기에 도망을 가야 한다는 생각이 그의 머리를 지배하기 시작한 것이다.

이러한 생각과 파르가란 전사의 공격에 의해 입은 상처로 정신력으로 밀린 드래곤의 마법은 그 힘이 반 이하로 줄어 있었다.

마법에 의한 공격의 여파가 약해지자 다른 이들도 움직이기 시작했다.

"아무리 죽여야 하는 드래곤이라도 조금 불쌍하군. 코를 베이니 정신이 하나도 없는 것 같군. 쯧쯧."

어느 순간에 파르가의 뒤로 다가온 할버드를 든 중년의 전사는 혀를 차며 중얼거리다가 빠른 움직임으로 마법을 피해 움직이자 그 모습이 눈앞에서 사라져 버렸는데, 어느 순간인지도 모르게 그의 몸은 뒷걸음질치는 아크라시마의 뒤쪽에서 나타났다.

마법을 사용하면서도 적의 움직임을 놓치지 않으려던 아크라시마는 사라진 전사를 찾으려 했지만 어느 순간인지 모르게 뒤쪽에서 느껴지는 인간의 체온에 놀라지 않을 수 없었다.

등 뒤를 공격당할 것이라 생각하며 거대한 몸을 돌리려 했으나, 이미 전사가 휘두르는 할버드는 아크라시마의 목 앞에 와 있었다.

"크아악!!"

고통스러운 아크라시마의 포효가 레어 안을 잠시 울리는가 싶더니 얼마 지나지 않아 둔탁한 소리를 내며 드래곤의 머리가 땅으로 떨어져 버렸다.

"쯧쯧, 조심하지."

전사는 땅에 뒹굴고 있는 드래곤의 거대한 머리에 침을 뱉더니, 피가 묻어 있는 할버드를 한 번 휘둘러 피를 털어냈다.

피를 털어낸 할버드의 날을 살펴보며 흠집이 나지 않았다는 것을 확인한 그는 동료들의 곁으로 천천히 걸어왔다.

"시스, 드래곤의 머리가 더러워졌잖아."

파르가는 땅으로 떨어진 머리를 보며 우스갯소리처럼 시스에게 한마디하며 자신의 애검인 거대한 투 핸디드 소드를 등 뒤의 검집에 꽂았다.

자신들이 해치운 거대한 덩치의 드래곤을 잠시 바라보며 만족한다는 듯한 표정을 지은 그는 파라딘의 뒤쪽에서 브레스를 약하게 만든 파이어 웨이브를 쓴 소년 마법사에게 다가갔다.

어린 마법사는 아직도 드래곤의 공포가 사라지지 않았는지 그 자리에서 무릎을 꿇고 울고 있었다.

"라디안, 적당히 해라."

파르가의 차가운 시선이 닿자 라디안이라는 소년 마법사는 눈물을 닦고 일어섰다.

"무서웠단 말이야."

라디안의 무섭다는 말을 들은 파르가는 어이가 없다는 듯이 혀를 차며 말했다.

"마법 하나는 기똥차게 잘 쓰는 놈이 겁은 무지 많구나. 자자, 내가 성에 가서 장난감이라도 하나 사줄 테니까 그쳐라."

"정말?"

장난감을 사준다는 말에 언제 울었냐는 듯이 라디안은 환한 미소를 짓고는 바지에 묻은 흙을 털며 파르가를 보며 말했다.

"근데 드래곤과의 싸움에서 호른과 세트론이 죽었는데 어떡하지?"

"거참, 실력이 모자라서 죽은 놈이 뭐가 걱정이냐?"

할버드를 들고 있던 시스는 흑마술사 세트론의 얼어붙어 있는 시체를 할버드로 산산이 부숴 버리고는 미소를 지으며 말했다.

"시스! 뭐 하는거야!"

시체를 부숴 버리는 행동에 놀란 라디안이 소리치자 시스는 아무렇지도 않다는 듯이 부서진 얼음 조각을 발로 부서뜨리고는 웃으며 말했다.

"시체는 들고 가줘야 되는데, 이렇게 조각내면 들고 가기 편하잖아."

그 말이 어느 정도 일리가 있는지라 라디안도 고개를 끄덕이며 말했다. 용병의 생리가 다 그렇듯이 한시라도 전쟁이 없는 시기가 없는 대륙에선 용병들의 시체는 죽은 그 자리에 버려두거나 조금 친분이 있다면 그 자리에 묻어주는 것이 보통이기에, 라디안으로서도 시체를 부숴뜨리는 행동은 전쟁에 있는 일상생활에 지나지 않게 보이는 것이다. 하지만 나쁘게 보이지 않는다 해서 동의하는 것은 아니다.

"그건 그렇지만, 이왕이면 온전하게 넘겨야 되지 않을까?"

"살아 있었다면 온전하게 넘기기는 했겠지."

라디안의 말을 더 이상 들을 것도 없다는 듯이 고개를 돌린 시스는 레어 안에 있는 바위에 앉고는 자신의 할버드를 다듬으며 말했다.

"아크라시마를 처리했으니 성에 연락이나 해라. 용 한 마리 잡았다고."

"응."

시스의 말에 라디안은 품에서 구슬을 꺼내더니 정신을 집중했다.

그때 레어 안으로 활을 든 한 명의 여인이 가벼운 걸음으로 걸어왔다. 갈색의 피부에 푸른색 머리칼, 풍만한 몸매의 다크 엘프인 그녀는 쓰러진 용의 시체를 보더니 놀란 표정으로 말했다.

"어? 벌써 끝났네?"

그런 그녀의 모습을 보더니 안색을 찌푸리며 파르가 말했다.

"어디 처박혀 있다가 지금 나타나냐?"

"어머, 그런 건 숙녀에게 물어보는 게 아니야."

숙녀에게 그런 걸 물어보는 게 아니라… 도대체 그런 거란 뭘까? 그녀가 어디 처박혀 있었을까를 한참 생각하던 파르가는 뭔가를 알겠다는 듯이 고개를 끄덕이며 말했다.

"싸러 갔구나."

"흥!"

그녀는 말도 하기 싫다는 표정을 지으며 레어 안 깊숙한 곳으로 향했다.

"시안, 어디 가냐?"

"성에서 오기 전에 비싼 보석은 챙겨둬야 할 거 아니야."

시안이라 불리는 여인은 자신을 기다리고 있을 보석이 생각나는지 환한 미소를 지으며 말했다.

"다크 엘프가 욕심은 많아가지고… 좋은 무기 있으면 나한테도 말해라."

보석을 챙기겠다는 말에 자신의 몫에 대해 그가 말하자 그녀는 혀를 내밀고는 레어 안으로 사라졌다.

"싸울 때는 빠져 있다가 보물이나 챙길 때는 꼭 나타나는군."

언제 죽을지 모르는 전투에서 빠져 있다 일이 끝난 후에 나타난 그녀에게 심통이 가득한 얼굴을 하며 파르가가 말하자 시스는 손을 내저으며 말했다.

"뭐 어때. 일은 잘 처리됐고 그녀는 그녀대로 일은 한다고."

"무슨 일!"

그의 말에 파르가가 못 믿겠다는 얼굴 표정을 지었고, 그런 그의 얼굴 표정이 웃긴지 시스는 껄껄껄 웃으며 말했다.

"하하하, 심통이 또 터졌군. 저 녀석이 하는 일? 그건 우리 몫까지 챙기는 일이지 뭐."

그 말에 파르가는 고개를 끄덕였다.

사실 도둑 출신의 다크 엘프 시안이 오기 전에는 산적의 산채나 유적에서 찾은 보물들을 거의 성에 에누리없이 바쳐야만 했기 때문이었다.

"근데 왜 성에서 드래곤을 잡으라고 하는 거지?"

파르가의 물음에 시스는 모르겠다는 듯이 고개를 저으며 말했다.

"몰라. 뭐 쓸 데가 있나 보지. 우리가 알고 일을 하겠냐? 시키는 일이니까 하는 거지."

그때 레어 안 깊숙한 곳에서 여인의 비명 소리가 들려왔다.

"뭐야?"

파르가가 놀라 돌아보자 시스는 웃으며 말했다.

"크레이드가 또 보물 창고를 뒤지고 있는 시안에게 덤빈 거겠지."

"거참, 파라딘이라는 놈은 왜 그러는 거야?"

"여색은 여색대로 욕심은 욕심대로. 아마 시안은 얼마 안 가 크레이드의 수집품 중 하나가 되겠지."

시스의 말이 끝나자마자 연락은 마친 라디안이 걸어오며 말했다.

"그렇지는 않을걸요."

라디안의 말에 파르가가 의문 어린 얼굴로 보이자 그는 미소를 지으며 말했다.

"조금 있으면 크레이드의 눈이 멍들어서 나올 테니까 보라고요."

아니나 다를까, 그들에게 다가오는 파라딘 크레이드는 눈이 시퍼렇게 멍들어 있었다.

"하하하, 꼴 좋군 그래. 멍이 멋지게 들었는걸? 시안의 가슴이라도 만졌냐?"

시스의 농담에 크레이드는 아깝다는 듯이 고개를 젓고는 말했다.

"안 좋아……."

"뭐가?"

"아무래도 올해가 끝나기 전에는 시안을 안아보지 못할 것 같아서 말이야."

그 말에 라디안은 크게 웃더니 말했다.

"보석이라도 선물해 보라니까요."

그 말에 크레이드는 말도 안 되는 소리라는 듯이 라디안을 쳐다보며 말했다.

"무슨 소리야! 기껏 모은 보석을 저 선머슴에게 바치라는 거냐!"

"그 선머슴이 좋다고 끈덕지게 따라다니는 놈은 누군데?"

파르가는 그런 그를 보며 한심하다는 듯이 말하고는 밖으로 걸어나갔다.

"어디 가?"

라디안이 밖으로 나가는 그를 보며 묻자 그는 배를 쓰다듬더니 말했다.

"용 고기는 먹으면 체할 것 같아. 나가서 사슴이나 한 마리 잡으려고."

"정말? 같이 가. 라디안도 사슴 고기 좋아해!"

파르가와 라디안이 나가자 시스 역시 레어에는 별일이 없었기에 그들을 따라 밖으로 나섰다. 혼자 남은 크레이드는 시안에게 맞아 멍든 한쪽 눈을 쓰다듬다가 부서진 동료의 시체를 발견했다.

얼음 조각이 되어 부서진 두 사람의 시체는 이제 조금씩 녹아들기 시작하여 레어를 피로 적셔가고 있었다.

"불쌍한 녀석들. 태양신 아라시아님의 이름으로 그대들에게 안식이 있으라."

크레이드가 작은 목소리로 중얼거리자 얼음이 되어버린 두 사람의 시체는 신성의 빛에 휘감기더니 연기가 되어 기화되었다.

"고맙다."

멀리서 들려오는 목소리에 뒤를 돌아본 크레이드는 목소리의 주인이 시스라는 것을 알고 있었다. 시스 역시 동료가 드래곤에게 죽어간 것을 조금은 마음에 담아두고 있었던 것이다. 하지만 용병인 그들은 절대 전장에서 동료의 죽음에 슬퍼해서는 안 된다. 잠시의 슬픔은 죽음과도 연결될 수 있다. 전쟁터에서 마음이 흐트러진다는 것은 죽는 것과 마찬가지이기 때문이다.

로노와르의 레어 안에서 여행에 필요한 모든 장비를 다 챙기고 자리에 앉아 한참을 생각하던 루드웨어는 고개를 저으며 인상을 찌푸렸다.

"왜?"

조금 전만 해도 여행을 떠나는 것에 들떠 레어 안을 뒤집고 있던 루드웨어가 어쩐 일인지 생각에 잠겨 찌푸리고 있었다. 궁금한 로노와르가 묻자 그는 양 손을 내저으며 안타까운 표정을 짓고는 말했다.

"장비는 다 준비했는데 생각해 봤더니 말이 없잖아."

그것도 그럴 것이 보통의 사람이라면 말이 있을 법도 하지만 루드웨어는 여기저기 널려 있는 용의 레어 안에 있는 영구 마법진을 이용하여 여행을 다녔고, 정 마법원이 없으면 비행 마법으로 날아다녔기 때문에 말은 별 필요가 없었다. 또 로노와르의 경우에는 해츨링이라도 용이었기 때문에 말 같은 것은 기르지 않았다.

"들고 다니자니 무게가 장난이 아닌 게 엄청 힘들 것 같고… 어쩌지?"

루드웨어는 한참을 생각하며 이 물건을 처리할 수 있는 방법을 찾고 있다가 무슨 생각이 들었는지 갑자기 손바닥을 치며 말했다.

"아! 그 수가 있었지!!"

"그래? 뭔데?"

"화이트 드래곤 아크라시마의 레어로 가는 거야. 마법원도 있겠다, 산을 내려가려면 마을도 꽤 가까이 있잖아."

하글 산맥의 절대적 지배자라고 불리는 아크라시마였지만, 보통의 드래곤들과는 달리 노골적으로 인간들의 배척하지는 않았다. 생각 외로 인간들을 싫어하지는 않아서 근처에서 조용히 살기만 한다면 어느 정도 인간의 마을이 들어선다 해도 두고 보기만 할 뿐 간섭하는 법이 없었기 때문에 하글 산맥의 주위에는 마을이 꽤 있었다.

하지만 로노와르는 루드웨어의 생각을 듣고는 한심하다는 듯이 고개를 저으며 말했다.

"맨 처음부터 마법원을 이용하면 됐잖아."

그 말에 루드웨어는 무슨 말을 그렇게 하냐는 듯이 로노와르를 이상한 눈초리로 흘겨보고는 고개를 저으며 말했다.

"그건 안 될 말씀! 다른 드래곤의 레어를 돌아다니면 해츨링을 데리고 다닌다고 욕 먹을 테고, 또 내 마누라가 될 녀석과 로맨스 소설에 나오는 것처럼 멋진 여행을 해야 하는데 마법원으로만 다니면 낭만이 없잖아. 로노와르, 넌 남자의 로망도 모른단 말이냐!!"

"흥! 그깟 남자의 로망!! 그럼 아크라시마는! 그 녀석도 드래곤이 잖아!"

"어허! 드래곤도 드래곤 나름. 그놈은 드래곤 종족 사회에서도 내놓은 탈선 드래곤이라 괜찮아. 인간도 조금 기준에서 벗어나기만 하면 인간 같지도 않은 놈이라고 욕하잖아. 그 녀석도 그런 것에 속하는 거야."

말도 안 되는 소리를 당연한 듯이 하고 있는 그의 말에 이젠 화를 낼 힘도 없다는 듯이 한숨을 내쉬며 로노와르는 그가 하고 싶은 대로 하라고 내버려 둘 수밖에 없었다.

"니 맘대로 해라."

루드웨어는 결정이 된 것에 만족해하면서 여기저기 내던져 있던 배낭을 마법으로 부유시키고는 주문을 외우기 시작했다.

그가 외우고 있는 주문은 장소 이동의 기본이라고 할 수 있는 텔레포트 마법이었다. 원래 텔레포트는 이동 지점의 좌표 값 문제 때문에 먼 곳의 임의의 장소로 가는 것은 쉬운 일이 아니었지만, 거의 모든 드래곤 레어 안에 있는 마법원의 좌표를 외우고 있는 루드웨어에게는 대륙에 존재하는 레어가 목표라면 눈 감고도 할 수 있는 쉬운 일이었다.

루드웨어는 다른 일에는 멍청하면서 마법 하나만큼은 뛰어난 것 같다.

5장 의문의 적

보이지 않던 길이 이젠 내 앞으로 다가와 그 모습을 드러내고 있다.
생각해 본다. 무엇이 길이고 무엇이 길이 아닌가?
존재하는 모든 허상이 실상이 되어 있을 때
길은 길로써 나타날 수 있으며
마음은 그 길로 걸어갈 수 있으리라.

"도대체 보이지 않는 길이 뭐야?"

사방이 온통 얼음으로 둘러싸여 있는 곳. 군데군데 보이는 가구들까지 얼음으로 만들어진 방이었지만 그 안의 온도는 그리 낮지 않았다. 아니, 얼음으로 뒤덮인 방은 인간이 살아가기에는 가장 알맞은 온도를 내고 있어, 봄날의 햇살같이 따뜻하기만 한 곳이었다.

한 장의 양피지에 은백색의 머리칼이 아름다운 이십 대 초반의 남자가 쓴 글을 지켜보던 보라색 머리의 열 살 정도쯤의 작은 소녀는 글귀가 말하고자 하는 것을 이해하지 못한 듯 고개를 좌우로 연신 흔들고 있었다.

고개를 흔들며 고심하고 있는 소녀의 모습은 귀엽기 그지없었기에 글귀를 읽고 있는 소녀의 얼굴을 보던 은발의 남자는 작은 미소를 지으며 말했다.

"카오스."

"카오스?"

선문답 같은 남자의 말에 더 알 수 없다는 표정으로 묻자, 남자는 의자에서 일어나 두 손으로 그녀를 가볍게 머리 위로 들어 올리고는 말했다.

"아직 너는 잘 모를 게다. 이 담에 시집갈 정도의 나이가 되면 이 오빠가 설명해 주마."

"에이, 사이야는 아직 어른이 되려면 멀었는걸?"

사이야란 소녀는 어른이 되면 가르쳐 주겠다는 그의 말에 실망했다는 듯이 뽀로통한 표정으로 입을 내밀었고, 청년는 그런 그녀가 귀여웠는지 볼에 살짝 키스를 해주며 말했다.

"하지만 오빠가 지금 말해 줘도 잘 모르잖아?"

"사이야는 알 수 있어."

이야기만 해준다면 알 수 있다는 듯 자신있게 말하자, 그는 소녀를 잠시 내려주고는 한참을 생각하더니 말했다.

"사이야는 오빠보다 힘이 세니 약하니?"

"그야 북극령의 왕이자 얼음성의 주인인 오빠가 더 세잖아?"

"그래. 그럼 오빠가 사이야보다 힘이 세다고 조그마한 사이야에게

맨날 일만 하라고 하고 음… 청소하고 빨래도 하라고 하면 어떻게 할래?"

그 말에 사이야는 정말 그런 일을 시키기라도 한 듯이 울상이 되더니 말했다.

"오빠가 그러면 사이야는 울어버릴 거야."

당장 울듯한 표정을 짓자 그는 미소를 지으며 말했다.

"오빠가 왜 사이야에게 그런 것을 시키겠니? 그래, 아까 오빠가 말했던 게 뭐지?"

"카오스?"

소녀의 말에 그는 머리를 쓰다듬어 주며 말했다.

"맞았어. 카오스는 혼돈이지. 세상은 이런 혼돈이라고 할 수 있지. 사람들은 혼돈 속에서 살아가지만, 단순히 혼돈에서 살아가는 것이 아닌, 그 속에서 하나의 질서을 찾는다고 할 수 있어. 오빠의 글귀에서 말하는 보이지 않는 길은 카오스, 즉 혼돈이고, 보이는 길은 카오스 속에 나타나는 하나의 질서, 즉 코스모스라고 할 수 있지. 그러니까 오빠가 어린아이가 할 수 없는 일을 사이야에게 시킨다는 것은 하나의 질서를 무시하는 행동이지. 이것은 혼돈의 상태로 빠져든다고 할 수 있지만, 그것을 알고 힘든 일을 시키지 않는 것은 무질서 속에서 하나의 코스모스, 즉 질서를 만들어냈다는 거야."

"사이야는 그런 일은 하지 않아도 되는 거야?"

"그렇지. 하지만 나중에 사이야가 크면 그런 일을 할 수 있을 테지. 그럼 그 코스모스는 다시 카오스로 변하는 거야."

그의 말에 아직도 모르겠다는 표정을 짓던 소녀는 미소를 지으며 그의 팔에 매달리고는 말했다.

"사이야는 그런 거 잘 모르겠어. 오빠, 나 썰매 태워줘. 사이야는 오빠가 태워주는 썰매가 가장 재밌더라."

소녀의 말에 그는 소녀를 들어 무등을 태우더니 말했다.

"그럴까? 오빠도 사이야랑 노는 것이 가장 재밌더라."

"뭐야, 이거?"

여행에 필요한 짐들을 먼저 보내고 아크라시마의 레어로 텔레포트한 루드웨어와 로노와르는 그의 레어 안이 온통 피투성이로 변해 있는 것을 보고는 놀라지 않을 수 없었다.

"아무도 없잖아?"

루드웨어는 찾고 있던 화이트 드래곤 아크라시마는 없고 피투성이가 되어 있는 레어를 돌아보다가 무슨 생각이 났는지 얼어버린 피를 손가락으로 녹이고는 찍어 입으로 가져갔다.

"뭐야!!"

로노와르가 피를 찍어 먹는 엽기적인 그의 모습에 놀라서 묻자 루드웨어는 잠시 입맛을 다시는 듯한 표정을 짓더니 말했다.

"드래곤의 피 맛인데? 아마 아크라시마의 피가 아닐까 생각된다."

그런 그의 말을 들으며 로노와르는 황당하다는 듯이 말했다.

"말도 안 돼. 어떻게 맛만 보고 아크라시마인 줄 아는 거야. 또 드래곤의 피는 언제 먹어본 거야?"

"한 오십 년 정도 전인가? 한참 드래곤 슬레이어 놀이를 하고 있을 때 조금 맛을 봤어."

"이 짐승!!"

로노와르가 역겨운 놈을 봤다는 듯이 말하자 루드웨어는 웃으며 말했다.

새삼 생각해 보건대 도대체 루드웨어의 나이는 몇 살이란 말인가? 겉으로 보기에는 아직 이십 대 초반의 얼굴인데 오십 년 전이라니… 리치가 아닐까 의심이 된다.

"나랑 논 사람이 누군지 알면 그런 말도 못할 텐데?"

"누군데!!"

"레드 드래곤 시크라."

그 말에 로노와르는 입을 다물고 말았다.

드래곤 일족 중 가장 괴이한 성격을 가진 괴짜 드래곤인 레드 드래곤 시크라는 에이션트 드래곤인 프로란스보다 오백 살이 적은 드래곤 일족의 원로 중 한 명이다.

드래곤 중 유일하게 루드웨어와 마찰이 없는 사이로, 오히려 가끔씩 그를 레어 안에 불러놓고 놀기까지 한다. 그 탓에 드래곤 로드는 루드웨어의 장난을 막을 때마다 시크라에게 부탁을 하곤 했지만 시크라 역시 루드웨어에 못지 않은 괴짜였기 때문에 결과는 비슷하곤 했다.

"도대체 시크라의 피는 언제 먹어본 거야?"

"먹다니? 무슨 소리야. 슬레이어 놀이 하면서 피 터지게 싸우다가 피 좀 맛봤을 뿐인데. 아마 시크라도 내 피를 조금 맛보지 않았을까 생각하는데, 새삼 생각해 보면 가끔씩 시크라가 나를 보면서 입맛을 다시는 건 그때 먹은 피를 잊지 못해서가 아닐까 생각해."

로노와르는 멍하게 그를 쳐다볼 수밖에 없었다.

"아무튼 아크라시마는 드래곤 슬레이어에게 포장 이사당한 것 같은데… 어디, 놈들이 쓸 만한 것이라도 남겨놨나 찾아봐야겠다."

"잔인한 녀석."

로노와르는 가뜩이나 동족이 죽임을 당한 것 같아 슬퍼 죽겠는데 그것을 아무런 거리낌 없이 말하는 루드웨어가 새삼 무섭게 생각됐다.

"잔인하다니! 난 지극히 현실적일 뿐이야. 생각해 봐라. 오크를 잡아먹는 네가 오크가 죽었다고 불쌍하게 생각되니?"

그 말에 로노와르는 고개를 저었는데 그것을 보며 그는 다시 말했다.

"똑같은 거야. 나에겐 아직 드래곤의 죽음을 슬퍼할 명분이 없어."

"드래곤하고 친하잖아."

"나랑 친한 드래곤은 음… 프로란스나 시크라가 죽으면 나 역시 슬프겠지. 아마 원수도 갚아주려고 노력하지 않을까?"

"나는?"

새삼 회한한 것을 물어보는 로노와르였다.

"마누라가 죽었는데 복수 안 하겠냐?"

그 말에 고개를 끄덕이는 로노와르. 바보 로노와르는 루드웨어를 좋아하는 것 같다. 아마 성체가 되면 루드웨어에게 시집가지 않을까 생각되어지는 상황이었다.   .

한참을 생각하다가 로노와르는 자신의 물음이 잘못되었다는 것을 느끼긴 했지만 이미 엎질러진 물이다.

'나 정말 루드웨어에게 시집가는 것이 아닐까?'

하지만 이런저런 생각으로 고민에 빠져 있는 로노와르는 안중에도 없다는 듯이 루드웨어는 레어 안의 여기저기를 뒤지더니 결국 찾고자 했던 걸 찾아내고야 말았다.

"빙고!!"

"뭐야?"

로노와르가 궁금하다는 듯이 다가가자 그는 레어 한쪽 벽에 박아놓은 바위를 마법으로 꺼내더니 그곳에서 몇 가지 물건을 꺼내기 시작했다.

"옛날에 아크라시마의 레어에 들렀을 때 쓸 만한 물건을 녀석 모르게 숨겨놓았는데 그게 아직도 있어서 말이야."

로노와르는 루드웨어가 몰래 숨겨놓았다길래 무슨 굉장한 물건인 줄 알고 살펴보았는데, 애석하게도 루드웨어가 꺼내놓은 물건 한 주머니의 금화와 몇 가지 무기, 보석들이었기에 실망한 표정으로 말했다.

"뭐야! 그런 건 내 레어에도 있잖아?"

"무슨 소리. 티끌 모아 태산이란 말도 몰라? 이렇게 조금씩 모아서 나중에 내 레어를 가득 채워야지."

"니 레어?"

"응! 마누라의 집이 곧 내 집이 아니겠냐? 너도 빨리 챙겨. 이게 다 우리 신혼품 장만할 돈이니까."

"……"

울고 싶은 로노와르였다. 루드웨어는 이미 둘의 결혼은 성립된 것으로 보고 있기 때문이었고, 루드웨어가 그렇게 생각한다면 연약한 로노와르는 포악한 영주에게 사로잡힌 평민의 여자처럼 따라갈 수밖에 없는 운명인 것이다.

"근데 뭐 하나 빠진 것 같아."

"뭔데?"

한참을 생각하던 루드웨어는 생각이 날 듯하다 안 나는지 머리를 잡고 한참을 고민하다가―물론 이것은 로노와르가 보기엔 발광하는 것과 마찬가지였지만―잠시 후 생각이 났다는 듯이 손바닥을 치고는 고개를 들어 천장을 쳐다보았다.

"옛날에 아크라시마가 좋은 아이템을 하나 얻었다고 자랑하길래 열받아서 천장에 던져 박아 넣고 모른 체하고 도망쳤는데 그게 생각나서 말이야."

"좋은 아이템?"

로노와르의 말이 끝나자마자 그는 레비테이션(부유 마법)을 써 천장으로 올라가더니 그곳에서 무엇인가를 뽑아서 내려왔다.

"뭐야?"

"러브즈 대거."

"러브즈 대거?"

"응. 아크라시마가 유희를 즐길 때 인간 여자들 중에 정말 절세미인인 공주가 있었다는데 워낙 드세서 안 넘어오더란 거야. 그래서 한참을 어떻게 하면 꼬실 수 있을까 고민하다 드워프하고 요정을 협박해서 만들어놓은 대거지. 5서클의 기브 미 러브 마법이 걸려 있어서 웬만한 여자들은 다 꼬실 수 있어."

너무 좋은 아이템에 로노와르는 할 말을 잃고 말았다.

잠시 엉뚱한 생각을 하던 루드웨어는 러브즈 대거를 들고 잔인한 미소를 띠며 로노와르에게 다가갔다.

"무슨 짓이야!"

"날 사랑하게 될걸! 해츨링이 무슨 마력이 있어 이 마법을 견딘단 말인가. 푸하하하!!"

"안 돼!!"

"받아라! 파워 오브 러브!!"

그리고 십 년 후.

"여보, 우리 애기 뭐 하고 있어?"

루드웨어는 밭을 갈다가 새참을 가져오는 그린 드래곤 로노와르를 보며 물었다.

"잘 자고 있어용~"

일단 엉뚱한 생각은 넘어가기로 한다. 진짜 좋은 아이템의 탄생. 그 것만 있으면 루드웨어는 신나게 살 수 있을 것이란 생각을 하고 있었 다.

'삶의 보람을 느끼며 열심히 살아갈 수 있을 거야. 후후.'

6장 암흑의 황태자 루덴스

철이 들었을 때 난 내가 존재하며 살아왔던 이곳이 내가 살아야 했던 곳이 아니라는 것을 알 수 있었다.

존재하지도 않을 것이라 생각했던 강렬한 햇살이 나의 눈을 자극해 왔을 때 난 살아오면서 가장 화려한 것을 느꼈다고 생각했다.

하지만 그건 오래가지 않았다.

피부로 느껴오는 따스함이 내가 눈으로 느꼈던 그것이란 것을 알았을 때 난 그것을 더 이상 보지 못하게 되었다는 것을 알게 되었다.

그리고 내가 있었던 곳은 내가 있으면 안 되는 곳이었다는 것을……

분노가 나를 사로잡으며 난 내가 잃은 것을 찾아내리라는 심정으로 최초의 살인을 저질렀고, 시간이 지났을 때 난 주위에 있는 모든 생물체에게서 그 흐름이 사라졌다는 것을 알 수 있었다.

그들은 생명으로써의 순간을 잃었고 난 빛을 잃었다.

—크샤스의 자서전 중에서.

"종족 평준군?"

백색의 갑옷을 입은 이십 대 중반의 젊은 귀족은 탐스럽게 느껴질 정도의 긴 머리를 늘어뜨리며 자신의 앞에서 부복하고 있는 한 남자를 쳐다보며 되물었다.

검은빛의 안개가 사방에 옅게 끼어 있는 탓에 주변의 흰 대리석조차 회색 빛으로 물들어 버리는 거대한 대청. 그곳에서 근엄한 모습으로 앉아 있는 젊은 기사의 이름은 크리사리드 루덴스란 자다.

루덴스가 있는 이곳은 북의 마성이라 불리며 대륙의 거의 모든 인간들에게 공포의 대상이 되고 있는 곳으로, 마신의 대리자인 암흑의 황태자라는 루덴스가 그가 다스리는 마령을 마족들이 유일하게 인간을 공격하지 않는 영토로 만든, 마령의 모든 지시가 내려지고 있는 중추적인 성이었다.

다른 사람들이 생각하기에 암흑의 황태자라고 불리면 성 전체가 온통 검은색으로 도배되어 있을 것이라 생각하겠지만, 그것은 루덴스의 성을 보지 않는 사람들의 헛소문이었고 사실 루덴스의 성은 북부를 뒤덮는 눈과 같이 하얀색의 성이었다.

루덴스가 인간이었을 때 불렸던 순백의 기사의 취향은 사라지지 않아, 그가 라스타의 대리자가 돼 있는 지금까지도 계속 이어지고 있었다.

흔히들 마족이나 마물들은 어둠을 사랑하고 피를 즐긴다는 것으로 알고 있지만, 사실 그들 역시 인간과 같이 빛을 사랑하고 피를 혐오하기도 한다. 인간들은 피를 먹어야 살 수 있는 뱀파이어나 몇몇의 잔인한 지능이 낮은 마물들에게 현혹되어 모든 마족을 괴물 취급하고 있는 것이다.

그런 선입견을 없애려는 듯 루덴스는 접견실로 오는 모든 마족에게 흰옷을 입으라고 지시했다.

루덴스의 앞에 부복하고 있는 하얀색의 정장을 입은 하프 뱀파이어인 사라덴은 뱀파이어 일족의 여자와 인간의 남자가 결혼하여 그 사이에서 태어난 자였다.

과거에는 사람의 피를 빨 수밖에 없는, 인간도 마족도 아닌 처지가 되어 수십 년을 인간에게 쫓기며 살아가던 자였지만, 도망 다니던 중 산속에 은거하고 있던 한 노인에게 검술과 학문을 배울 수 있었다. 그것을 바탕으로 대륙을 종횡하다가 그의 뛰어난 검술과 지략이 루덴스에게 발견되어 현재는 북의 마성에서 루덴스의 총애하는 최측근의 한 명으로 자리 잡고 있는 것이다.

"예. 종족 간의 균형을 맞추어 모든 종족에게 평화를 주겠다고 부르짖고 있는 자들입니다."

"현재 세력은 어느 정도인가?"

"북극령의 수도인 얼음의 성이 그들이 본거지로 나타났으며, 그 외에는 남방 해상 세력의 하나인 크로노스 섬을 중심으로 한 해적단과 알렌하비스트 왕국의 마법 탑 중에서도 그의 휘하 세력이 존재하고 있다고 합니다."

루덴스는 사라덴의 보고를 들은 후 북극령에 대해서 생각하지 않을 수 없었다.

북극령은 루덴스의 영토인 마령보다 더 북쪽에 존재하고 있는 거대한 섬으로 일 년의 반은 낮이고 또 다른 반은 밤인 이상한 낮과 밤을 가진 곳이기도 했다.

영토로서의 가치는 별로 없다고 할 수 있지만 얼음성 자체의 방어도와 근처에 서식하고 있는 마물들의 힘이 강하기 때문에 병력을 강화하기 위해선 괜찮은 곳이기도 했다.

하지만 루덴스 자신이 전쟁을 원하지 않고 있는 데다 북극의 마물들은 다루기도 어렵기 때문에 점점 강대해진 세력을 내버려 두고 있었는데, 현재에 와서는 자신의 영토까지 노릴 정도로 그 세력이 강대해지고 남방의 해상 세력과 연계, 대대적인 해상 무역을 하자 재정 역시 루덴스의 마령과 버금갈 정도로 발전해 있는 상태로 변한 것이다.

"건드리려면 우리나 건드릴 것이지, 하필 건드릴 것이 없어 드래곤을 건드리다니······."

마신의 대리자인 루덴스가 드래곤을 두려워할 것은 없으나 그들 일족과 친분을 파괴할 필요도 없었다. 그도 그럴 것이, 마령의 입장에서 드래곤이란 종족 그 자체가 최강의 종족으로 중요한 하나의 방벽 구실을 하고 있기 때문이다.

이것은 인간들이 보통 마족보다 드래곤을 더 두려워하기 때문이었다. 그 때문에 제국과 마찰을 가지고 있는 마령도 국경의 산맥을 지키고 있는 드래곤을 방패 삼아 전쟁을 멈추고 있었다. 하지만 종족 평준군이라는 허울 좋은 이름을 가진 그들이 아크라시마를 죽이자 국경의 방패가 사라진 것이나 마찬가지가 되어버린 것이다.

"그래, 녀석들이 노리는 것이 무엇인 것 같은가?"

루덴스가 묻자 사라덴은 옆에 있던 시종에게 지시해 지도를 펼치게 했다.

"북극령의 세력이 남방에 해적들을 지니고 있다고는 하지만 해적이란 것이 전쟁을 일으킬 만큼 강한 세력은 아니기 때문에 모든 주력은 북극에 두고 있는 실정입니다."

"그렇지."

"그들이 추구하고자 하는 종족 평준을 위해서는 먼저 그들이 말하는 종족의 평준화를 방해하는 가장 큰 세력인 제국을 무너뜨릴 필요가 있는데, 종족 평준군의 주 세력이 위치하고 있는 북극령은 진군 루트가 저희 마령의 영토에 막혀 있어 진군이 불가능한 상태였습니다. 그렇기 때문에 다른 방법을 모색한 것으로 보입니다."

"음… 대륙 진출이 목적이라면 아마 제국과 마령의 전면전을 조장한 후 나중에 약해진 두 세력을 한꺼번에 삼켜 버리겠다는 뜻인가 보군."

"예, 그렇다고 볼 수 있습니다."

사라덴의 설명을 듣던 루덴스는 화가 났는지 탁자를 주먹으로 내려치며 소리를 질렀다.

"지금까지 무얼한 건가!! 모든 대륙 국가의 변동 상황을 일일이 체크하고 보고하라 했는데, 도대체 일이 이지경이 될 때까지 모르고 있었다니! 이거 진퇴양난의 상황에 빠져 버린 것이 아닌가!!"

"군대를 움직이는 것이 아닌 용병들을 고용하여 여행자처럼 움직이고 있기 때문에 정보 입수가 용이하지 않았던 것 같습니다."

현재 루덴스는 두 세력의 가운데 끼어 있는 상태이기 때문에 어떻게 해볼 도리가 없었다. 얼음의 성의 세력을 치는 것은 그리 어려운 일은 아니었지만, 그 시기를 보아 제국이 침공을 한다면 방비할 도리가 없을 테고 제국 역시 똑같은 이유로 공격해 들어갈 수 없는 노릇이었다.

"아직까지는 제국 측으로 아크라시마가 죽었다는 소문이 돌고 있지는 않지만 얼음성 측이 소문을 조장할 것은 당연하다고 보여지기 때문에 시간이 별로 없습니다."

어떻게든 방법을 생각해야 했지만 루덴스로는 좀처럼 현 상황을 타파할 마땅한 전략이 생각나질 않았다.

"폐하, 드래곤 일족에게 맡기는 것이 어떻습니까?"

"말도 안 돼! 그 멍청한 드래곤들은 일족이 죽어도 꿈쩍도 하지 않는다고!"

한때 드래곤 슬레이어가 활개를 칠 수 있었던 것도 이런 드래곤들의 성격 때문으로 그들은 자신의 일족이 죽었다고 해서 움직이지 않는다. 아니, 성질 급한 레드 드래곤의 경우에는 약해 빠진 녀석이 죽었다고 박수를 칠지도 모르는 성격이라 아크라시마가 죽은 것을 핑계로 드래곤들에게 얼음의 성을 공격하는 것을 바랄 수는 없는 것이었다.

"하지만 해츨링이라면 경우가 다르지 않습니까?"

"해츨링?"

"예. 들어온 보고에 따르면 해츨링인 로노와르가 루드웨어라는 마법사와 함께 하글 산맥 주위에 있다고 합니다."

그 말에 루덴스는 어이가 없다는 듯이 사라덴에게 코웃음을 치며 말했다.

"네 생각은 마령에서 얼음성의 세력으로 위장하고 해츨링을 공격함으로써 분노한 드래곤 일족을 끌어들이겠다는 거냐?"

"예."

사라덴이 말이 끝나자마자 루덴스는 자신의 옆에 있던 책을 사라덴에게 집어 던져 버렸다.

책을 맞은 사라덴은 아픔보다는 두려움이 앞서 그 자리에서 무릎을 꿇고는 땅에 머리를 박고 말았는데, 이는 평소에는 온화한 성격인 루덴스였지만, 분노가 치솟아올랐을 땐 산맥 하나를 날려 버릴 정도의 힘을 구사하는 루덴스였기에 강한 힘을 가지고 있는 그로서도 떨지 않을 수 없었다.

"사라덴."

"예, 폐하!"

"내가 누구인가?"

"마족의 지배자이며 마계를 다스리는 위대한 마신 라스타님의 대리자로 세상에 오신 암흑의 황태자 루덴스님이십니다!"

"그런 나에게 그런 삼류 잡배들이나 쓰는 책략을 쓰라는 거냐?"

"죄송합니다."

사라덴이 벌벌 떨며 사죄하자 그제야 조금 화가 풀린다는 듯이 루덴스는 그에게 일어서라 지시하며 왕좌에 몸을 맡기고는 말했다.

"네 녀석의 생각에는 크게 세 가지 문제점이 있다. 첫째, 그런 사기꾼 같은 책략은 라스타님의 권위를 떨어뜨리는 짓이다. 세상의 모든 인간들이 마족을 욕한다 하더라도 우리 마족은 정당해야 한다. 둘째, 자칫 책략이 드래곤들에게 밝혀졌을 때엔 우린 얼음성이나 제국 같은 세력이 아닌 더 강한 세력과 싸워야 하는 불상사가 일어날 수도 있다. 얼음성이나 제국의 공격이야 마령을 멸망시킬 수는 없겠지만 최강의 생물인 드래곤의 경우는 마령 자체가 소멸될 위험을 각오해야 하는 것이다."

"예."

사라덴이 간신히 대답하자 루덴스는 미소를 지으며 말했다.

"사라덴, 마지막 세 번째 이유가 뭔지 아는가?"

"그게……."

사라덴의 얼굴에서 모르겠다는 표정이 나오자 루덴스는 크게 웃더니 말했다.

"하하하, 그럴 테지. 네 녀석이 루드웨어란 놈을 잘 안다면 그런 계략은 짜지 못할 테니까."

"예?"

사라덴이 자신의 말을 알 수 없는 듯한 행동을 하자 왕좌에서 일어난 루덴스는 사라덴의 앞으로 다가가 자신이 분노해서 던진 책자에 맞아 붉게 변한 사라덴의 이마를 마나를 사용해 쓰다듬어 주면서 말했다.

"드래곤 일족에게 유일하게 보호를 받는 인간이자, 인간계 최고의 마법사 루드웨어는 네 녀석이 생각한 만큼 쉬운 인물이 아니다."

하글 산맥에 있는 제국과 마령을 잇는 대로에 위치한 하븐 마을은 두 국가의 상황을 생각해 보면 군사적으로는 매우 중요한 위치를 차지하고 있는 곳이었지만, 화이트 드래곤 아크라시마가 둥지를 틀고 있는 덕택에 이곳에서의 전쟁은 없었다.

그 때문에 보통 사람들은 이 길을 지나다닐 수 없었지만 마령과 제국을 오가는 밀수꾼들이 많이 지나다니는지라 하븐 마을은 그들이 많이 머무는 곳이었다.

그런 이유로 마령이 건국할 당시에는 주민이 100명도 채 되지 않던 마을이 이제는 상당히 번성한 마을이 되었고 근처에 있는 여느 도시보다 물자가 풍부한 곳이기도 했다.

하븐 마을의 잡화점인 '마족의 친구'는 이곳을 지나가는 마족과 인간들이 많이 들르는 곳으로 상당히 큰 상점이었다.

밀수꾼들에 의해 대륙의 거의 모든 물건이 보급되기 때문에 다른 곳에선 찾기 힘든 물건들도 살 수 있는 곳이었다.

"말도 안 돼. 어째서 삼천 골드밖에 안 된다는 거야!"

루드웨어는 마족 친구의 주인과 한참 싸우고 있었다.

문제는 레어 안에 있던 금화들이 워낙 오래되어 현실에서 화폐로 쓰일 수 없고 거의 유물화되다시피 해서 아크라시마의 레어에서 가져온 보석을 팔려고 온 것인데, 주인이 너무 터무니없이 보석 가격을 낮게 부르자 우리들의 알뜰 주부 루드웨어가 열받은 것이었다.

"거참, 원래 이곳은 각종 물품이 모이는 곳이라서 물가가 싼 곳이라니까."

"흥! 그래도 삼천 골드는 너무 터무니없이 가격을 낮추는 거라고!! 제국의 도성에서는 이 정도의 보석이면 족히 오천 골드는 받을 수 있단 말이야!! 열받게 하지 말고 높여!"

루드웨어가 눈을 부릅뜨며 말하지만 젊은 마법사로 보이는 루드웨어를 우습게 보는지 주인은 턱도 없다는 듯이 고개를 저으며 말했다.

"삼천 이상은 안 돼!"

"젠장! 이 사기꾼 같은 주인장아!!"

"사기꾼이라도 해도 삼천 골드 이상은 안 돼!"

뻣뻣한 주인에게 조금은 지쳤고, 이곳에서 보석을 팔지 못하면 마시장에서 말을 살 수 없기 때문에 루드웨어도 반은 포기 상태로 변하고 있었는데 우리의 귀여운 드래곤인 로노와르가 구원을 해준 것이다.

로노와르는 한쪽에서 희귀한 아이템을 구경하면서 놀고 있었는데, 자신은 보석을 팔려고 갖은 악을 다 쓰는데 로노와르는 태평하자 화가 난 루드웨어가 소리쳤다.

"이 빌어먹을 드래곤아! 누구는 이렇게 고생하며 보석 팔려고 노력하는데 네놈은 놀고만 있냐!"

"신기한 걸 어떡해. 와! 주인, 이 브로치 얼마나 하지?"

루드웨어의 거리낌없는 말. 하지만 대화하고 있는 두 사람에게는 별일이 아니었지만 듣는 주인에게는 커다란 충격으로 다가왔다.

"드, 드래곤이요?"

"왜?"

아무것도 모르겠다는 로노와르의 말에 주인은 장난치는 거겠지 하며 넘기려고 하는데 문제는 쉽게 넘어가지 않았다.

별의별 아이템이 다 있는 상점이라 진실의 거울 같은 아이템도 있었는데 거울은 폴리모프한 로노와르의 모습을 적나라하게 보여주고 있던 것이었다.

"어! 진실의 거울 아냐?"

겁을 먹고 있는 주인을 눈치 챈 루드웨어는 역전의 한순간을 놓치지 않았다.

"진실의 거울이 뭔데?"

로노와르의 물음에 루드웨어는 그것도 모르느냐 듯이 엄숙하게 말했다.

"참나, 그것도 모른단 말이야. 그건 진실의 형상을 보여주는 거울인데, 이를테면 폴리모프한 자의 본모습을 보여주기도 하지."

"그래?"

루드웨어의 말에 거울을 뺏어 보자 자신의 멋진 그린 드래곤 얼굴이 보이는지라 로노와르는 신기하게 생각했다.

"정말이네. 와~ 신기하다."

"신기할 테지. 네놈 같은 어린 녀석이 그런 걸 구경이나 했겠냐."

말이 끝남과 동시에 회심의 미소를 지으며 루드웨어는 주인을 보며 작은 목소리로 말했다.

"사천 골드. 그 이하는 나도 양보 못해. 그 정도에 보석을 사주지 않으면 아마 내 동료인 드래곤도 가만히 있지 않을 텐데. 뭐, 싫으면 말고."

친구를 팔아먹는 루드웨어의 협박에 꼬리를 내린 주인은 어쩔 수 없이 보석을 사천 골드에 살 수밖에 없었다.

"헤헤헤, 제가 무슨 불만이라도 있겠습니까? 사천 골드라면 사천 골드에 사야지요."

"거참, 삼천 골드도 상관이 없긴 하지만 그렇게 준다면……."

마음에도 없는 소리를 하며 루드웨어는 주인이 내주는 금화 주머니와 보석을 교환했다. 루드웨어가 뒤로 돌아 로노와르와 함께 나가려 하자 주인은 분통함에 위가 아려오기 시작했는데, 로노와르가 다시 진실의 거울을 가져오더니 주인에게 말했다.

"주인아, 나 이거 가져간다."

무슨 할 말이 있겠는가. 천 골드짜리 물건을 그냥 공짜로 줘버린 주인장은 로노와르가 나가자 위통에 기절하고 말았다.

"루드웨어."

"왜?"

갑자기 다가온 로노와르를 보며 그는 건성으로 대답했는데 갑자기 로노와르가 거울을 들이대자 놀라서 뒤로 물러서고 말았다.

"뭐야?!"

"솔직히 말해. 인간이 아니지."

"무슨 소리야?"

로노와르는 놀라 뒷걸음질치는 그를 보며 말했다.

"그럼 왜 도망가? 진실의 거울에 드러나는 모습이 두려운가 보지?"

"무슨 소리야! 난 진짜로 인간이라고!"

"그럼 왜 진실의 거울에 비춰지는 걸 두려워하는데?"

"그건… 젠장, 당장 그 거울 안 치워!!"

"치우지 뭐. 거울이야 멀리서도 비추면 보이는 걸 뭐."

그 말에 놀란 루드웨어는 급히 로브의 후드를 뒤집어써 자신의 모습을 감춰 버렸다.

"뭐야?"

"흥! 망각의 주문을 건 로브다. 진실의 거울로 백 번을 비춰봐라. 뭐가 보이나!"

"뭐야, 로브 좀 내려봐."

"짜증나게 왜 그러는 거야! 다시 한 번 말하지만 난 인간이라니까!"

"아니야. 뭔가가 이상해. 아님 그렇게 가릴 필요는 없잖아. 또 인간이 백 년 이상이나 살았는데 본 모습 그대로라는 것도 이상해. 뭘 숨기고 있는 거 아니야?"

그 말에 루드웨어는 시치미를 뚝 떼며 말했다.

"무슨 소리야? 난 뛰어난 마법사이기 땜에 젊음을 유지할 수 있는 거라고."

"그래? 그럼 전설의 마법사 사르프는 왜 늙었는데?"

"그거야 사르프가 나보다 약했기 때문이겠지."

"말도 안 돼. 조금만 보여줘. 아무한테도 말 안 할 테니까."

"싫어."

"정말 이러기야!!"

"로노와르, 적당히 해라. 가뜩이나 신경 쓰여 죽겠는데."

왜 루드웨어는 진실의 거울에 드러나는 것을 꺼려하는 걸까? 궁금하기 그지없는 로노와르였다. 조금씩 밝혀지려 하는 루드웨어의 본모습, 과연 그 모습을 확인하고도 로노와르는 여성체가 되어서 루드웨어에게 시집을 갈 것인가?

로노와르는 한참을 생각하며 몇 가지 가설을 만들어낼 수 있었다.

추측1. 루드웨는 리치다→진실의 거울에는 해골만 비쳐지니까 보지 않는 거다.

추측2. 루드웨어는 인간이 아니다→진실의 거울에 다른 모습이 비추어진다면?

추측3. 진짜 얼굴이 아니다→루드웨어는 추남인가?

7장 루드웨어의 과거

루드웨어의 진짜 정체를 알지 못한 로노와르가 어떻게든 정체를 알기 위해 진실의 거울까지 사서 들고 다니기 시작하자 루드웨어는 어쩔 수 없이 더운 날씨에 로브를 뒤집어쓰고 다닐 수밖에 없었다.

'아, 덥다. 스승님도 무지 더웠을 거야.'

한여름에 로브를 뒤집어쓰고 있는 루드웨어는 새삼 잊혀졌던 스승이 생각났다.

루드웨어의 스승 라지베헤루는 제국에서 유명한 괴짜 마법사로, 실력은 최고였으나 언제나 말썽만을 일으켰기 때문에 제국에서는 블랙리스트에 올라 있던 사람이었다.

그의 제자가 된 것도 모두 괴짜 스승의 행각 때문이었다.

그 당시만 해도 마법을 모르고 있던 루드웨어는 어릴 적 전쟁으로 부모를 잃고 떠돌아다니던, 흔히 있었던 전쟁 고아에 지나지 않았다.

그의 인생을 바꾸어 버린 그날도 마을에서 밥도 빌지 못하고 배고픔에 인적없는 산에 들어가 풀이라도 캐 먹을 요량으로 루드웨어는 산속을 헤매고 있었다.

늑대나 야생 맹수가 돌아다니는 산이었지만, 어차피 굶어 죽으나 맹수에게 잡혀 죽으나 죽는 것은 마찬가지란 생각이었기에 어린 루드웨어는 큰마음을 먹고 산속으로 향하고 있었다.

피폐하게 말라 버린 어린 루드웨어는 몇 시간을 산속에서 헤매었지만, 별다른 지식조차 없던 루드웨어에게 자연의 보고라는 숲도 먹을 것은 안겨주진 못했다. 거의 쓰러질 듯 헤매고 있을 때 푸른빛이 희미하게 태양마저 가려 버리는 숲을 환하게 비추고 있는 것을 발견할 수 있었다.

"먹을 거······."

인가의 불빛이라고 생각한 루드웨어는 주린 배를 움켜잡고 빛이 비치고 있는 곳으로 향했다.

"크하하하하! 성공이다."

붉은색의 로브를 입고 참나무로 만든 로드를 들고 있는 노년의 마법사는 자신의 앞에 있는 여러 마물들을 보며 크게 웃고 있었다.

붉은색 로브의 마법사 이름은 라지베헤루. 그 당시 대륙에서 다섯 손가락 안에 드는 마법사로 이름을 날리고 있는 그였지만, 괴이한 실험들로 인해 인식은 그리 좋지 못한 마법사였다.

라지베헤루가 마물들 앞에서 크게 웃고 있는 이유는 그가 십여 년을 고생하여 해독한 소환 마법을 성공시켰기 때문이다.

그의 앞에 있는 마물들은 푸른색의 오망성 마법진 위에서 이지를 상실한 눈으로 멍하니 서 있었는데, 아직 완전한 주문을 외우지 않았기 때문이다.

이제 한 소절만 외우면 그가 소환한 마물들은 완전한 이지를 찾아 지상계에 그 힘을 발휘할 수 있게 되는데, 그때 예상을 뒤엎는 일이 생기고 말았다.

"아!"

앳된 목소리가 그의 뒤에서 울려 나오자 뒤를 돌아본 라지베헤루는 목소리의 주인공이 거지 꼬마라는 것을 알 수 있었다.

"꼬마야, 여긴 위험하니 저리 가거라."

아직 마지막 주문을 외우지 않아 마물들이 움직이지 않는다고 해도 처음 해보는 소환 마법이었다. 해서 상황이 어떻게 변할지 모르는지라 라지베헤루는 소년을 물러서게 하려고 했지만, 그때 예상하지 못한 일이 벌어지고 말았다.

"돼지다! 흐읍."

소년은 멍한 눈으로 마법진에서 소환된 이계의 오크를 보고는 갑자기 돼지라고 소리치고는 입에서 흐르는 군침을 닦기 시작했다.

"돼지……."

라지베헤루는 소녀의 말에 황당함을 느낄 수밖에 없었다. 두 개의 송곳니가 날카로운 이계의 오크를 돼지로 보고 있는 소년을 뭐라 평가할 수 없었기 때문이다.

"우와!"

배고픔에 찌든 루드웨어. 그는 자신의 앞에 있는 이계 오크를 돼지로 생각하고는 주변에 있던 막대를 들고는 마법진 안으로 뛰어 들어가기 시작했다.

"이런!!"

라지베헤루는 갑작스런 꼬마의 행동에 놀라 막으려고 했는데, 잽싼 꼬마는 벌써 마법진 안으로 들어가 오크의 머리를 막대로 때리고 있었다.

"꼬마야, 위험하다! 빨리 나오너라!!"

"돼지야! 죽어라!!"

하지만 배고픔에 찌든 루드웨어에게 그런 라지베헤루의 말은 들리지 않았고, 그런 소년을 보며 당황한 라지베헤루는 마나의 공급에 차질을 빚고 말았다.

"쿠악!"

"젠장!"

마나의 공급이 흐트러지자 소환된 마물들의 눈이 빛나기 시작했다. 본래대로라면 마지막 주인으로 이지를 찾고, 소환사 라지베헤루에게 절대 복종을 다짐해야 하지만, 소년의 난입으로 인해 여러 가지 상황이 흐트러져 이지만을 되찾고 복종의 마법은 먹혀들지 않은 것이다.

이계 오크는 자신의 머리를 때리고 있는 소년을 보며 괴성을 지르고는 손을 들어 목을 조르기 시작했다.

"꾸에엑!!"

순식간에 이계 오크에게 잡혀 목이 졸려지는 소년은 괴성을 지르며 빠져나오려고 발버둥쳤지만 그 힘을 당할 수는 없었다.

"이런! 어쩔 수 없군."

라지베헤루는 조용히 눈을 감고 주문을 외우기 시작했다. 그가 외우고 있는 주문은 소환 마법을 되돌리는 역주문으로 소년을 구하기 위해 다시 마물들을 이계로 되돌려 보내려고 하는 것이다.

"이계에서 온 생물이여, 너희들의 시간으로 돌아갈 지어다!"

그의 주문 영창이 끝나자 마법원은 강한 빛을 내뿜기 시작했고, 마법원 안에 있던 마물들의 몸이 가루가 되듯 흩어지기 시작했다.

어느 정도의 시간이 지나자 마물들은 그 모습을 마법원에서 완전히 감추었고, 라지베헤루는 안도의 한숨을 쉬었다.

"휴, 다행이군. 꼬마야, 괜찮느… 잉?"

마물 소환을 끝낸 라지베헤루는 이계 오크에게 죽을 뻔한 소년을 찾았는데, 소년의 모습은 어디에도 보이지 않았다.

그 이유를 천천히 생각해 본 라지베헤루는 얼마 지나지 않아 소년이 사라진 이유를 알 수 있었다.

"아하! 역소환에 실려가 버린 거군. 별거 아닌 것으로 고심하다니… 내가 조금 멍청해졌나? 우하하하하!"

하지만 그는 소년이 사라진 이유만을 생각하다 가장 중요한 것을 잊고 있었다.

소환 마법진을 대충 정리하고 자리를 뜨려고 하던 라지베헤루는 무엇인가 빠졌다는 것을 알 수 있었다.

"뭐가 이상한데? 무얼 빼먹었나?"

한참을 고민에 잠긴 라지베헤루. 드디어 그는 무엇을 빼먹었는지 알 수 있었다.

"헉!!"

거지 소년이 자신의 역소환 마법으로 이계로 사라져 버린 것을 그제야 깨달은 것이다.

"젠장!!"

꼬마가 갑작스럽게 난입하여 벌어진 일이라고는 하지만, 이계에서 죽임을 당할 꼬마를 생각하면 가만히 있을 수는 없었다. 그가 조금 괴팍한 마법사이기는 하지만 사람 됨됨이가 사악한 마법사는 아니기에, 꼬마를 구출해 내야 된다는 생각이 그의 머리를 사로잡기 시작했다.

"제발 살아만 있어다오."

한편 이계 오크에게 목이 졸린 채로 이계로 떨어진 루드웨어는 정신을 차렸을 때 자신이 생전 처음 와보는 곳에 있다는 것을 알 수 있었다.

"으왕! 여긴 어디야."

배고픈 데다가 미지에 대한 두려움으로 가득 찬 루드웨어는 사방을 둘러보다가 더 이상 참지 못하고 눈물을 터뜨렸다.

하지만 얼마 지나지 않아 그의 두려움은 희망으로 바뀌었다.

자신의 앞에 이상한 열매를 맺고 있는 커다란 나무를 발견했기 때문이다.

"먹는 건가?"

주황색의 주먹만한 열매를 맺고 있는 나무 열매는 탐스럽기 그지없었지만 아무거나 먹었다가는 위험하기 때문에 조금 고민에 빠진 루드웨어였다.

하지만 먹고 죽은 귀신이 때깔도 좋다는 옛 성인의 말을 생각해 내고는 힘겹게 나무 위로 올라가 주황색의 열매를 따서 입으로 가져갔다.

주황색의 열매는 조금 쓰기는 했지만 그 알맹이는 달콤하기 그지없었기에 눈이 휘둥그레진 루드웨어는 허겁지겁 나무 열매를 따 먹기 시작했다.

태어나서 한 번도 제대로 먹어본 적이 없는 루드웨어는 이런 맛있는 열매를 맛보게 되자 눈이 돌아가 버리고 만 것이다.

하지만 모든 인간들이 다 그렇듯이 어느 정도 배를 채운 루드웨어는 그제야 제정신이 돌아오기 시작했다. 자신이 들어온 곳은 그가 잘 알고 있는 숲이었지만 지금 있는 곳은 생전 처음 보는 곳이었기 때문이다.

"어떡하지."

그대로 이곳에 남아 사람이 지나가기만을 기다릴까도 생각해 보았지만, 보모가 죽은 후 몇 년은 고아로 살아온 그이기에 이곳에 있다고 구해줄 사람도 없었고, 가만히 있기에는 너무나 뻐근했기 때문에 루드웨어는 이곳을 돌아다니기로 결심했다.

다 찢어져 가는 윗도리를 벗어 주황색 열매를 한가득 따서 보따리를 싼 루드웨어는 손바닥에 침을 뱉고는 신의 나침반을 사용하여 방향을 확인하고 그쪽을 향해 하염없이 걸어갔다.

그 후 한 달 간은 어린 루드웨어에게는 지옥 같은 나날이었다. 그가 떨어진 곳은 다름 아닌 마계의 숲. 그곳은 잔인한 마수들과 야수들이 끊임없는 출몰하는 위험 지역이었던 것이다. 아무런 힘도 없는 루드웨어는 마수와 야수들의 공격에서 도망치며, 어떤 때는 그들을 잡기 위해 머리를 싸매는 등, 온갖 고난을 겪게 된 것이다.

이 한 달의 시간 동안 괴짜이긴 했지만 심성이 악하지 않았던 라지베헤루는 불쌍한 아이를 구하기 위하여 마계로 내려갈 준비를 했다.

한 달 만에 마계로 떠나기 위한 의식을 마치고 마계에 도착했지만, 급한 준비 때문에 마나가 흩어져 버린 그는 기력을 잃어버려 자신조차 위험한 상황에 처하게 되었다.

그러던 중 마수에게 잡아먹힐 뻔한 아이를 발견했다.

"젠장!"

아이를 구하기 위해 마계까지 내려오기는 했지만, 설마 그 와중에 마나가 흩어질 줄은 예상도 하지 못했다.

마계와 지상계의 마나는 같은 것 같으면서도 다른 구조를 띠고 있었기 때문이다.

그의 앞에는 마계의 마수 중 약한 축에 속하는 레븐타이거가 이빨을 드러내며 다가오기 시작했다. 평상시에는 간단한 마법 한 방으로 끝낼 녀석이었지만 현재의 라지베헤루는 그런 녀석도 상대할 힘이 없었던 것이다.

"아, 대마법사 라지베헤루의 일생이 여기서 끝나는 것인가……."

자신의 죽음을 예상하며 두 눈을 감은 라지베헤루는 마수의 이빨이 자신의 목을 단번에 끊어주기를 바라고 있었는데, 예상외로 마수의 이빨의 고통은 좀처럼 느껴지지 않았다.

"응?"

마수가 덤벼들지 않자 이상하게 생각한 라지베헤루는 눈을 떠 마수가 있는 곳을 쳐다보았다. 그 순간 전혀 예상치 못한 일이 눈앞에서 벌어지는 것을 목격할 수 있었다.

자신을 공격하려던 레븐타이거가 어디서 날아왔는지 모를 덩굴에 목이 걸려서는 나무 위에 걸려 발버둥치며 죽어가고 있었던 것이다.

"아!!"

레븐타이거의 목을 걸어 나무 위로 올려 버린 덩굴은 사람의 손에 다듬어진 흔적이 있었기 때문에 그는 누군가 자신을 구해주었다는 것을 알 수 있었다.

얼마 지나지 않아 레븐타이거의 숨이 끊어지자 덩굴이 걸린 나뭇가지 위로 한 사람이 모습을 드러냈다.

엉성하게 만들어진 가죽 옷을 입고 있는 작은 소년이었다. 소년은 덩굴을 풀어 레븐타이거를 땅에 내던진 후 나무에서 내려왔다.

"고맙구나."

라지베헤루는 자신을 구해준 소년을 향해 고맙다는 말을 했는데, 그 순간 아이는 그의 목소리에 놀란 얼굴을 하고 있었다.

"어라? 할아버지, 이곳의 사람이 아니네요?"

"응, 이 할아비는 지상계에서 왔단다."

"그렇군요. 어쩐지 제국어를 사용한다 했어요."

제국의 언어를 알고 있는 아이를 자세히 살펴본 라지베헤루는 이계에서도 제국어가 통용되는구나 생각하고 있다가 무엇인가 이상하다는 생각이 들었다.

'잠깐! 제국의 사람이 이계로 찾아왔었다 해도 언어가 이렇게 같을 리는 없지 않은가?'

이상한 생각에 꼬마 아이를 보고 있던 라지베헤루는 문뜩 무슨 생각이 들었다.

"혹시 꼬마야… 혹시 너 한 달 전에 제국에서 살지 않았니?"

"어! 어떻게 아세요? 배고파서 숲을 돌아다니다가 잠깐 잤는데, 일어나 보니 이곳에 있었어요."

"아! 다행이구나!!"

라지베헤루는 자신이 구해내고자 했던 아이가 눈앞에 나타나고, 거기다 자신을 구해주기까지 할 정도로 마계에 적응한 모습에 안도감과 반가움으로 아이를 부둥켜 안고는 기쁨의 눈물을 흘렸다.

그 후 라지베헤루는 흩어진 마나를 회복하는 데까지는 일 년의 시간이 걸렸다. 그동안 루드웨어는 움직이기조차 힘든 라지베헤루를 부양하느라 마계 곳곳을 돌아다녔다.

그리고 그곳에서 한 명의 친구를 만나게 되었는데, 그는 바로 현재 마령을 관장하는 암흑의 황태자 루덴스에게 마성의 포션을 전해준 암흑 신관 유리마였다.

우연히 마계의 숲을 지나다 만나게 된 유리마는 마왕 라스타에게서 직접 수업을 받는 암흑 신관이었다. 마계에서 마신의 수업을 받는다고 해도 어린아이였기에 같은 또래의 친구가 없었던 터라, 그는 마계로 떨어진 지상 소년 루드웨어와 친하게 지내게 되었고, 루드웨어는 유리마에게서 마계에서 살아남기 위한 방도로 암흑 마법을 배우게 된다.

라지베헤루가 다시 지상으로 빠져나갈 수 있는 마나를 회복하기 위해선 안전한 장소가 필요했었기에 친구 유리마는 그들 두 사람에게 살 수 있는 장소를 제공해 주었다. 그래서 루드웨어는 지상으로 귀환할 때까지 마계에서 라지베헤루에게 마법을 익히게 되었다.

'아! 스승님은 하늘에서 신들이랑 잘 놀고 있겠지.'

스승이 죽은 지는 오래되었지만 워낙 강했던 스승이었기에 저승에서도 잘 살고 있을 것이라 생각한 루드웨어는 미소를 띠면서 신계에서 신을 괴롭히고 살고 있을 라지베헤루를 잠시 생각했다.

후드를 뒤집어쓴 탓에 땀으로 범벅된 머리를 손으로 한번 닦아주던 루드웨어는 로노와르가 뻔히 처다보고 있자 의아해하며 물었다.

"뭐야?"

"별거 아니고, 니가 갑자기 진지해지길래 이상해서 한번 봤지."

"음……."

새삼 자신이 진지한 남자가 아니었다는 것을 깨달은 루드웨어였다.

"이제부터 어딜 간다냐?"

한참을 생각하던 그는 마계에서 만난 친구 유리마를 생각하다가 갑자기 한 사람을 떠올리며 소리쳤다.

"아! 내가 왜 그 녀석을 생각하지 못했지?"

"뭔데?"

로노와르가 궁금해서 물어보자 그는 로노와르의 얼굴 가까이 자신의 얼굴을 밀어 넣으며 말했다.

"놀러 갈 곳이 생겼다! 내가 인간계 최고의 마법사라고는 하지만 나와 버금가는 사람이 한 명 더 있잖아. 물론 지금은 인간이라 부르기엔 조금 이상하긴 하지만."

루드웨어의 말에 로노와르도 생각나는 사람이 있었다.

"설마……."

"설마라니. 왜?"

"왜라니. 마령으로 가겠다는 얘기 아니야? 너, 루덴스가 누군지 알고 말하는 거야?"

여기서 로노와르의 할 말을 간단히 설명식으로 말하면, 최강의 종족이라는 드래곤 일족도 인간 중에서 로드의 결정으로 건드리지 못하는 사람이 다섯 명 있다.

첫 번째는 인간계 최고의 마법사라고 알려져 있는 루드웨어. 드래곤들의 세계에선 그를 건드리느니 차라리 레어의 보물을 버리라는 이야기가 있을 정도이다.

두 번째는 대륙 마법 길드의 길드장 크리우스. 아미타르로 그와 싸우겠다는 것은 대륙의 모든 마법사를 적으로 만드는 것과 다를 바 없었다.

세 번째는 로아냐드 황성 기사단의 단장 크리우스 벤. 인간계 최고의 검사라 불리는 그는 황성 기사단의 비기인 '토네이도 블레이드', 검가의 최고봉이라는 벤가의 비기인 '파이어 크래쉬'를 익히고 있어 보통의 드래곤 일족들은 그 한 사람을 상대하기도 힘들다. 여기서 비기는 일종의 스페셜 기술로 유명한 기사나 검사들에게 필수인 기술 중의 하나이다.

네 번째는 모험가 페블 하이드로 그 역시 검을 다루고 있지만 그 검 자체가 7서클의 마법검인데다가 그가 지니고 있는 장비 중에 마법 아이템이 아닌 것이 없을 정도이다. 또한 비기로 썬더 블레이드를 지니고 있다.

이 네 명과 함께 드래곤 로드에 의해 접촉을 금지한 인물이 바로 암흑의 황태자 루덴스로 검술 자체도 크리우스와 버금갈 뿐만 아니라 마신의 대리자이기 때문에 마신의 힘을 바탕으로 한 암흑 마법 역시 엄청나 그 한 명이 일인군단이라 불리고 있을 정도였다.

"이제 이유를 알겠지?"

"근데 네가 한 설명에는 나도 들어 있잖아. 그러니 우리는 동급이 아닐까?"

“너 같은 어리숙한 마법사하고 루덴스를 같이 취급하는 사람들이 어디 있겠어.”

“흥! 날 우습게 아는군. 후회 안 해?”

“후회 안 한다면!!”

“좋아.”

말을 끝내자마자 자신을 무시하는 그린 드래곤 해츨링을 잠시 흘겨본 루드웨어는 갑자기 주문을 외우기 시작했다. 주문에서 느껴지는 기운이 결코 선하지 않게 느껴진 로노와르는 당황하지 않을 수 없었다.

“너, 무슨 짓이야!”

“로노와르, 넌 너무 오랫동안 날 괴롭혔어. 마누라고 뭐고 이제 필요없다.”

“루, 루드웨어… 왜 그러는 거야!”

로노와르는 루드웨어의 공포스러운 표정에 겁이 나기 시작했다.

“너에게 지옥이 뭔지 가르쳐 주지.”

“왜, 왜 그래, 루드웨어. 무섭잖아.”

무서워하는 로노와르에 상관하지 않겠다는 듯이 루드웨어는 암흑마법의 주문을 외우기 시작했다.

“어둠의 지배자이며 죽음의 담당자인 마계의 지배라 마신 라스타의 도움을 바라나니, 당신과의 계약에 의해서 나에게 내려진 그 암흑과 죽음의 힘을 이곳에 내리소서.”

주문을 마친 루드웨어는 로노와르를 보며 비웃음을 흘리기 시작했다.

“어리석은 해츨링이여, 각오해라. 네 녀석이 가장 두려워하며 가장 공포스러워할 곳으로 안내하지.”

“루드웨어!!”

“가라! 디멘전 패스!!”

루드웨어가 발동어를 외친 순간 그들의 주변에는 검은 구름이 모이며 스파크를 일으키기 시작했다.

“안 돼!!”

로노와르는 마지막 외침을 질렀지만 이미 늦어버렸다.

구름은 두 사람의 모습을 감추더니 어둠의 섬광과 함께 그곳에서 사라지고 말았다.

북의 마성. 아크라시마가 죽은 덕에 현재 마성은 번잡하기 그지없었다.

하글 산맥의 방어선이 없어진 것이나 다름없기 때문에 산맥 근처의 있는 마령의 성으로 군대를 지원해야 하기 때문이었다.

“쿡쿡, 라흐나 성에 보내야 할 서류는 쿡쿡, 어디 있는 거야!”

“꾸룩꾸룩, 등신아! 벌써 보냈잖아! 꾸룩꾸룩, 누가 오크 아닐까 봐 멍청하기는.”

“쿡쿡, 머리도 작은 오우거가 쿡쿡, 뭘 안다고 난리야!”

“꾸룩꾸룩, 이 자식이!!”

“쿡쿡, 힘만 세면 다냐!”

“꾸룩꾸룩, 떼로 안 다니면 좆도 아닌 주제에!!”

“쿡쿡, 너 죽고 나 죽자!!”

오크와 고블린이 막 싸울 분위기이자 옆에 있던 코볼트 서류 담당 아가씨가 한숨을 쉬며 말했다.

"두 분 이제 그만 하세요. 부장님 오셔서 일처리가 다 안 될 걸 알고 목을 물면 어떻게 하려고요."

우편 서류 당담 부서의 부장은 뱀파이어인 하운드 부장이기에 둘은 싸움을 그만둘 수밖에 없었다.

"꾸룩꾸룩, 두고 보자."

"쿡쿡, 두고 보자는 오우거치고 무서운 놈 없더라."

"꾸룩꾸룩, 우~ 열받아."

"계속 열이나 받아라. 쿡쿡쿡."

어쨌든 싸움이 멈추자 안심한 코볼트 아가씨 세다린은 열심히 다른 성에 가게 될 군의 이동 허가 서류를 정리하기 시작했는데 밤새도 모자랄 이 시간 그녀에게 엄청난 일이 벌어지고 말았다.

"우아악!!"

"악!!"

천장에서 정체를 알 수 없는 검은 구름이 모이는가 싶더니 두 명의 남자가 서류 더미 위로 떨어지며 세다린이 정리한 모든 서류를 흩트러뜨리며 바닥에 나둥그러졌다.

"꺄악~!!"

너무나 놀란 세다린은 비명을 질렀다.

"아! 시끄러워! 뭐야!! 갑자기 왜 소리는 지르고 야단이야!!"

서류 더미 위로 쓰러진 남자 중의 한 명이 세다린의 비명에 질린다는 듯이 두 손으로 귀를 막고는 도리어 소리를 질렀는데 그는 바로 루드웨어였다.

"이 빌어먹을 인간이!!"

순간 코볼트 아가씨의 거센 주먹이 루드웨어의 안면에 작렬했고,

루드웨어는 엄청난 충격으로 기절하고 말았다.

"쿡쿡, 뭐냐?"

"꾸룩꾸룩, 인간들 아냐!!"

오크와 고블린은 서류 작업 중에 큰 소리와 함께 소란이 일자 급히 달려왔는데, 그곳에서 한 명의 남자가 세다린의 주먹에 맞아 기절해 있고 다른 남자는 간신히 몸을 일으키고 있자 머리를 갸우뚱거렸다.

"쿡쿡, 어디서 들어왔지?"

"꾸룩꾸룩, 그러게. 우리는 계속 문 쪽에 있었는데?"

간신히 몸을 일으킨 남자 로노와르는 주위를 돌아보다가 무슨 탓인지 책상 근처의 의자에 다가가 앉으며 생각했다.

그러더니 갑자기 얼굴이 일그러지면서 기절한 루드웨어를 발로 밟기 시작하는데, 그것을 보는 세다린과 나머지 두 사람은 더욱 의아해하지 않을 수 없었다.

"이 미친 자식이 오려면 그냥 올 것이지 왜 겁을 주는 거야! 그리고 멀쩡한 텔레포테이션은 두고 왜 익숙치도 않은 암흑 마법을 써서 이 고생이야!!"

로노와르의 준 드래곤 급 킥에 맞으며 피를 쏟는 루드웨어는 간신히 입을 열었다.

"재밌잖아… 스릴감있고……. 으악!"

급기야 로노와르는 분노를 억제하지 못하고 근처에서 놓여 있는 책상을 번쩍 들어 루드웨어에게 집어던지고 말았다.

"이 빌어먹을 자식이! 말이나 못하면 중간이나 가지!!"

"루드웨어 살려!"

루드웨어는 충격을 조금이라도 반감시키려고 로브를 둘러쓰며 몸을 움츠렸지만 분노한 로노와르의 킥의 파워는 여과없이 그의 내장으로 파고들었다.

8장 마신과의 만남

"앙! 난 어떡해!!"

갑작스럽게 터진 세다린의 서글픈 울음에 주변에 있던 사람들은 모두 행동을 멈추고 코볼트 아가씨를 볼 수밖에 없었다.

"꾸룩꾸룩, 왜 그러는데?"

"쿡쿡, 무슨 일 있는 거야?"

평소 세다린에게 관심이 있던 오크와 오우거는 그녀가 울자 어쩔 줄을 모르고 있다가 안 좋은 생각이 퍼뜩 들었는지 울고 있는 세다린을 멍청히 보고 있는 두 사람을 노려보기 시작했다.

"꾸룩꾸룩, 설마 이 녀석들이!!"

"쿡쿡, 불쌍한 세다린에게 무슨 짓을… 설마 XX도 하고 XX도 하고 XX도 한 거 아니야?"

오크와 오우거의 섣부른 추리에 당황한 두 사람은 연신 고개를 저었지만 이미 둘은 심중을 굳히고 행동으로 나서려고 하고 있었다.

"쿡쿡, 손도 못 잡아본 세다린에게 무슨 짓을! 쿡쿡."

불쌍한 오크의 눈에는 비통함의 눈물이 흐르고 있었다. 그것은 옆에 있던 오우거 역시 다르지 않았다. 오우거는 널찍한 코에 콧물을 질질 흘리며 두 사람을 향해 소리쳤다.

"꾸룩꾸룩, 네 녀석들이 무슨 권리가 있다고 한 코볼트의 인생을 망칠 수 있는 거지! 말해 봐!!"

눈물을 흘리며 다그치고 있는 두 녀석에 의해 한순간에 코볼트의 인생을 망쳐 버린 범죄자가 돼버린 루드웨어와 로노와르는 멍한 얼굴이 되어 한마디 반박도 못하고 있었다.

'어떻게 하냐?'

루드웨어는 이 상황을 도저히 빠져나갈 수 있는 방법이 떠오르지 않자 손으로 입을 막고는 로노와르에게 조용히 물었다.

'아무래도 튀어야 할 것 같은데.'

아무리 천하의 드래곤과 인간계 최고의 마법사라고 해도 루덴스의 성에서 그의 부하들을 공격할 수는 없는 일이라 도망치는 방법을 택할 수밖에 없었다.

루드웨어는 옆에 있는 로노와르에게 조용히 말했다.

"셋, 세면 도망가는 거다."

로노와르가 고개를 끄덕이자 루드웨어는 숫자를 셌다.

"셋!! 튀어라!!"

"이 빌어먹을 자식이!!"

혼자 재빨리 도망가는 루드웨어를 욕하던 로노와르를 보며 눈치를 챈 둘은 그의 뒷덜미를 잡았다.

"꾸룩꾸룩, 어딜 도망가!!"

"쿡쿡, 세다린을 이렇게 만들었으면 책임을 져야 할 것 아니야!!"

둘의 주먹이 로노와르를 향해 뻗어오는데 드래곤이 식량이 되는 오크나 오우거의 주먹을 맞기에는 자존심이 허락하지 않는지라 그도 가만히 있을 수는 없었다.

"젠장!!"

로노와르는 날아오는 두 개의 주먹을 양손으로 잡으며 막았다.

"그냥 가려고 했더니 이게 누구한테 주먹을 휘두르는 거야!!"

역시 로노와르는 루드웨어에게 없는 그 무엇인가가 바로 자존심이 있었다. 로노와르가 가볍게 힘을 주자 둘은 손목이 꺾이며 무릎을 꿇었다.

"아무리 내가 나이가 어리고 폴리모프를 하고 있다고 해도 드래곤의 일족. 네 녀석들이 우습게 볼 만큼의 인물이 아니란 걸 알아야지!!"

로노와르의 분노 어린 말에도 둘은 눈물을 흘리며 소리쳤다.

"제길, 죽여라!!"

"드래곤 일족이 평범한 코볼트 아가씨를 능욕하다니, 이 지저분한 드래곤아!!"

그 말에 로노와르는 다시 멍청한 표정을 짓고 말았다.

"이것들이 누가 코볼트를 범했다는 거야!!"

"그럼 세다린이 왜 우는데!!"

"그래!!"

"그걸 내가 어떻게 알아, 임마!!"

두 사람의 어거지에 반항을 하고 있던 로노와르는 순간 자신의 앞에 누군가 왔다는 것을 알 수 있었다.

"응?"

"이 빌어먹을 자식이 드래곤 일족이면 다야!!"

멋진 세다린의 라이트 스트레이트가 작렬하자 로노와르는 기절하지 않을 수 없었다.

"밤새서 정리한 서류를 흩트려 놓다니! 잉잉! 난 어떡해! 부장님 오시면 나 온몸에 피를 빨려 죽을 거야!"

새삼 집에서 앓고 계시는 어머니가 생각나는 세다린이었다.

"흑흑, 아마 난 죽겠지? 부장님의 이빨에 가녀린 목을 물리고는 쭈글쭈글해진 피부를 드러내며 죽게 될 거야. 내 피부가 망가지는 것은 싫은데. 엄마! 어떡해!! 급한 서류들인데!"

엄마를 찾으며 울고 있는 그녀의 말에서 다행히 그들이 생각하고 있는 끔찍한 일이 벌어지지 않았다는 것을 알게 된 두 오크와 오우거는 안도의 한숨을 잠시 뱉고는 굵직한 주먹으로 가슴을 치며 입에 한껏 미소를 띠곤 큰 소리로 세다린에게 소리쳤다.

"쿡쿡, 제가 다 도와드리져!"

"꾸룩꾸룩, 까짓거 오우거가 힘쓰면 안 되는 일이 어디 있겠습니까. 세다린 양의 일이라면 이 몸이 쓰러질 때까지 해야죠!!"

오크와 오우거는 급히 떨어진 서류들을 주워 올리기 시작했다. 평상시에는 한없이 느려 터져 먹은 오크와 오우거 일족들이지만 지금 이 순간 두 사람의 속도는 어느 잽싼 마족에 못지 않은 속도였다.

"두 사람, 고마워요."

"쿡쿡, 별말씀을!!"

"꾸룩꾸룩, 세다린 양은 잠시 쉬고 있어요!"

세다른을 안심시켜 주기 위해 한 말이 끝나자 둘의 시선은 세다린의 스트레이트를 맞고 뻗어 있다가 일어서는 로노와르에게 향했다.

"뭐야?"

두 사람의 날카로운 시선을 느낀 탓에 조금 움찔해진 로노와르가 말하자 그들은 밑에 떨어진 서류들을 보라는 듯이 눈짓을 했다.

"알았다구!"

허망해진 로노와르는 이리하여 두 마물과 함께 코볼트 세다린 양의 서류 작업을 도와주게 되었다는 평범한 이야기가 북의 마성에서 전해 내려오게 되었다.

로노와르를 버리고 비겁하게 혼자 살겠다고 도망친 루드웨어는 세상의 모든 마법사에게 있을 수 없는, 아니, 가능하지도 않은 상황에 빠졌으니, 그건 평범한 성에서 길을 잃어버리고 말았던 것이다.

"앗! 던전이다!!"

한심한 루드웨어였다. 남들은 쉽게쉽게 돌아다니는 길을 루드웨어는 던전으로 착각할 정도였다.

"어디로 가야 하나……."

어디로 가야 할지 갈피를 잡지 못한 채 자리에 쭈그리고 앉아 있는 루드웨어. 그에게 이곳을 빠져나갈 수 있는 능력은 없단 말인가? 혹자들은 이런 그를 보며 인간계 최고의 마법사가 아닐 것이라는 가벼운 추론을 내뱉고 있지만, 당시 루드웨어가 길을 찾지 못한 것을 이야기하는 사람들 중 가장 근접한 가설은 그가 던전을 빠져나가는 마법을 몰랐기 때문이라는 것이다.

물론 루덴스의 성은 엄연히 사람 사는 곳이기 때문에 던전이 아니었지만 현재 루드웨어에겐 어느 던전보다 더 복잡해 보였다. 신들의 미궁마저 돌아다니며 보물을 찾는 그가 성에서 길을 잃어버리다니…

로노와르를 버린 벌이라고 하는 것이 옳을까 싶다.

다행히 그런 그에게 구원의 손길이 뻗치고 있었으니…

"멍청한 자식아! 앞으로 가서 갈림길에서 오른쪽으로 가!"

자신의 머리를 울리는 듯 어디선가 들리는 목소리에 당황한 루드웨어였다.

"누구야!!"

"이런 빌어먹을 자식이! 내 목소리도 잊어먹었냐? 유리마다!"

"아! 유리마, 알았어."

유리마가 말한 대로 길을 가려고 했는데 순간 루드웨어는 부르르 떨며 걸음을 멈추고 말았다. 그것을 이상하게 생각한 목소리가 다시 들려왔는데.

"뭐야?"

"하하하하하."

뭐가 그리 우스운지 갑자기 큰 소리로 웃던 루드웨어는 한참을 더 웃다가 입을 열었다.

"갈림길에서 어디로 가랬지?"

쿵! 하는 소리가 잠시 들리더니 얼마 후 다시 소리가 들렸다.

"나이를 먹더니 머리도 둔해지는구나. 오른쪽이다."

"오케이!!"

방향을 확인한 루드웨어는 걸어갈 생각은 하지 않고 그 자리에서 눈을 감더니 주문을 외우기 시작했다.

"뭐야?"

유리마의 목소리가 들리자 루드웨어는 말했다.

"길 찾기 힘들까 봐 니 목소리가 어디서 들리는지 확인하고 디멘전 패스로 가려고!"

"이 멍청아! 안 돼!!"

"디멘전 패스!!"

쿵!

무엇인가가 떨어지는 소리. 한참을 떨어지며 우당탕— 하는 소리를 내던 물체는 다름 아닌 유리마의 목소리를 따라 디멘전 패스를 실행시킨 루드웨어였다.

"어? 여기가 어디냐?"

한참을 구르다 멈춘 루드웨어는 정신을 차리고는 주위를 돌아보았는데 온통 어둠으로 감싸져 있는 이곳은 인간 세상이 아닌 것 같았다. 이상하게 생각하며 앞을 보자 몸집이 십 미터도 더 될 것 같은 사람이 고통으로 부르르 떨며 머리를 부여잡고 있었다.

그 앞에는 루드웨어의 절친한 친구인 유리마가 사색이 된 채 어쩔 줄 모르며 그를 보고 있었으니…

"아, 유리마! 오랜만이네!"

분위기 파악도 못하는 루드웨어는 방긋 웃으며 유리마에게 반갑게 인사했는데 그 순간 유리마의 눈이 날카로워지더니 그를 노려보며 소리쳤다.

"이 빌어먹을 자식아!! 루덴스의 성에서 길을 잃어버렸기에 불쌍해서 가르쳐 줬더니 왜 이쪽으로 날아오는데! 여기가 어딘지 알아!!"

"어딘데?"

"현 마계의 지배자이신 마신 라스타님의 성이다!!"

"헉!!"

그 말이 끝나자 루드웨어는 사태의 심각성에 잠시 멍해져 있다가 놀란 목소리를 간신히 진정시키며 조용히 말했다.

"그럼 머리를 부여잡고 계시는 저분은……."

루드웨어의 조심스러운 말에 그는 한심스럽다는 듯이 자신의 머리를 치며 말했다.

"그래, 라스타님이시다!"

"꽥!"

괜히 로노와르를 버리고 도망갔다가 더 큰 위기에 봉착한 루드웨어였다. 루드웨어는 다른 사람도 아니고 라스타 위로 떨어져 이런 결과를 맞게 된 것이다.

"이 빌어먹은 인간 자식을!!"

분노한 마신의 눈초리는 정말 무섭다는 것을 새삼 느낀 루드웨어였다. 하지만 루드웨어가 누구인가. 그는 두 손을 비비며 라스타를 향해 간사한 목소리로 말했다.

"헤헤헤헤, 죄송합니다. 맨날 위대하신 라스타님을 뵙고 싶다, 뵙고 싶다 생각하다 보니 이렇게 된 것 같군요."

간사한 아부의 말로 상황을 빠져나가려 한 루드웨어. 하지만 그렇게 빠져나갈 수 있는 자리가 아니었다. 마신 라스타는 간사한 미소를 띠며 말하고 있는 녀석을 보자 머리의 통증이 더 심해진 것을 느꼈지만 죽일 수는 없는지라 떨리는 주먹을 간신히 진정시키고는 그를 주시했다.

루드웨어는 아직도 두 손을 비비며 아부하는 모습을 하고 있었고 그런 루드웨어를 보게 되자 할 말이 없어진 라스타는 고개를 저으며 말했다.

"저따위 녀석이었다니… 당장 꺼져라!"

라스타가 손을 가볍게 휘두르자 검은 섬광이 뻗어나와 루드웨어의 몸을 감싸고는 사라졌다.

"라스타님, 괜찮으십니까?"

유리마가 고개를 숙이며 묻자 라스타는 고개를 끄덕이며 말했다.

"괜찮다. 거참, 머리 하나는 단단하더구나. 마신의 머리가 아플 정도라니."

아직도 가시지 않는 통증에 머리를 만지작거리는 라스타였다.

"아깝습니다."

"그렇군. 덤벙거리는 것만 빼면 인간계의 나의 대리자로서는 적합한 인물인 것을."

"하지만 신들이란 녀석이 그 딴 수작을 부리다니……."

유리마는 분노가 일었는지 주먹을 불끈 쥐었다.

"궁극의 마신 크레이져님이 천신 레이뮤에 의해 봉인되어진 이때에 약해진 마계가 무슨 힘이 있겠느냐. 천신 녀석들의 수작을 보고 있을 수밖에."

라스타는 의자에 등을 기대며 말했다.

"마령의 상황은 어떠한가?"

"아무래도 인간계 황제라는 녀석이 사실을 알아챈다면 마령을 침범할 것 같습니다."

"그렇겠지. 루드웨어란 녀석이 잘해야 할 텐데."

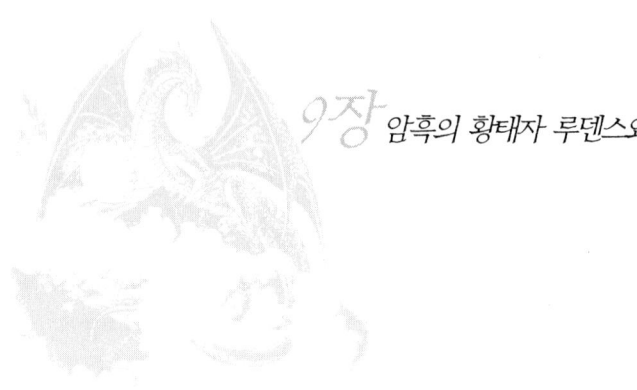

9장 암흑의 황태자 루덴스와의 만남

"으아악!!"

거대한 대청. 루드웨어는 다시 공중에서 떨어지며 땅바닥에 엎어지고 말았다.

"젠장, 보내주려면 곱게 보내줄 것이지."

우악스럽게 자신을 보낸 라스타를 욕하던 루드웨어는 어느 정도 정신을 차리고 앞을 보고는 놀라지 않을 수 없었다.

상당히 안 좋은 상황이 바로 앞에 펼쳐지고 있는 것이다.

"왔냐?"

"헉! 로노와르!"

말이 끝나지도 않고 멋있는 로노와르의 발차기는 구차한 변명을 하려는 루드웨어의 턱을 강타했다.

"왜 때려!"

루드웨어의 반항.

"어디서 말대답이야!"

로노와르의 옆차기.

"큭큭큭."

그 상황을 왕좌에 앉아서 재미있게 지켜보고 있던 루덴스는 둘의 코믹스러운 행동에 웃지 않을 수 없다.

"뭐야, 루덴스!"

"하하하하, 정말 어떤 의미로 멋진 커플이라 할 수 있겠군."

"커플이라니! 난 남자야! 남성 드래곤!!"

로노와르가 루덴스의 말에 화를 내며 남자라고 못을 박자 루덴스는 그 말이 더 우습다는 듯이 더 크게 웃으며 말했다.

"하하하하! 어차피 여성체가 될 거면서 무슨 소리를 하는가?"

그의 말에 흠칫하는 로노와르였다.

"그만 웃어라, 루덴스. 열받는다."

턱을 만지작거리며 루드웨어가 일어나자 더 웃으면 마법이라도 난사할 것 같은지라 루덴스는 간신히 웃음을 참으며 말했다.

"그래, 라스타님을 뵌 소감이 어떤가?"

"감동이 철철 넘치더군."

"그럴 테지. 빌어먹을 천하가 돼버린 마계의 지배자로 계시는데… 뭐, 원래 풍채 좋은 분이기도 하지만. 안 그래?"

"과연 대리자다운 발언이군, 루덴스."

"자네 역시 대리자가 아니었던가?"

그의 말에 놀란 로노와르는 이상한 말을 들었다는 듯이 루드웨어에게 물었다.

"대리자라니? 무슨 말이야?"

"헛소리."

"장난치지 말고."

"장난이야. 루덴스가 나에게 장난친 거라고."

끝까지 부인하는 루드웨어였지만 로노와르는 루덴스가 장난 같은 것을 칠 인물이 아니라는 것을 알고 있었다.

"날 속이는군."

로노와르가 얼굴이 굳어지며 말하자 루드웨어는 당황하지 않을 수 없었다.

"거참, 그래, 속인 것은 미안한데 아직은 알 때가 아니야. 언젠가 기회가 오면 가르쳐 줄게."

루드웨어가 미안한 얼굴을 하면서 이렇게 말하자 로노와르는 언젠간 그가 말해 주리라 생각하며 더 이상 물어보지 않았다.

그런 그들의 상황을 보며 즐기고 있던 루덴스는 루드웨어를 보며 말했다.

"그래, 자칭 인간계 최고의 마법사. 놀러 왔다고 뻥은 쳤을 테지만 뭘 가르쳐 줄까? 원하는 것을 가르쳐 줘야 하나? 얻고자 하는 것을 가르쳐 주어야 하나?"

"둘 다."

루드웨어가 말하자 루덴스는 편안히 의자에 등을 기대고는 말했다.

"원하는 것을 먼저 말하자면 그들은 종족 평준군이란 이름을 가지고 있지."

"종족 평준군?"

루드웨어가 되묻자 그는 고개를 끄덕이며 말했다.

"현 대륙을 보면 종족 간의 힘의 균형이 맞지 않는 것은 알고 있을 테지? 이런 힘의 균형이 맞지 않은 종족들을 힘으로써 평준화한다는 것이지. 최하층의 종족들과 최상층의 종족들 간의 균형, 그것이 그들이 바라는 이상이지."

"가능할 것 같은가?"

"글쎄? 어떻게 생각하느냐에 따라서 그들의 이상이 맞다고 할 수도, 틀리다고 할 수도 없지 않은가?"

그의 말에 루드웨어는 고개를 저으며 말했다.

"틀려."

"왜?"

"그것이 가능할 리가 없지 않은가? 자연은 원래 약육강식이란 법칙을 따르고 있네. 그것은 자연의 순리지. 이지가 있는 생명도 자연의 일부인데 최상층과 최하층의 동등함이라니, 그 동등함이 도리어 균형을 깨뜨릴 것이라 생각되는군."

그의 말을 들으며 생각에 잠겨 있던 루덴스는 다시 말을 이었다.

"북극의 대지에 있는 얼음의 성이 그들의 본거지네. 그들을 다스리고 있는 자는 북극령의 왕 크샤스 하르베이드. 현재 북극의 마물들을 다스리고 있지."

"북극의 마물을?"

"그래. 삼십 년 정도 전에 북극령의 마물들의 마령이 이 땅을 차지하기 전에 살고 있다가 북극령으로 이주한 사람들에게 피해를 주고 있어 북극령의 사신이 찾아왔었네. 뭐, 북극령의 마물이야 다루기 힘든 것들이 많기 때문에 우린 북극령 마물에게서 손을 떼고 그에게 권한을 줬는데, 짧은 시간 안에 고위 마족들도 하지 못한 일을 해냈더군. 지금은 완전히 마물들을 장악한 상태지."

루덴스의 말에 그는 한참을 생각하다 입을 열었다.

"그 정도면 됐다."

루드웨어의 말이 끝나자 루덴스는 미소를 지으며 로노와르를 쳐다보며 말했다.

"다음은 얻고자 하는 것을 가르쳐 주지."

"예?"

루덴스가 자신을 보며 말하자 로노와르는 당황하지 않을 수 없었다.

"북극의 대지로 가보게. 수많은 모험에서 살아남으며 원하는 것을 갈구하게. 그러면 성취할 수 있을 것이네."

"원하는 것을 갈구하라고요?"

로노와르가 되묻자 루덴스는 고개를 끄덕이며 말했다.

"최강의 생물이여! 창조주가 자네에게 만들어준 육체는 다른 이지가 있는 생명체와는 달리 너 자신의 의지대로 움직인다. 네가 원한다면 그대로 될 것이다."

조금은 난이도가 높은 말인지라 루덴스의 말을 이해할 수 없는 로노와르였다.

"시간이 가르쳐 줄 테니 너무 궁금해하지는 말게."

그런 로노와르를 보며 루덴스는 다시 한 번 미소를 지으며 말하고는 루드웨어를 쳐다보았다.

"언제 떠날 건가?"

"지금."

"그래? 자네의 길은 마령에게도 도움이 되는 일… 그래, 필요한 것은 없겠나? 원하는 것이 있다면 최대한 지원해 주도록 하지."

"십억 골드."

"그냥 가라."

루덴스는 루드웨어의 터무니없는 말에 바로 대답하고는 자리를 박차고 뒤쪽으로 걸음을 옮겼다. 루드웨어가 계속 보챌 것이 뻔했기 때문이다.

"루덴스!"

"소리쳐도 소용없어. 넌 이미 그 말 한마디로 기회를 상실한 거야."

"빌어먹을! 있는 놈이 더하다니까."

있는 놈이 더하다. 물론 말이야 바른 말이기는 하지만 십억 골드……. 마령 일 년 예산의 반을 달라고 하는데 루덴스가 그런 소리를 하는 미친놈과 상종하려 하겠는가? 철저히 무시하고 갈 수밖에 없었다.

"안 가?"

루덴스가 사라지자 로노와르는 갈 때가 됐다고 생각하며 물었는데 루드웨어는 로노와르의 말에 음침한 미소를 지으며 말했다.

"흐흐흐, 그냥 갈 것 같냐?"

"그냥 안 가면?"

"십억 골드는 안 되지만 어느 정도 성의는 받아가야 될 거 아니야."

그러나 루드웨어의 그 야망 찬 계획은 이미 들통나 있었다.

대청 회의실에서 약간 벗어난 곳. 루덴스와 그의 오른팔인 사라덴은 커튼 뒤에 숨어서 루드웨어의 황당한 말을 다 듣고 있었던 것이다.

"봤지?"

"정말 무서운 놈이군요. 마령 일 년 예산의 반을 달라고 하다니……."

"휴~ 한 입 가지고 두말 안 하는 나이기는 하지만 저놈은 예상을 뛰어넘는 녀석이라고."

"들어주겠다는 다짐이라도 했다면… 휴, 다행입니다."

사라덴은 말을 하면서 정말 끔찍한 일을 겪을 뻔했다는 듯이 길게 안도의 한숨을 내뱉었다. 사라덴의 모습을 본 루덴스는 자신의 행동이 적절하다는 것을 확인이라도 하는 듯 말했다.

"그렇지? 라스타님의 이름으로 맹세를 하기라도 했다면… 아, 생각만 해도 끔찍하군."

"아마 그날로 마령은 부도내고 대륙에서 사라졌을 겁니다."

새삼 다행이라고 생각하며 눈물을 닦는 사라덴이었다.

"암튼 고생 좀 해야겠네."

"네! 도둑놈 마법사 녀석에게서 마령의 금고를 목숨을 다해 지키겠습니다."

"좋은 다짐이다. 마령의 앞날은 자네의 손에 맡기도록 하겠네."

"열심히 하겠습니다."

하지만 그날 루덴스의 마성은 창성 이래 최고의 마법 방어벽과 경비병들을 배치했으나 약 2억 골드 가량의 보물을 강탈당하고 말았다.

그나마 그 정도의 액수에 그친 것도 예감이 이상했던 루덴스가 보물 창고로 순시를 나갔기 때문에 준 액수였는데…….

마성의 보물 창고를 지키고 있던 마성 기사단 중 한 명은 루덴스가 보물 창고 문을 박차고 들어갔을 때 텔레포테이션 게이트로 보물을 퍼 넣고 있는 마법사를 볼 수 있었다고 한다.

도대체 루덴스가 나타나지 않았다면 얼마나 퍼갔을까? 루덴스는 자신이 발견하지 못했다면 아마 십억 골드가 아니라 보물 창고는 텅텅 비게 하지 않았을까 생각하고 2억 골드 정도에 그친 것을 다행이라 생각할 뿐이었다.

뭐, 루덴스의 보물 창고에서 욕심쟁이 루드웨어는 이날로 로노와르와 있을 결혼 비용을 다 채운 것 같긴 했고, 암암리에 들려오는 소문엔 루덴스의 성을 털 때 막지 않은 로노와르는 후에 둘이 결혼했을 때 결혼 비용을 채운 루드웨어를 엄청 칭찬했다고 한다.

10장 폭력 여신관 아이샤

분노하는 루덴스의 포효를 뒤로한 채 루드웨어 일행은 북극령의 대지로 가기 위해 대륙 북단의 항구 도시인 야센시티에 도착했다.

이 도시는 루덴스의 마령에 속해 있는 곳이긴 하지만 다른 도시와는 달리 매달 정기적인 세금만을 낼 뿐 실질적으로는 자치 도시와 같은 곳이었다.

그렇기 때문에 이곳에는 대륙 북단과 서 대륙의 왕국 리트아니아와의 무역으로 상당한 부를 모으고 있었고 겉보기에도 마령의 중심지인 루덴스의 흑의 마성에 있는 곳보다 더욱 번화한 모습을 하고 있었다.

"와! 정말 번화한 곳이네!"

루덴스의 마성을 제외하고는 큰 도시를 본 적이 없었던 로노와르는 시끌벅적한 도시의 모습을 눈을 부릅뜨고 살피느라 정신이 없었다.

"뭐, 나라와 나라의 무역을 담당하는 곳이니 번화할 수밖에. 루덴스의 성에서 돈 좀 벌었겠다 오늘은 비싼 거나 먹으러 갈까?"

"비싼 거?"

"응. 먹으면 몸에 좋은 거."

로노와르는 드래곤이었다.

레어에서의 그의 주식은 오크. 뭐, 드래곤이 못 먹을 거 먹다 죽었다는 소리는 없었기 때문에 루드웨어와가 여행에서 희한한 것을 주고 먹으라고 해도 별로 탓한 적은 없었다.

그러나 루드웨어는 무서운 놈이었다.

"이게 뭐야!"

로노와르는 먹을 걸 가지고 다투는 것은 치졸하다고 생각했기 때문에 넘어가려고 했지만 이건 해도해도 너무한 처사였기에 음식 때문에 루드웨어와 싸울 자세를 취하고 말았다.

"몸에 좋은 거라니까."

"이게!!"

루드웨어와 로노와르가 앉아 있는 식탁에는 정말 먹음직스러운 음식이 가득했다.

구더기 데침, 파리 눈알 초무침, 지렁이 국수(물론 가공은 안 했습니다) 등등.

음식들을 보며 잠시 로노와르는 고민하기 시작했다.

'먹어야 되나?'

미식가 드래곤에게서 이런저런 음식이 있다고 들어본 적은 있지만, 그걸 소화할 수 있는 건 그놈 하나뿐이다.

지상에서 가장 완벽한 생명체로서 유통 기한도 무시할 수 있는 튼

튼튼한 위를 지니고 있다는 드래곤이지만, 구더기나 파리 눈알 같은 것을 왜 먹겠는가? 이건 튼튼한 위를 떠나서 비위의 문제였던 것이다.

그나마 다행인 것은 그 와중에도 로노와르 비위를 건들지 않는 음식이 있었다.

오크 생뇌골. 특수 처리하여 오크 특유의 독을 없앴기에 날로 먹는 음식이며, 다 파먹은 후 진한 국물 맛이 끝내준다는 고가의 음식으로 미식가들 사이에서는 대륙에서 최고라는 음식이다.

정말 보기만 해도 구역질이 날 것 같은 음식을 맛있게 먹는 루드웨어를 보며 로노와르는 오크 골을 파먹으면서 연신 중얼댔다.

'저놈은 인간이 아니다.'

사실 이 식당에선 인간이 먹으라고 내놓은 음식이었지만 드래곤도 사양하는 음식을 어떻게 생각하겠는가?

루드웨어의 식생활에 회의를 품으며 열심히 오크 골을 파먹고 있을 때 식당에선 소란이 일기 시작했다.

도시의 불량배인 듯한 장정 다섯의 식탁 옆에는 여자 신관이 음식을 먹고 있었다.

스물세 살 정도로 보이는 갈색 머리의 여신관은 꽤 미인이었고, 그것을 보고 혹한 그들이 신관의 옆에서 히히덕거리고 있었던 것이다.

그들은 여신관 옆에 앉아서 신관이 듣기에 거북한 상스러운 이야기를 즐겁게 나누며 그녀가 도발하기를 기다리고 있는 듯했다.

"내가 말이야, 리트아니아에 간 적이 있었거든. 자네들도 알다시피 리트아니아가 창녀촌으로 유명한 나라 아닌가. 이 몸이 그런 곳을 지나칠 수는 없는지라 가까운 곳의 창녀촌에 갔지. 그런데 그곳엔 다른 나라의 창녀촌에는 없는 특별 방이 있더라고."

"특별 방?"

"그래. 엘프나 동방의 여자 같은 대륙에서 보기 힘들거나 찾기 힘든 창녀들을 모아둔 방이지. 여러 종류에게 서비스를 받아보았는데, 그들 중에 가장 서비스가 좋은 것들이 누군지 아는가?"

그의 말에 다른 사람들은 침을 꿀꺽 삼키고는 궁금하다는 듯이 물었다.

"누군데?"

"바로 아이네스 여신관들이지. 아이네스에 대한 신앙을 남자들에게 바치더군. 그년들의 뽀얀 살결… 아직도 잊혀지지가 않아. 신전에서는 피부 관리법도 가르쳐 주나 보지?"

"하하하하!"

불량배들이 크게 웃으며 창녀가 된 여신관의 이야기를 하자 그 여신관의 얼굴이 창백하게 굳어지기 시작했다.

"그년의 속살을 다시 한 번 더듬고 싶다니까."

"과연."

"입 닥쳐라!"

더 이상 참지 못한 여신관이 먹던 것을 멈추고 날카로운 목소리로 불량배들을 향해 소리쳤고, 그런 그녀의 말에 불량배들은 인상을 찌푸리며 노려보았다.

"응?"

"뭐야!"

여신관은 그들을 쳐다보지도 않은 채 말했다.

"입 닥치라고 했다."

가냘픈 여신관의 입에서 그런 말이 튀어나오자 기다리고 있었다는 듯이 장정들은 자리에서 일어나 눈짓을 주고받으며 그녀를 둘러싸기 시작했다.

"우습군."

"이년이 죽고 싶은가 보지?"

"잡아서 속살이나 맛보자고."

"아이네스의 여신관? 창녀 같은 집단 주제에 어디서."

질서의 주재자라 일컬어지는 아이네스 여신을 숭배하는 신전의 신관은 거의 90퍼센트가 여자로 이루어져 있다.

이것은 여신을 숭배하는 신관으로 여성이 더 알맞다고 생각했기 때문인데, 본의 아니게 이 때문에 대륙의 작은 신전들은 노예 상인들이나 불량배 집단들의 공격을 많이 받았다.

아이네스 여신의 신전은 특히 로아냐드 제국에 많이 있었는데, 대륙의 국가를 보면 동쪽에 있는 로아냐드와 남서쪽의 왕국 리트아니와는 대립의 위치에 있었고, 루덴스의 영지가 그 사이를 막고 있었기 때문에 마령을 침공하여 영토를 가로지르지 않는 한 직접적인 전쟁은 불가능했다.

그 탓에 노예의 왕국이라고 불리는 리트아니아에서는 남방 해적들을 고용하여 아이네스의 여신전을 공격, 여신관들을 노예로 잡아가기 일쑤였다. 치료 마법에만 치우쳐 있는 아이네스의 신관들이었기에 아무런 저항도 못한 채 대륙 이곳저곳에 노예로 팔려 나갔다.

이러한 여러 사항들은 두 강국의 정치적인 문제가 끼어 있기에 리트아니아에서 잡혀간 신관들을 구하는 것은 불가능했다. 그에 대한 대비책으로 현재에는 신전에서 여신관을 보호하기 위해 몽크나 남자 신관들의 수를 늘렸고, 또한 여신관들에게 의무적으로 무술을 익히게 하고 있었다.

물론 그런 노력에도 불구하고 현재까지 아이네스 출신의 여신관들은 리트아니아 사람들에게 있어 최고의 노리개가 되고 있었다.

이런 일이 몇십 년 동안 이어진 지금 아이네스 출신의 여신관들에게 가장 큰 수치로 다가오는 것은 바로 창녀란 욕이었다.

창녀 집단이란 말이 나오자 여신관은 더 이상 참을 수가 없었던지 스푼을 내려놓고 자리에서 일어났다.

"해보겠다는 건가?"

이들의 상황을 멍하니 지켜보고 있던 로노와르는 잠시 거리의 불량배들에게 잡혀가는 것을 용사가 구해주었다는 흔한 로맨스의 레퍼토리를 생각하며 루드웨어를 향해 물었다.

"안 도와주는 거야? 로맨스에선 이럴 때 용사가 여신관을 도와주던데? 넌 자칭 정의의 사자라는 대륙 최강의 마법사잖아."

하지만 이상하게 루드웨어는 평소와는 다르게 이런 좋은 남자의 로망을 터뜨려 보일 수 있는 자리를 시큰둥한 얼굴로 거부하고 있었다.

"그게 현실과 로망의 차이지. 난 도와줄 놈을 보고 도와준다."

"도와줄 놈? 왜? 꽤 미인이잖아?"

그 말에 루드웨어는 먹고 있던 수프에 머리를 박고 말았다. 제정신을 차린 루드웨어는 말도 안 된다는 표정으로 로노와르를 보며 따지듯이 말했다.

"내가 미인만 도와주는 줄 알아!!"

"응."

당연하다는 듯한 대답에 허망해진 루드웨어는 진지한 얼굴을 보였다.

"미안하지만 정의의 사자는 위험에 처한 누구에게라도 도움을 준다고."

"그럼 저 여신관은?"

"도와줄 필요가 없으니까."

"도와줄 필요가 없어?"

로노와르의 물음에 루드웨어는 고개를 돌려 앞에 놓여 있는 지렁이 국수를 포크로 말면서 말했다.

"리트아니아에서 계속 아이네스의 여신관들을 노예로 팔기 위해 해적들을 동원해서 잡아가자 사태의 심각함을 느낀 대신전에서도 그에 대한 대책을 세우지 않을 수 없게 됐지."

"그건 알아. 그래서 몽크나 남자 신관들을 많이 모집하고 아이네스교를 믿는 중소국을 이용하여 남방 해적들에게 강경하게 나서며 움직이잖아?"

"그래. 하지만 그거 외에 내부에서 하고 있는 한 가지 사항이 더 있어."

"뭔데?"

루드웨어는 잠시 지렁이 국수를 후루룩 한 입에 홀홀 집어넣어 씹으며 말했다.

"냠냠… 그게… 냠냠… 대륙의 긴급 상황에서만 허용하던 사항을 추가한 것이지. 즉, 상위 신관에게만 허용되던 신성 계열의 공격 마법을 중위 신관까지 허용한 거야."

"신성 마법?"

그 말에 루드웨어는 고개를 끄덕이며 말했다.

"그래. 요즘 사람들이야 자비와 정의의 교리를 전파하는 신전의 신성 마법이 치료 마법뿐인 줄 아는 사람이 대부분이지. 하지만 실제로 신성 마법은 엄청난 거야. 세계를 만들 신들의 힘을 빌리는 마법이 약할 리가 없잖아. 세간에 신성 마법에 대한 평가가 치료 마법뿐인 것이 아닌 이유는 공격 능력의 신성 마법을 마족들 외에는 사용하지 않기 때문에 별로 드러나지 않는 거야. 공격 능력이 있는 신성 마법들은 보통의 마법사들이 펼치는 마나를 이용한 서클 마법보다 더 엄청난 파괴력을 지닌 마법들이 존재한다고."

"그래? 그러고 보니 아직 신성 마법은 본 적이 없어."

"거의 대부분이 그렇지. 상위 신관급들 정도 되면 신전에 틀어박혀 있거나, 여러 신관들에게 둘러싸여 있어서 신전이 무너지거나 하지 않으면 좀처럼 얼굴을 보이지 않을 테니까. 옛날에 누구더라? 아! 그래, 무슨 일을 하다가 시야스라는 아이네스의 대신관이 오해를 산 적이 있었지. 나의 잘못을 인정했는데도 용서할 생각을 하지 않아서 어쩔 수 없이 한번 붙은 적이 있었지."

그 말에 로노와르는 궁금한 표정이 되어서 물었다.

"어떻게 됐어?"

"어떻게 되긴, 내가 이겼지. 하지만 그 당시에는 나도 신성 마법의 위력을 자세하게 몰랐기 때문에 방심하다 녀석이 쓴 중급 정도의 신성 마법에 오른쪽 팔이 완전히 사라져 버렸지 뭐."

"지금 있는 팔은?"

"열받아서 녀석의 팔을 뜯어다 붙인 거야."

"너답다."

로노와르는 한심하다는 듯이 말하며 골을 파먹다가 갑자기 생각난 듯이 물었다.

"그럼 저 여자는 뭐가 있는 거야?"

"응. 신들을 모시는 신관들은 등급에 대한 표식이 법의에 붙어 있지. 이를테면 아라시아 성교 같으면 모자에 있는 태양의 표식의 금속에 따라, 대지모신을 모시는 안트라네 교 경우에는 손목에 차고 있는 팔찌의 문양에 따라 등급을 표시하고 있다고. 아이네스 교의 경우를 설명하자면, 그들은 법의 가슴에 붙어 있는 표식으로 등급을 나누지. 그런데 저 여자의 흰색의 법의에 붙어 있는 황금 표식은 중위급의 신관들에게만 주어지는 표식이야. 또 싸우려고 일어선 신관의 다리가 대각선으로 약 30센티미터 정도 벌어져 있는 것이 보이지? 저건 아이네스 교의 몽크들이 익히는 권술의 기본 자세라고. 저 정도의 자세를 보면 상당한 무술 수련을 받은 것이 드러나 보인다고."

"무술은 몽크나 하는 거잖아?"

"무슨 소리야. 시기가 시기인만큼 여신관들에게도 무술을 수련시키지."

루드웨어의 말이 끝나자마자 신관이 있던 쪽은 소란스럽게 변하기 시작했다. 드디어 불량배들과 여신관의 싸움이 벌어진 것이다.

불량배들 중 한 명이 몸집이 작은 신관의 어깨를 붙잡으려고 뛰어들었으나, 그녀는 가볍게 그의 손을 피하고는 오른손으로 자신을 공격한 사내의 팔을 잡고는 가볍게 비틀어 던졌다. 엄청난 소리와 함께 사내는 식당의 한쪽 벽을 부서뜨리고는 자빠졌다.

"거봐."

루드웨어는 당연하다는 듯이 다시 지렁이 국수를 먹기 시작했다.

"근데 무섭다."

로노와르는 흥미로운 격투 경기를 보기라도 하는 듯 근처에 놓여 있던 메뚜기 튀김을 무릎에 올려놓고는 고소한 튀김을 먹으며 신관의 싸움을 지켜보고 있었다.

한 명의 동료가 나가떨어지자 신관의 실력이 만만치 않다는 것을 깨달은 불량배들은 근처에 있던 의자를 벽에 부서뜨려 의자 다리를 몽둥이 삼아 천천히 접근해 오기 시작했다.

몽크의 권술을 익힌 신관은 네 명의 불량배가 몽둥이를 들고 사방에서 다가오는 것을 보고 있었지만 그리 긴장하지는 않은 듯했다.

"우와!"

불량배 중 한 명이 몽둥이를 머리 위로 들어 올리고 뛰어 들어오자 그녀는 그가 몽둥이를 휘두를 시간도 주지 않고 빠르게 앞으로 접근하여 순식간에 그의 코밑에 다다랐다.

"헉!!"

신관이 빠른 속도로 자신의 정면으로 뛰어 들어오자 몽둥이를 휘두를 타이밍을 놓친 그는 당황했으나 익숙한 싸움꾼인 듯 그녀의 어깨를 향해 팔꿈치를 찍었다.

하지만 그의 팔꿈치보다 그녀의 주먹이 더 빨랐다. 그녀의 주먹은 정확히 자신의 앞에 있는 불량배의 명치를 가격했고, 그는 외마디 비명과 함께 고통스러운 표정을 지으며 그 자리에서 무릎을 끓고 말았다.

"이년이!!"

"죽어라!!"

그것을 보고 있던 불량배 두 명이 그녀의 옆에서 몽둥이를 휘둘렀고, 로노와르는 그녀가 위기에 봉착했다는 것을 알고 소리를 질렀다.

"조심!"

하지만 로노와르의 걱정은 필요없는 것이었다.

양쪽에서 공격해 오는 불량배들을 보며 여신관은 오른쪽에서 공격해 오는 녀석을 무시하고는 왼쪽의 상대에게 다가가 장타를 사용하여 상대의 턱을 가격했다.

턱을 맞은 녀석은 뒤로 자빠져 쓰러졌고, 그가 쓰러지기 전에 여신관은 빠르게 자세를 낮추고는 회전하며 그 원심력을 사용하여 오른쪽의 상대의 다리를 발로 가격하여 쓰러뜨리고는 공중에 뛰어올라 그의 복부를 무릎으로 찍어버렸다.

이 연속적인 기술은 권투사들이나 쓸 법한 고난도의 기술이었기에 로노와르는 놀라며 입을 다물 수가 없었다.

"이런!"

순식간에 자신의 동료들이 희롱이나 해보려던 여신관의 권술에 당해 쓰러지자, 남은 한 사람은 조금씩 뒷걸음질치려고 했지만, 한번 화가 난 그녀는 도망치는 녀석조차 봐주려 하지 않았다.

"네 녀석도 덤비시지."

여신관은 우습다는 식으로 손가락을 까딱거리며 그를 도발했다. 그녀의 도발에 넘어간 그는 큰 소리를 내며 몽둥이를 들고 덤벼들었지만 역시 여신관의 상대는 아니었다.

그가 덤벼드는 것을 보며 공중으로 뛰어오른 그녀는 회전을 하며 오른쪽 발꿈치로 그의 관자놀이를 정확하게 가격하여 쓰러뜨린 것이다.

"우와!!"

로노와르는 그녀의 놀라운 실력을 보며 자신도 모르게 박수를 치고 있었는데, 아직 그녀의 싸움은 끝난 것이 아니었다.

그녀는 이미 쓰러진 녀석들을 봐줄 생각은 없다는 듯이 주위를 돌아다니며 쓰러진 녀석들을 발로 짓밟으며 폭행하기 시작한 것이다.

"얼마나 맞으려나?"

결국 이러한 모습은 구경하고 있던 로노와르도 질릴 정도였다. 그들이 모두 쓰러진 후 여신관은 거의 십 분 동안이나 돌아다니면서 불량배들을 발로 가격하고 있었다.

순백의 아름다운 모습을 지닌 여신관에게 저렇게 잔인한 면이 있을까 하는 정도로.

"살려줘요."

"그러게 누가 덤비래!"

봐주는 것도 없다. 로노와르는 불량배들의 눈물 어린 호소를 단칼에 거부하는 그녀를 보며 신관이 아닐 것이라는 생각을 잠시 했다.

꽤 맞은 후 피투성이가 된 다섯 명의 불량배들은 눈물을 흘리며 여신관을 피해 식당을 빠져나가려고 하는데, 여신관의 날카로운 목소리가 그들의 걸음을 멈추게 했다.

"어딜 가?"

"살려주세요."

"아니, 식당 수리비는 주고 가야 할 것 아니야."

"아! 예예!"

여신관의 말에 놀라며 떨리는 손으로 급히 돈주머니를 풀어 식탁 위에 올려놓은 그들은 발바닥에 불이 나게 도망가기 시작했다.

"후후."

여신관은 그들이 놓고 간 돈주머니를 보며 잠시 만족의 웃음을 짓더니 주인을 불렀다.

"예예."

주인은 여신관에게 질렸다는 듯이 겁에 질린 모습으로 다가왔고, 그런 주인장을 보며 여신관은 아까와는 달리 자비스러운 미소 어택을 날리며 말했다.

"수리비가 얼마죠?"

"그게… 식탁 두 개와 의자 다섯 개에 무너진 벽까지 수리하려면 적어도 10골드 정돈……."

그 말에 여신관은 주머니를 뒤지더니 10골드를 꺼내 주인에게 건넸다.

"자요."

"예예, 감사합니다."

주인이 도망치듯 들어가자 여신관은 미소를 지으며 돈주머니에서 돈을 꺼내더니 세기 시작했다.

"후후, 녀석들, 꽤 돈이 많았잖아? 235골드나 벌었네?"

그것을 보고 있던 로노와르는 질리지 않을 수 없었다.

신관이 돈을 밝힐 줄이야.

"어이, 루드웨어. 신관이 저래도 괜찮은 거야?"

"뭐, 정의를 주재한다고는 하지만 요즘 들어 상황이 안 좋아져서 아이네스의 신관의 율법은 조금 완화되어 있지. 살생은 자제하고, 도둑질은 하지 말아야 하며, 간음하지 말라. 정도 외엔 금하는 것이 많지 않게 변했으니 지금의 행동도 죄가 되는 것은 아니겠지."

"강도 같잖아?"

"생각하기 나름이지. 신을 모시는 성스러운 몸을 움직이게 했으니 신전에 기부라도 해야 되지 않느냐 생각하며 돈을 받았다는 식이 아닐까?"

여신관은 돈을 주머니에 집어넣고 먹다만 식사를 하려고 하다가 우연히 로노와르의 일행을 보게 되었다.

"어? 루드웨어 아니야?"

여신관은 루드웨어를 보자 아는 체를 하며 다가왔다. 루드웨어는 자신은 저 여신관을 모른다는 표정으로 꿋꿋이 지렁이 국수를 먹었지만 여신관은 그런 그를 가만히 냅두지 않았다.

"어이, 루드웨어. 야센시티에는 무슨 일이야?"

"아이샤, 가라."

"어이, 삐친 거야? 저번에 돈 좀 얼마 갖고 갔다고 그러냐?"

그 말에 황당하다는 듯이 변한 루드웨어는 분노를 참지 못한 채 안색이 시퍼레지면서 소리쳤다.

"정확히 2만 6천 3백 4골드다! 그게 조금이라면 이 나라 사람들은 다 부자가 아니면 왕이겠다!"

그 말에 로노와르는 놀라지 않을 수 없었다. 자신의 돈은 단 한 푼이라도 쓰지 않으려고 평소에도 떼를 쓰는 루드웨어가 앞에 있는 여신관에게 엄청난 액수의 돈을 뺏겼다는 것은 좀처럼 믿어지지 않는 일이었기 때문이다.

"뭐야, 너도 대신전에서 50만 골드 정도 대신관님에게 우려냈잖아."

"흥! 그건 치료비였다."

"그거나그거나. 그렇게 말한다면 난 위자료를 받았을 뿐이야."

"무슨 위자료!"

"내 입으로 말해야 하나?"

그 순간 아이샤라 불리는 여신관은 왼손을 들어 자신의 입을 가린 후 눈물을 줄줄 흘리면서 정말 슬픈 목소리로 말했다.

"멀쩡한 처녀의 몸에 상처를 내놓고는 어떻게 그런 말을."

그 말에 루드웨어는 더 이상 그녀와 이야기하는 것은 시간 낭비라는 것을 생각하고는 한숨을 내뱉으며 말했다.

"말할 필요도 없군. 로노와르, 나가자."

"나 어떻게 하라고."

아이샤가 자리에 주저앉으며 울자 조금 당황스러웠지만, 잠시 후무슨 생각이 들었는지 루드웨어는 입에서 간사한 미소를 지으며 말했다.

"그래? 어쩔 수 없군. 날 따라와."

"응?"

설마 루드웨어가 자신에게 따라오라고 할 줄은 몰랐기 때문에 아이샤는 어안이 벙벙해진 얼굴로 그를 쳐다보았다.

"어떻게 할 줄 모른다며? 내가 책임지지. 따라와."

"어딜 가는데?"

"북극의 대륙."

그 순간 아이샤의 얼굴에 핏기가 사라졌다. 여행을 다니고 있던 아이샤였기 때문에 북극령에 대한 소문은 익히 들어 알고 있었다.

6개월 간 밤과 낮이 이상하게 교차되어 처음 가는 사람은 불면증으로 죽기 딱 알맞으며, 함부로 나돌아다니다가는 정체 모를 마물의 밥이 될지도 모르는 불모의 대지. 아무리 여행을 하고 있는 아이샤라곤해도 그녀는 가야 할 곳과 가지 말아야 할 곳은 알고 있었다.

"아, 나 갑자기 일이 생긴 것 같아."

"응? 그럼 이만 육천삼백사 골드는 주고 가야 하지 않을까?"

"왜?"

"책임질 필요도 없다는데 왜 위자료는 갖고 갔지?"

여행을 다니면서 여신관은 자신에게 추근대거나 납치하려는 자들을 조금 패고 약간의 성금을 받아 주머니가 두둑한 그녀이긴 하지만, 이만 골드 이상의 돈이 있는 것은 아니었다. 더욱이 그런 돈이 있다고 해도 루드웨어 같은 자에게 되돌려 주고 싶은 생각이 없는 그녀였는데, 어떻게 빠져나가려고 해도 루드웨어의 말발을 잘 아는지라 빠져나갈 구멍이 없다는 것을 알게 된 아이샤는 한숨을 쉬었다.

"말 한번 잘못했다가 영락없이 끌려가는군."

"새삼 왜 그래? 돈은 다 받아놓고."

"알았어, 알았다구."

로노와르는 그 둘이 무슨 사연이 있는지 모르지만 앞으로 평탄치 않을 것이란 것을 알 수 있어 길게 한숨을 쉬었다. 그리고 새삼 아이샤가 불쌍하다는 생각이 들었다.

'무슨 봉변을 당할까?'

어쨌든 로노와르는 엉성한 자신들에게서 조금은 쓸 만한 사람이 들어왔다고 생각했다.

로망스에 흔히 나타나는 정식의 파티가 돼가고 있어 조금은 여행다운 여행을 하게 될 것이라 생각한 로노와르의 머리 속에는 이런 생각이 스치고 있었다.

엘프나 드워프들은 언제 잡아올까? 루드웨어의 로망스 찬양론이라면 생전 단 한 번도 보지 못할 종족이라도 충분히 파티의 일원으로 끌고 올 것이라 생각했다. 다만 이 엉성한 파티에 들어오는 게 얼마나

엉성한 엘프와 드워프일까란 생각을 했다. 그들의 엉성함은 아마 루드웨어가 얼마나 일을 저질렀는가에 따라 판가름될 듯하다고 생각하는 로노와르였다.

11장 상처를 받은 여신관의 사연

선착장의 매표소에서 루드웨어와 아이샤 두 사람은 서로 말다툼을 하고 있었다.

"돈 내라."

"내가 왜?"

"아까 강탈한 235골드 있잖아. 어차피 우리 중에 돈이 있는 녀석은 너뿐이니까."

"설마."

아이샤가 돈이 없다는 루드웨어의 말을 못 믿겠다는 투로 말했다. 돈을 잘 쓰지 않는 루드웨어라고는 하지만 최소한의 여행 자금마저 안 가지고 다니지는 않을 것이기 때문이다. 하지만 루드웨어는 그런 아이샤의 생각을 간파했는지 회심의 미소를 지으며 자신의 주머니를 털어 보였다.

"봐."

털었을 때 정말 먼지만 나는 주머니. 과연 루드웨어에게 돈이 없었을까. 그것은 아니었다.

아이샤는 루드웨어가 무슨 짓을 저질렀는지 예상할 수 있었다.

'치사한 녀석! 아까 화장실 간다고 하더니 텔레포테이션 게이트로 돈을 숨겼구나.'

루드웨어의 일격에 아이샤는 당했다는 얼굴을 하면서도 일단은 자신의 수중에 돈이 있는 것을 보였기 때문에 눈물을 삼키며 선원에게 돈을 지불할 수밖에 없었다.

"아, 좋다~ 즐거운 여행이 될 것 같은데. 하하하하하!"

아이샤에게 멋진 일격을 먹인 루드웨어가 크게 웃으며 배 갑판으로 걸어갔고, 그의 뒤를 이어 아이샤는 쓴웃음을 지으며 따라갔다.

"휴~"

이 두 사람의 대결 같지 않은 대결을 옆에서 구경하고 있던 로노와르는 한숨을 쉴 수밖에 없었다. 앞으로도 이런 일이 계속될 텐데, 그걸 견디는 것도 참 고행이란 생각을 했기 때문이다.

하지만 이런 생각은 천천히 해도 상관이 없기 때문에 로노와르는 자신이 궁금한 것을 묻기로 했다. 배에 오르는 루드웨어에게 뛰어간 로노와르는 궁금한 것을 물어보았다.

"북극의 대륙에서 어떻게 해야 하지? 그쪽은 루덴스의 말대로라면 크샤스란 녀석 때문에 움직이기도 힘들 텐데?"

"어떻게든 되겠지."

둘의 말을 조용히 듣고 있던 아이샤는 궁금하다는 듯한 표정을 지으며 물었다.

"도대체 북극의 대륙엔 왜 가는 거야?"

뭐 이런 질문이라면 로맨스 추종자 루드웨어에게 나오는 말은 정해져 있었다. 그는 아이샤를 보며 의미심장한 미소를 지으며 말했다.

"장가가는 여행."

"응?"

루드웨어의 엉뚱한 발언에 아이샤가 더욱 어리둥절한 표정을 짓자 그는 자신의 생각을 남에게 알려주는 것이 자랑스럽다는 듯이 말했다.

"너도 이 녀석이 누군지는 눈치 챘겠지?"

"응. 느낌을 보니 마나조차 감추지 못하는 어리석은 드래곤이거나 아직 못 배운 순진한 해츨링이 아닐까 하는데… 설마?"

"설마가 아니야. 이 녀석을 여성체로 만든 후 나 드래곤에게 장가들려고."

"말도 안 돼!"

아이샤는 루드웨어의 허무맹랑한 계획에 황당하지 않을 수 없었다.

"왜? 드래곤과 인간이 결혼한 경우가 없는 것도 아니잖아?"

"그건 드래곤이 유희를 즐길 때나 가능한 거지. 인간이 주도해서 용이랑 결혼한 적은 없단 말이야."

"그런 수동적인 생각을? 혹시 넌 남자가 따라붙기 전까지 결혼 같은 건 꿈도 안 꾸는 히스테리 우먼이냐?"

"미안하지만, 난 평생 독신으로 살아야 하는 아이네스님을 모시는 신관이라고. 희한한 걸로 비교하지 말란 말이야. 드래곤이랑 결혼?! 나참, 어느 세상에 드래곤과 결혼하려는 인간이 있겠냐!"

"없을까? 뭐, 어때. 그럼 내가 첫 번째가 되면 되지 뭐."

"네 녀석이 괴짜에 허무맹랑한 녀석이라는 것은 알고 있었지만, 아무래도 정신병 말기의 중증 환자인 것 같구나."

"그래? 그럼 그런가 보지. 나도 가끔은 나의 정신 상태가 의심스럽거든. 원래 천재들은 남들보다 앞서는 자신의 지식에 미쳐 버리는 수도 있다고 하잖아."

아이샤는 자신의 상태를 인정하며 말도 안 되는 것과 부합시키려는 발언을 하는 루드웨어에게 더 이상 말을 붙일 필요도 없다는 듯이 손을 들어버렸다.

루드웨어를 타깃으로 하는 것은 불필요한 것이라 생각한 아이샤는 뒤에서 머뭇거리고 있는 로노와르를 보며 말했다.

"그런데 로노와르라고 했지요? 정말 저 녀석하고 결혼할 거예요?"

그 말에 로노와르가 발끈하더니 소리쳤다. 자신이라고 드래곤 일족의 자존심이 없겠는가? 일족의 명예가 있지 어떻게 인간과 결혼하려 하겠는가!

"말도 안 되는 소리!"

"그럼 왜 따라다니는데요?"

로노와르는 아무 말도 할 수 없었다.

어떻게 지고한 생물체라는 용의 종족이 인간 마법사의 협박 아래 끌려 다닌다고 말할 수 있단 말인가.

"별로 싫은 기색은 아니군요. 거참, 아직은 남성체인데도 그런 생각을 하다니… 말을 조금 험하기는 하지만 로노와르는 드래곤으로선 실격인 것 같군요. 그래, 인간의 수명에 대해선 생각해 본 거예요?"

"인간의 수명?"

"네. 드래곤이야 몇 천 년, 아니, 몸조리만 잘하면 몇 만 년을 산다고는 하지만 인간은 많이 살아야 백 살을 겨우 넘기는데 아무리 좋아한다고 해도 자신의 남편인 녀석이 늙어가며 죽는 것을 보는 것이 편할까요?"

아이샤의 말은 어느 정도 일리가 있었다. 이러한 이유 때문에 엘프들은 간혹가다 인간과 결혼하는 경우도 있었지만, 단 한 사람의 엘프도 행복했다는 이야기는 나오지 않는 것이다. 몇십 년 간은 서로를 사랑할진 모르지만, 사랑하는 사람이 죽은 후 기나긴 시간을 홀로 살아야 하는 엘프들은 스스로 목숨을 끊거나 산속으로 은거해 버리는 것이 다반사였기 때문이다. 하지만 그녀의 말에 루드웨어는 크게 웃으면서 말했다.

"미안하지만 그럴 걱정은 없다고."

"왜?"

아이샤가 어리둥절하면서 묻자 루드웨어는 당당하게 가슴을 펴면서 말했다.

"날 보통의 인간으로 보지 말라고. 아직 내 나이도 모르는 녀석이 아는 체하기는."

"흥! 먹어봤자 한 이십 대 후반이겠지 뭐!"

"그것보다는 많지."

"서른 살?"

"더 많아."

"설마 마흔 살?"

"더 많아."

"뭐야! 나 가지고 장난치는 거야!!"

자신의 예측한 나이보다 더 많다고 하는 그의 말을 들으며 장난치는 것이라고 생각한 아이샤는 화를 내며 소리쳤는데 옆에 있던 로노와르는 고개를 저으며 아이샤에게 말했다.

"미안하지만 그의 말은 사실이야. 내가 알고 있는 루드웨어의 나이는 적어도 백이십육 살은 넘을걸?"

로노와르의 말에 아이샤는 말도 안 된다는 표정을 지으며 자리에서 벌떡 일어나더니 소리쳤다.

"말도 안 돼! 백이십육 살이라니!!"

"거참, 저 녀석의 나이는 백이십육 살을 넘으면 넘었지 그 밑은 아니라고. 내가 저 녀석을 처음 만났던 게 75년 전이었고, 프로란스 할머니가 저 녀석을 처음 보게 된 것은 백여 년 전이니 틀리지는 않다고 생각해."

"리치?"

아이샤는 그러한 나이를 산 사람이 드물다는 것을 알고 오랜 세월을 살아갈 수 있는 가장 흔한 대상을 말했지만, 그런 그녀의 추측에 로노와르는 고개를 저으며 말했다.

"정체 불명. 지내오다 보니 암흑의 황태자 루덴스하고도 잘 아는 사이 같던데 뭐."

"루덴스!!"

아이샤는 루덴스라는 말에 놀라 뒤로 넘어지고 말았다.

신관인 그녀에게 루덴스의 존재는 서로 반대되는 존재였기 때문이다.

"도대체 너, 정체가 뭐냐?"

"마법사."

"난 아직까지 마법사가 백 년을 넘게 살고서도 젊음을 유지한다고는 들어보지도 못했고, 또 옛날에 신전에서 보인 솜씨는 인간으로서는 불가능하다고 하는 10서클의 마스터잖아."

"넌 이 자식이 인간으로 보이냐? 아마 인간이 아닌가 보지."

로노와르의 말에 루드웨어의 평소 행실과 언변을 분석해 본 결과 결코 틀린 말은 아니라고 생각하며 아이샤는 고개를 끄덕이곤 동감을 표시했다.

"그럼… 뭘까?"

"혹시 귀 잘린 엘프는 아닐까?"

"설마 고귀한 엘프가 저렇게 경망스러운 모습을 할 리가 없잖아요."

"그 말에는 동감이야. 그럼 허리 늘인 드워프인가?"

"조금 가능성이 있는 말이긴 하네요. 허리 늘인 드워프. 후훗."

아이샤는 로노와르는 허무맹랑한 소리를 하며 생각나는 대상을 부정하다가 정말 알고 싶은지 골똘히 생각에 잠기기 시작했다.

"천사?"

"그건 엘프보다 더 말이 안 돼요. 저따위 녀석이 천사라면 아마 신계는 벌써 망하고도 남았을 거예요."

"신들에게 버림받은 미친 천사인가 보지 뭐."

"그러고 보니 미친 것 같기는 하네요."

아이샤는 확인이라도 하는 양 루드웨어에게 다가가더니 그의 얼굴을 살피기 시작했다.

"뭐야?"

그녀의 행동이 귀찮은 루드웨어가 손을 내저으며 말하자 아이샤는 그 자리에 앉아 한참을 생각했다.

"무슨 생각 하는데?"

로노와르가 와서 묻자 아이샤는 조용히 입을 열었다.

"인간의 형태로 불사의 능력을 가진 사람이 없는 것은 아니지요."

"응? 그런 사람이 있어?"

"네. 로노와르, 당신도 한 번 만나본 사람이에요."

그 말에 로노와르는 그가 누구인지 생각이 났다.

"아! 암흑의 황태자 루덴스!"

"예. 루덴스는 대리자의 의식을 통해서 마신의 힘을 얻었어요. 흑
마도사가 마신의 힘을 빌려쓰기 위해서는 그만큼의 대가가 필요하지
만, 루덴스는 마신 그 자체의 대리자란 이름을 가지고 있기 때문에 마
신이 가지고 있는 마력의 대부분을 사용할 수 있지요. 또 인간이라기
보다 마족 쪽에 가까운 신체로 변했기 때문에 그 수명도 무한정이라
고 할 수 있지요."

"그럼 루드웨어는?"

아이샤는 갑자기 무슨 생각이 들었는지 들고 있던 봉을 겨누며 말
했다.

"마신의 대리자인가?"

같이 잘 놀고 있다가 갑작스럽게 돌변한 아이샤의 행동에 어이가
없는지 루드웨어는 크게 웃으며 로노와르에게 말했다.

"하하하하, 로노와르, 내가 쓰는 흑마법이 어느 마신의 마법인 줄
알지?"

"마신 라스타 아니야?"

"그래. 어이, 아이샤. 대리자란 게 두 명도 가능한가?"

대리자는 결코 한 신에게 두 명이 있을 수 없다는 것을 알고 있던

아이샤는 봉을 내리면서 말했다.

"그렇군. 그럼 마신은 아니라는 거네? 천신?"

"글쎄?"

아이샤는 루드웨어가 발뺌하자 화가 난 듯이 말했다.

"그럼 라스타가 아닌 다른 마신 아니야? 마신이 한두 명도 아닌데."

"마신이란 건 한 명 아니야?"

로노와르가 묻자 루드웨어는 허리를 펴더니 로노와르의 무지를 자신의 자비로움으로 타파하기 위하여 헛기침을 한 후 말했다.

"좋아. 멍청한 너를 위해 설명해 주지. 현재에 있는 마신 라스타는 원래 마계를 지배하고 있던 신이 아니었지."

"그럼 누구였는데?"

"궁극의 마신 크레이져."

"천신 레이뮤님에게 봉인당한 불운의 마신?"

"그래. 마계는 원래 크레이져가 통괄하고 있었지. 라스타는 크레이져의 세 자식 중 장남으로 크레이져가 봉인되자 천신 측에게 뒤지지 않기 위해 마신이 필요하다는 것을 느끼고 마신의 의식을 삼 일 만에 해치우고는 마신의 직위에 올랐지."

"아!"

"그래서 현재 마계는 과거와는 달리 천계에 밀리는 형국이 되었지만 마신 라스타가 워낙 뛰어난 수단을 지녔는지 지금까지 버틸 수 있었다고 할 수 있다고. 너희가 알고 있는 암흑의 황태자 루덴스의 경우도 그의 정치 능력이 벌여놓은 하나의 작업이라고 할 수 있지. 왜 루덴스가 마신 라스타의 이야기를 할 때 빌어먹을 세상의 마계라고 했는지 생각해 보면 알 것 아냐."

루드웨어의 말이 끝나자 아이샤는 그를 의심스러운 눈초리로 바라보기 시작했다.

"왜?"

루드웨어가 이상한 듯이 묻자 그녀는 자리에 앉고는 그를 째려보며 말했다.

"어떻게 그리 자세하게 알지? 그건 인간 세상에 알려진 이야기가 아닐 텐데?"

"하하하, 날 우습게 보는군. 세계 제일의 마법사라고 할 수 있는 이 루드웨어님은 현존하고 있는 거의 모든 마법을 통달하고 있는 분이란 걸 잊었냐? 신계, 마계는 물론 정령계, 페어리계 같은 다른 차원의 공간도 충분히 넘나들 수 있는 능력이 있다고. 알겠냐? 이 신앙심 적은 엉터리 신관아."

"그게 인간이 가질 수 있는 능력인가?"

그 말에 로노와르도 고개를 끄덕이며 말했다.

"맞아. 마법의 생물이라고 할 수 있는 드래곤도 불가능한 일이라고!"

"나도 한참 생각에 잠기곤 하지. 내가 인간일까 아닐까 하고. 하지만 이 대마법사 루드웨어는 분명히 인간이라고 말하고 싶다고. 먹고 자고, xx도 하고 싶은 인간 남자. 알겠냐?"

아이샤는 저런 허황된 인물의 비밀을 더 이상 캐는 걸 포기했는지 선실 안으로 걸어 들어갔다.

"어디 가?"

"밥 먹으러요."

로노와르가 묻자 루드웨어와의 말에서 짜증이 난 아이샤는 퉁명스

럽게 대답했다. 실제적으로 돈이 없는 루드웨어는 아이샤를 따라가야
한다는 의무를 생각하고 로노와르를 보며 말했다.

"좀 배고픈데. 로노와르, 우리도 가자."

"응."

여객선의 선실 안 식당은 커다란 배에 비해선 그렇게 사람이 많지
않았다.

"생각보다 사람이 없네?"

"북의 대륙은 신들이 숨겨놓은 땅이라고 불릴 정도로 왕래가 별로
없으니까."

루드웨어가 말하자 로노와르는 고개를 갸웃거리며 물었다.

"내가 알기로는 많은 사람들이 산다고 하던데?"

"자신들의 영토에서 벗어나기를 싫어한다고 해야 하나? 이곳의 항
구에서 나갈 수 있는 곳이라곤 마령의 야센시티와 서부 쪽의 국가들
이지. 서부 쪽 대륙은 마령 동부의 나라를 천찬 민족이라고 여기고 있
기 때문에 북극령의 사람들은 서부 쪽으로 가는 것을 꺼려해. 일단은
그들도 마령 동부 쪽의 인간들이었으니까. 그러니 갈 곳은 동부뿐인
데, 역시 그것도 불가. 북의 대륙 사람들은 루덴스를 두려워하고 있으
니까 그러니 웬만한 무역 상인들을 제외하고는 북극령을 벗어나는
사람은 거의 없다고 할 수 있지."

"마령이 그렇게 무섭나? 루드웨어랑 가봤을 땐 별로 무서운 곳은
아니었는데. 제국에서보다 사람들도 친절하고, 오히려 마족이 다스리
고 있는 나라라서 마물들의 습격이 거의 없다고 할 수 있는 평화로운
곳이잖아?"

"그렇지. 하지만 북의 대륙 사람들은 원래는 루덴스의 마령에서 살

던 사람이야. 루덴스는 전쟁을 통해 현재의 땅을 차지했다고. 북극령의 사람들은 루덴스에 의해 자신의 땅이 마령으로 변하자 마물들에게 죽을 것에 겁을 먹고 북의 대륙으로 떠난 사람들의 자손이 번성한 곳이니만큼 두려운 감을 느끼고 있지. 언제 마령이 북극의 땅을 침공할지 모르는 그런 두려움을 말이야. 또 그들은 마령 안의 마물들과 사는 것은 어렵다고 생각하고 있지."

"왜? 내가 알고 있는 루덴스는 이미 타국과의 전쟁을 꺼려하고 있는 사람이었는데. 또 루덴스의 영지가 살기가 어렵다는 것은 이해가 안 돼. 내가 보기엔 제국의 영토보다 나은 것 같던데?"

"선입견이라고 할까? 북극령에서도 마물들이 많은 것은 알고 있지? 북극령의 사람들은 오랜 시간 동안 마물들과 싸워 나갔기 때문에 마물들의 온상이라고 할 수 있는 마령은 더욱더 살기 어렵다고 생각하는 거야. 하지만 루덴스는 마물과 인간이 화합할 수 있는 발판을 마련했기 때문에 현재같이 살기 좋은 곳이 된 거야."

그 말에 로노와르는 새삼 루덴스의 능력에 탐복하고 말았다. 건국한 지 백 년 정도밖에 안 되었지만, 인간들이 마물들을 보고 느끼는 두려움을 그는 아주 멋지게 타파하여 지금 같은 마령을 만들었기 때문이다.

로노와르와 한참 이야기를 하던 루드웨어는 구석진 곳에서 한 사람을 발견할 수 있었다. 멋으로 달고 다니는지는 모르겠지만, 로브 사이로 멋진 은빛 레이피어를 허리에 차고 있는 미모의 여마법사였다.

갈색 장발의 긴 머리는 흰색의 로브와 멋진 조화를 이루어 그녀의 미모를 한층 더 살려주고 있었고, 루드웨어는 그 이상적인 모습에 눈을 떼지 못하고 있었다. 로노와르는 루드웨어가 정신이 팔려 있자 얼굴을 툭툭 건들며 물었다.

"뭘 봐?"

"미인이다."

루드웨어의 멍한 어투에 시선을 쫓아가 로노와르 역시 그 여자를 쳐다볼 수 있었는데, 과연 자신도 태어나서 처음 볼 정도의 미인이었다.

한참을 바라보던 로노와르는 잠깐 옆에 있는 루드웨어를 바라보았는데, 그는 한참 품에서 뭘 찾고 있다가 발견하고는 음흉한 미소를 지으며 그것을 꺼내고 있었다. 도대체 루드웨어가 그런 웃음으로 꺼낼 것이 무엇인가란 의문으로 물건을 살펴본 로노와르는 그것이 한 자루의 데거라는 것을 알 수 있었다.

"뭐 하려고?"

그는 루드웨어가 품에서 꺼낸 데거의 정체가 무엇인지 알고 있었다. 바로 아크라시마의 레어에서 루드웨어가 기뻐하며 찾은 아이템인 모든 인간들이 자신을 사랑하게 만들 수 있는 궁극의 아이템 러브즈 데거였다.

"뭐 하다니. 고로 여행자들이란 이런 궁극의 장비가 있으면 반드시 써야 되는 운명에 처해 있는 것 아니겠어?"

"통할까? 5서클의 마법인데 느껴지는 기운으로 봐선 저 여자 꽤 마력이 높은 듯한데?"

"안 되면 되게 하라. 바로 이 루드웨어의 좌우명이지."

루드웨어는 당연히 된다는 듯이 이야기하고는 단검을 오른손에 들고 조용히 눈을 감고는 주문을 외우기 시작했다.

아이샤는 그런 루드웨어의 모습에 무엇인가를 꾸미고 있다는 것을 눈치 챌 수 있었다. 루드웨어가 제대로 된 일에 진지해지는 것은 별로 본 적이 없는지라 아이샤는 녀석이 무엇인가 좋지 않은 일을 꾸미고 있다는 것을 알 수 있었다.

"뭐야?"

"말시키지 마! 정신 흐트러진다."

"10서클의 마스타가 주문 외우는데 말시킨다고 정신이 흐트러질까?"

"중요한 순간이란 말이야."

루드웨어의 말에 그녀는 한심하다는 듯이 고개를 저으며 음식을 기다리고 있는데 루드웨어의 주문이 끝났는지 은색의 빛이 데거에 모이기 시작했다.

로노와르는 그 모습을 보면서 말했다.

"증폭 마법?"

"응. 5서클론 조금 모자랄 것 같아서 증폭을 해줬지."

그 순간 퍽! 하는 소리와 함께 루드웨어의 머리가 앞으로 기울어졌는데 그 뒤에는 아이샤가 서 있었다. 아이샤는 녀석이 무슨 일을 저지르기 전에 막아야겠다고 생각하곤 녀석의 뒤통수를 친 것이다.

"헉! 동료의 뒤통수를 치다니! 비겁한 녀석!"

"한심한 마법사 같으니라고."

뒤통수를 얻어맞은 루드웨어는 분노 어린 눈동자로 말했지만, 아이샤는 그렇게 대꾸하곤 자리에 앉았다. 하지만 루드웨어는 아이샤를 노려보는 것을 멈추지 않았다.

"뭘 봐? 한심한 마법사야."

"내가 뭘 하려고 하는지 알고나 그러는 거냐?"

"뭐 하기 뭐 해. 옛날에 신전에서 했던 것처럼 무슨 희한한 일 꾸미고 있는 거겠지. 니가 진지해지는 일이 그런 거밖에 더 있냐?"

아이샤의 말에 로노와르는 궁금한 듯이 물었다.

"옛날 신전에서 무슨 일이 있었는데?"

"녀석이 우리 신전에 와서 위자료 받는다고 한참 설치던 때가 있었거든요. 뭐, 가만히 두면 제풀에 지친다는 걸 대신관님께서 알고 계셨는지 발광을 해도 가만히 두라고 했는데 저 녀석이 위자료 대신 딴 걸 받겠다고 하며 어디론가 사라졌었죠."

"그래서?"

아이샤는 다시 한 번 루드웨어를 보더니 한숨을 쉬면서 계속 말을 이었다.

"루드웨어의 말을 듣고 있던 한 신관이 대신관님께 그 말을 전하자 그 말을 들으신 대신관님이 놀라서 전 신전에 비상 대기를 명하셨지요. 저 녀석이 무엇인가 딴 일을 꾸미고 있다는 것을 예감하신 거지요. 아니나 다를까, 비상 대기 종을 울렸는데도 신전 공동 목욕탕에 들어갔던 여신관들이 나오지 않길래 제가 들어가 봤더니, 저 녀석이 최면술을 써서 신전의 여신관들을 덮치려 하고 있었던 거예요. 다행히 대신관님께 빨리 알려서 사건은 미연에 멈추기는 했지요."

아이샤는 그 말을 하면서 루드웨어를 처음 만났던 때를 떠올렸다.

그녀가 살고 있던 곳은 로아냐드 제국 서부의 작은 나라 헤리엔다 왕국이었다.

헤리엔다 왕국은 건국 때부터 아이네스 신을 건국 신으로 모시고 있었기 때문에 인구 백만 정도의 작은 왕국에 지나지 않았지만 많은 수의 신전이 전국에 널려 있었다.

그중 가장 큰 신전은 라트안 산에 위치한 신전으로 아이샤는 그 신전의 견습 신관으로 있었다. 아직 일곱 살밖에 되지 않은 나이었지만 타 신관에 비해 월등한 신성력을 가지고 있었기에 신관들의 사랑을 받고 있는 소녀였지만, 아직 어린 나이인지라 신전 생활은 익숙하지 않아 자주 수업을 빠져나와 근처에 있던 마을 아이들과 어울리곤 했다.

그날도 아이샤는 신관들 몰래 마을 아이들과 숨바꼭질을 하고 놀고 있었는데 마을 한구석에서 소란이 일고 있는 것이 보였다.

한적한 시골 마을인지라 그런 일이 드물었기 때문에 궁금증을 느낀 아이샤는 사람들이 모여 있는 곳으로 끼어들어 상황을 지켜보았다.

"변태 같은 마법사!"

"뭐야!"

사람들이 모여 있는 한가운데에서는 청년 마법사 한 명과 마을 아가씨가 말다툼하고 있었는데, 여자는 얼굴이 시뻘게진 채 마법사를 노려보고 있었다.

"말도 안 되는 소리! 어떻게 천재 마법사 루드웨어를 변태로 취급할 수 있단 말이오. 아가씨는 눈도 없소이까. 아, 신이시여! 어찌하여 저의 앞에 있는 여인에게 아름다움만을 주고 사람을 볼 수 있는 눈은 주지 않으셨단 말입니까."

변태라는 말에 화를 내며 루드웨어는 하늘을 보며 한탄하듯이 말했는데, 그의 입에서 아름답다는 말에 순식간에 여자의 얼굴에선 붉은 기운이 도는 듯했다. 하지만 그 후 사람 보는 눈이 없다는 말에 다시 미간이 찌푸려졌다.

하지만 어떤 여인이 자신을 아름답다고 하는 자에게 차갑게 대할 수 있겠는가. 그녀는 아까와는 달리 톤이 낮아지기는 했지만, 아직 분을 참지 못했는 듯 떨리는 목소리로 그를 보며 말했다.

"당신이… 당신이… 내 엉덩이에 손을 댔잖아요."

"제가 말입니까?"

그녀의 말에 놀라는 표정을 지은 루드웨어는 믿지 못하겠다는 듯이 검지손가락을 들어 자신의 오른손을 가리키고는 말했다.

"제가 이 손으로 아름다운 레이디의 엉덩이를 만졌단 말입니까? 아! 저로서는 알 수 없는 일입니다."

"당신이 파렴치한 짓을 해놓고선 알 수 없는 일이라뇨!"

이런 식으로 이야기가 진행되면 보통 사람들은 최대한 부정하기 마련이지만, 아이샤의 눈에 보이는 이 청년 마법사는 애써 부정을 하지 않는 듯했다.

"만약 그러하다면, 아가씨께서 화를 내시는 것은 당연하다고 생각합니다. 하지만 가난한 이가 자신의 것도 아닌 황금에 무의식적으로 손이 가는 것처럼, 저 역시 그러한 것을 어찌한단 말입니까. 전 아름다운 아가씨를 보며 백 송이의 장미를 선물하고 싶은 생각이 들어 다가선 것인데, 저의 손이 아름다움을 참지 못하고 아가씨의 몸에 손을 댄 것 같군요. 아름다움에 손이 간 것이 죄라면 달게 받아야겠지만, 너무나 아름다우신 레이디, 당신에게도 일말의 책임이 있습니다. 그것을 부인하신다면 전 아가씨의 눈을 탓하며 스스로 목숨을 끊어야겠지요."

루드웨어의 말이 끝나자 그 아가씨는 어느 정도 화가 풀린 것 같았지만 정말 잘못을 저질렀다는 비참한 얼굴을 하며 그가 자신의 품에서 단검을 꺼내어 가슴에 꽂으려 하자 아가씨는 놀라 루드웨어의 손을 잡으며 말했다.

파렴치한 행동을 했다고는 하지만 죄를 조금 뉘우치는 것도 같고, 자신의 아름다움을 추앙하는 소리를 하던 그가 눈앞에서 죽으려고 하는데 어떻게 말리지 않을 수가 있겠는가?

"놓으십시오. 아가씨에게 저지른 저의 죄는 죽어도 마땅한 일입니다."

"그런 일로 목숨을 끊으셔야 되겠습니까."

그녀의 말에 아니라는 듯이 고개를 저으며 루드웨어는 처량한 목소리로 말했다.

"아름다운 꽃에 현혹되는 것은 모두가 마찬가지이지만, 이지를 가진 인간으로서 그것을 참지 못하고 손을 대었다는 것은 죽어 마땅한 일입니다. 세상의 아름다움은 저 하나의 것이 아니니까요. 다만 꽃이 꿀을 찾아 헤매이는 벌을 받아들이는 것처럼 아름다운 레이디께서 저의 죄를 용서하신다면, 제가 죽는다는 것은 어떻게 생각하면 아름다움에 대한 모독이라 할 수 있겠지요. 정녕 저를 용서해 주신다면 당신의 고운 입술로 저의 죄를 용서해 주신다 말씀해 주십시오."

"호호호, 재밌는 분이네요. 좋아요, 당신의 죄를 용서하지요."

자신의 말에 이제는 웃음을 터뜨린 아가씨를 보며 회심의 미소를 짓던 그는 정중하게 예의를 취하며 말했다.

"저의 실례를 보상할 겸 고귀한 레이디에게 어울릴 만한 차를 대접하고 싶은데 저의 청을 들어주시겠습니까?"

"물론이에요."

아무튼 마을에서의 소란은 두 사람이 정답게 찻집으로 가는 것으로 끝나기는 했지만, 아이샤는 뭔가 못 볼 것을 본 것 같은 느낌에 온몸에서 소름이 돋을 지경이었다.

"나 조금 느끼한 걸 본 것 같아."

"응, 나도."

아이샤와 놀던 아이들도 이 일련의 사태를 관망해 보고는 똑같이 알 수 없는 느끼함을 느끼고 있었다.

그 일이 있은 지 얼마 후 아이샤는 위자료를 받기 위해 신전으로 찾아온 루드웨어의 모습을 다시 보게 되었다.

어이없게도 루드웨어가 받으려고 한 위자료의 정체는 아가씨가 신전의 견습 신관으로 들어가려 한다는 소리를 듣고 애인을 빼앗아 가는 신전에게 위자료를 달라며 쳐들어온 것이다. 물론 루드웨어는 홧김에 신전에 깽판을 부리기 위해 온 것뿐이었다.

손에 술병을 든 채 신전을 향해 고래고래 소리 지르는 마법사를 보며 신관들은 멍하니 서 있을 수밖에 없었다.

"야이! 빌어먹을 대신관 나와라!!"

루드웨어는 취한 듯한 목소리로 신전을 향해서 소리 질렀다. 다른 곳이라면 몽크나 패러딘이 있을 수도 있겠지만, 비교적 안전한 곳에 위치해 있는 이 신전은 나라에서 직접 병사들을 성에 배치하여 긴급한 사태에 투입하고 있었다. 그래서 평소 이 아이네스의 신전 안에는 거의 신관인 여성뿐이었고, 전통적으로 성기사단이 없는 아이네스 신전이었기 때문에 술 취한 루드웨어를 막을 수 있는 사람이 없었다.

간간이 눈에 띄는 남자 신관들이 그의 팔을 잡아끌고 가려 했지만, 그때마다 마법이 터져 나왔기 때문에 신관들은 그에게 가까이 다가서지조차 못하고 있었고, 생각보다 일이 오래가자 신전에서 일을 해결하기 위해 대신관이 직접 나올 수밖에 없었다.

라트안 대신전의 대신관은 올해 60세의 힐리안나 대신관으로 젊었을 때는 대륙 곳곳을 돌아다니며 아이네스 여신의 교리를 전파한 인망있는 여신관이었다.

병자와 소외된 자에게 자애의 여신이라 불리며 어떤 일이 있어도 인상을 찌푸리지 않고 미소를 짓는 사람으로 유명한 사람이 힐리안나였는데, 그녀는 난동을 부리는 젊은 청년을 다독거려 주기 위해 나왔다가 그의 얼굴을 확인하고는 인상이 찌푸려지고 말았다.

"루, 루드웨어."

그녀는 루드웨어를 알고 있었던 것이다. 한편 주위에서 힐리안나의 얼굴을 본 신관들은 놀라움에 수군거리기 시작했다. 그녀는 이 신전에 부임한 이후 다른 사람들에게 한 번도 미소를 짓지 않은 적이 없었는데, 부임 처음으로 깽판 부리는 마법사의 모습을 확인하고는 얼굴을 찌푸린 모습을 다른 신관들에게 보였기 때문이다.

신관들의 수군거림을 눈치 챈 힐리안나는 다시 포커 페이스를 통해 미소를 지어 보였지만 역시나 루드웨어에겐 통하지 않았다.

"어? 이거 힐리안나 아니냐?"

루드웨어는 힐리안나를 보며 아는 척을 했는데, 대신관의 이름을 함부로 부르는 것을 들은 다른 신관들의 표정은 불경스러운 모습을 보았기에 우그러질 수밖에 없었다.

"그렇네. 그런데 신전에는 무슨 일인가, 루드웨어? 내가 알기로 자넨 독한 럼주 몇 통을 마셔도 술에 취했다는 소리를 들어본 적이 없는데 말이야."

힐리안나의 말에 자신의 연극이 들통났다는 것을 들킨 루드웨어는 잘못을 뉘우칠 기색은 하지 않고 뻔뻔한 얼굴을 힐리안나의 앞에 들이대며 말했다.

"이곳 신전에서 사랑하는 여인을 뺏어갔기에 열받아서 왔다."

"사랑하는 여인? 천하의 바람둥이로 소문이 난 자네에게 그런 여인이 있었던가?"

"그래! 페르데리아, 그녀를 돌려달란 말이야!"

힐리안나는 옆에 있는 신관을 불러 물었다.

"페르데리아란 아이가 누구인가?"

"예, 대신관님. 페리데리아는 마을에 사는 아이인데, 똑똑하고 신앙심도 투철하여 그 마을의 촌장님이 신전에 견습 신관으로 추천하여 들어오기로 예정된 아이입니다."

그 말에 고개를 끄덕인 그녀는 루드웨어를 보며 말했다.

"우리 신전에 견습 신관이 될 아이로군. 그런데 그녀를 본 지 얼마 안 된 것 같은데 어떻게 자네의 사랑하는 여인이 될 수 있는가?"

"흥! 원래 신이 내려주신 인연은 한 번에 알아보는 거야. 인연이란 실제로 겪어보기 전엔 알 수 없는 것이 아닌가!"

"그렇긴 하네만."

"빨리 페르데리아를 돌려달란 말이야!"

루드웨어는 이젠 땅바닥에서 뒹굴며 어거지를 쓰기 시작했고, 그런 그를 보며 잠시 머리가 아픈 듯 이마를 만지작거린 힐리안나는 뒤로 돌아서 근처에 있는 신관을 보며 말했다.

"그냥 냅두게. 저 녀석을 옛날부터 알고 있는데, 저렇게 떼 쓸 때는 가만히 냅두면 알아서 조용해지곤 하더군. 그냥 굴러가는 돌멩이라 생각하고 내버려 두게."

"알겠습니다."

힐리안나의 말에 신관은 주위에 모여 있는 신관들을 보며 안으로 들어가라는 손짓을 했다. 아이샤도 지시에 따라 들어가긴 했지만, 마을에서 본 그라면 분명 이렇게 끝내진 않을 것이라 생각했다.

신전으로 들어갔다가 잠시 틈을 봐서 빠져나온 아이샤는 마법사가 음흉한 웃음을 지으며 어디론가 숨어 들어가는 것을 볼 수 있었다.

저 변태 마법사가 신전에서 무슨 짓을 저지르려 한다는 것을 눈치 챈 아이샤는 조용히 그의 뒤를 밟았다.

그가 도착한 곳은 여자 신관들이 묵는 숙소였다.

숙소에 도착한 루드웨어는 주문을 외우며 모습을 숨겼고, 아이샤는 그가 투명 마법을 썼다는 것을 알 수 있었다.

아이샤는 그가 마법으로 모습을 감추자 급히 대신관인 힐리안나에게 알리기 위해 대신관실로 뛰어갔다.

"대신관님!"

힐리안나는 자신의 방으로 숨을 헐떡이며 달려온 아이샤를 보고는 미소를 지으며 말했다.

"아이샤, 지금은 취침 시간일 텐데?"

"큰일 났어요!"

아이샤는 대신관에게 루드웨어가 숙소 앞에서 투명 마법으로 모습을 감췄다는 이야기를 했고, 그 이야기를 들은 힐리안나는 크게 놀라며 숙직 신관을 불렀다.

"무슨 일이십니까, 대신관님."

"당장 비상 대기 종을 치도록 하게."

"예?"

"빨리하게. 늦는다면 신전에서 불미스러운 사태가 일어날 수도 있단 말일세."

"예."

대신관의 다급한 말에 숙직 신관은 비상 대기 종을 쳤고 힐리안나는 아이샤와 함께 신관들의 숙소로 갔다.

비상 대기 종의 소리를 들으며 많은 신관들이 숙소 밖으로 뛰어나와 있었다.

"같은 방이나 옆방에서 나오지 않은 신관이 있는 사람은 말하게!"

힐리안나의 다급한 말에 신관들은 잠시 없는 동료를 찾다가 말하기 시작했다.

"리리아 자매가 안 보입니다."

"셀린느 자매도 없어요!"

신관들 사이에서 없어진 사람의 이름이 나오자 힐리안나는 당황하며 물었다.

"어디로 간다는 말도 없이 사라졌는가?"

"그게… 목욕하러 간다고…….."

"아! 셀린느 자매도 목욕하러 나갔는데 아직도 오지 않았어요."

그녀의 말에 힐리안나는 공동 목욕탕을 향해 뛰기 시작했다. 힐리안나는 개인 목욕탕을 사용하여 공동 목욕탕의 위치를 잘 알지 못했지만, 아이샤가 그곳의 지름길을 알고 있었기 때문에 지름길로 목욕탕으로 향했다.

목욕탕 앞에 도착한 아이샤는 문을 열고 안으로 들어갔는데 그곳엔 대여섯 명의 여신관이 기절한 채 쓰러져 있었다.

"셀린느 언니!"

아이샤는 근처에 자신이 잘 알고 있던 셀린느 언니가 쓰러져 있자 급하게 뛰어가 그녀를 살펴보았는데 다행히 몸에는 아무런 상처도 없는 듯했다.

하지만 그녀의 몸에선 약간의 마나가 흘러나오고 있었는데, 평소 셀린느 언니의 몸에서 이런 마나가 흘러나오지 않는다는 것을 알고 있는 아이샤는 이것이 루드웨어의 짓이란 것을 알 수 있었다.

"나쁜 마법사!"

조용히 눈을 감고 아이샤는 목욕탕에 신성력을 뿌렸다. 루드웨어가 투명 마법을 쓴 것을 알고 있는 아이샤는 신성력과 마나가 서로 반발한다는 것을 알고 있었기 때문에 그것을 이용하여 루드웨어의 위치를 알아내려 한 것이다.

"저기다!"

한곳에서 유난히 신성력이 퍼져 나가지 못하는 것을 느낀 아이샤는 두 손을 들어 주문을 외우기 시작했다.

"정의의 주제자이신 성신 아이네스님이시여, 이 미약한 종에게 악한 자를 벌할 수 있는 힘을 주소서. 홀리 라이데… 꺅!"

아이샤는 신성계의 공격 주문 중 하나인 홀리 라이덴으로 악한 마법사를 벌하려고 했는데, 주문이 모두 끝나 발동시키려는 순간 목뒤에 충격을 받고 쓰러지고 말았다.

"휴, 다행이다. 어리다고 얕보다가 큰일 날 뻔했군. 그런데 이 녀석, 누가 교육시킨 거야? 목욕탕에서 홀리 라이덴을 쓰려 하다니 전부 감전사할 뻔했잖아!"

루드웨어는 그냥 가만히 숨어 있으려 했는데 꼬마 신관이 홀리 라이덴의 주문을 외우는 것을 알아채고는 급하게 달려와 그녀의 주문을 막았던 것이다.

하지만 이것은 큰 오해를 불러일으키고 말았다.

"루드웨어!"

갑자기 날아온 펀치에 루드웨어는 붕 날아 목욕탕에 빠지고 말았다.

"푸하! 무슨 짓이야!"

갑작스런 펀치에 루드웨어가 목욕탕의 물을 한 바가지 먹고는 화를 내며 펀치의 주인을 쳐다보았는데, 그곳에는 대신관 힐리안나가 쓰러진 아이샤를 안으며 루드웨어를 보면서 분노하고 있었다.

"파렴치한 마법사! 어떻게 이런 아이까지 범하려 하는가!!"

"헉!"

순식간에 로리타 변태로 변해 버린 루드웨어는 할 말을 잃었다. 하지만 여자 목욕탕에 들어온 남자 마법사라는 것은 절대 벗어날 수 없이 그를 변태라는 함정에 빠뜨리고 있었다.

"당했다!"

잠깐의 실수로 대신관 힐리안나의 말발에 패한 것을 알게 된 루드웨어는 그 자리에서 쓰러지며 눈물을 흘렸고, 말발의 천재 루드웨어를 침몰시킨 힐리안니의 입에선 가느다란 미소가 흘러나왔다.

이 사건으로 로리타 변태로 몰린 루드웨어는 신관 법정에까지 끌려가 재판을 받고, 아이샤에게 거금의 위자료를 물고는 울면서 신전을 나올 수밖에 없었다.

아이샤가 처음 만났을 때 말한 것은 바로 이 사건을 말하는 것인데, 루드웨어로선 탱탱한 여자 신관을 노리려다 꼬맹이 아가씨에게 덤탱

이를 쓰고 만 셈이다.

아무튼 아이샤가 루드웨어를 처음 만났을 때의 일을 생각하고 있을 때 신전에서 있었던 일을 대충 들었던 로노와르는 루드웨어가 그럴 가능성이 다분한 남자라고 생각했기에 이해가 간다는 듯 고개를 끄덕였다.

한편 루드웨어는 아직도 뒤통수 맞은 것이 분에 안 풀렸는지 씩씩거리다가 단호한 목소리로 말했다.

"로노와르."

"왜?"

"목표 변경이다."

그 말에 로노와르는 루드웨어가 아이샤에게 당하고만 살지 않고 쫀쫀한 녀석이라면 언젠가는 복수할 것이라는 생각을 하고 있었지만, 그것이 생각 외로 빨리 일어나는 것 같아서 다시 묻지 않을 수 없었다.

"정말 할 거야?"

"응. 내 돈 다 돌려받고 나의 노예로 만들어주겠다."

루드웨어는 러브즈 데거의 마법을 아이샤에게 쓰려고 하는 것이었다.

"응?"

영문도 모르는 아이샤는 막연한 느낌으로 루드웨어가 자신에게 무슨 일을 꾸미려고 한다는 것을 느꼈다.

그냥 당하게 내버려 두기에는 아이샤가 조금 불쌍했던 로노와르는 루드웨어가 꾸미고 있는 일을 말해 주기로 했다.

"아이샤."

로노와르가 부르자 아이샤는 루드웨어에게 눈을 떼지 못하고 있다가 고개를 돌렸다.

"내가 충고하는데 봉변당하고 싶지 않으면 도망가는 게 좋을 거다."

"왜요?"

"루드웨어의 저 데거가 뭔지 알아?"

"뭔데요?"

"러브즈 데거, 5서클의 기브미 러브 마법이 걸려 있는 공포의 마법 병기."

"어떻게 되는 건데요?"

아이샤가 묻자 로노와르는 안 좋다는 듯이 표정을 지으며 말했다.

"넌 아마 저 빌어먹은 놈을 사랑하게 되면서 시키는 것은 모두 하게 될 거야. XX도 하라면 해야 하고 XX도 하라면 해야 될걸."

로노와르의 말이 끝나자 현재의 사태를 알게 된 아이샤는 깜짝 놀라며 재빨리 뒤로 물러서더니 신성 주문을 외우기 시작했다.

루드웨어는 그런 그녀의 모습을 보면서 우습다는 듯이 말했다.

"오호, 신성 방어 주문! 그냥 당할 순 없다는 거지?"

루드웨어는 가소롭다는 듯이 미소를 멈추지 않고 아이샤의 방어 주문을 깨기 위한 주문을 외우기 시작했다. 그런 그의 모습을 보며 로노와르는 마법 때문에 배가 가라앉을 수도 있다는 생각에 조용히 충고했다.

"아서라, 루드웨어. 공격 주문을 여기서 외우다간 배 가라앉는다."

"걱정 마. 신성 방어벽만 깰 테니까."

둘이 열심히 놀고 있을 때 뭣도 모르고 위험 지역에 들어선 여객선 식당 종업원은 겁도 없이 식탁에다 주문한 음식을 가져다 놓았다.

"주문하신 음식 나왔습니다."

"응, 고마워. 그나저나 빨리 피하는 게 좋을 텐데?"

"예?"

점원은 로노와르가 말하는 것이 무슨 뜻인지 몰라 어리둥절하고 있었기에, 로노와르는 뒤에 있는 두 사람을 가리키며 말했다.

"저 둘이 한판 붙을 거거든. 한 명은 신관, 한 명은 마법사. 엉뚱한 마법에 걸려 개구리가 되기 싫음 빨리 도망가라고."

점원은 그의 말을 듣자 등에서 식은땀이 흐르는 것을 느끼며 재빨리 음식을 내려놓고는 횡하니 사라졌다.

음식이 모두 차려지자 로노와르는 빙그레 웃음 지으며 말했다.

"열심히 싸워. 난 열심히 먹을 테니. 하하하하."

로노와르의 말이 끝나는 것을 기점으로 아이샤의 신성 방어 주문은 완성됐고, 역시 루드웨어의 공격 주문도 완성되었다.

"빌어먹을 변태 마법사! 내가 당할 줄 알고!"

"변태라도 좋다. 이참에 니가 뺏은 돈 다 돌려받고 너의 몸도 마음도 내 것으로 해주마! 이젠 보아하니 가슴도 빵빵해진 게 다 큰 것 같으니 별문제 없겠지. 후후."

"흥! 내가 예전의 어린 견습 신관인 줄 안다면 큰코다치지!"

"대신관이 와도 우스운 이 루드웨어님이 니까짓 신앙심 약한 신관을 두려워할 것 같으냐!"

"흥! 받아라!!"

아이샤는 신성 방어 주문과 함께 외우던 신성 공격 주문을 사용했다. 가볍게 앞으로 손을 뻗자 그녀의 손에서 눈부신 빛이 나오더니 루드웨어에게 뻗어 나갔다.

큰 굉음과 함께 루드웨어의 주변이 빛으로 둘러싸였으나 다행히 파장은 멀리 나가지 않았다. 배가 가라앉을 것을 염려한 루드웨어가 신성 공격 주문의 파장을 마력으로 가둬놓은 것이다.

로노와르에게서 이야기를 들은 종업원이 설명하기는 했지만 설마 했던 다른 종업원들은 그제야 그들의 말이 사실인 것을 깨달았는지 놀라며 도망가기 시작했다.

하지만 철저한 직업 정신으로 뭉쳐진 종업원들은 그냥 물러나지 않았다. 위험한 상황이 벌어졌을 때에 배운 방법대로 천천히 손님들을 비상구로 안내하기 시작한 것이다.

"본 식당에 인재가 날 것 같으니 손님들은 천천히 비상구로 나와주십시오!"

간간이 보이는 배의 손님들은 이 예상치 못한 재난에 놀라 움직이지도 못하고 있다가 종업원들의 침착한 목소리를 들으며 빠져나올 수 있었다고 한다.

이 사건으로 이 여객선은 손님들을 침착하게 대피시킨 공로가 인정되어 마령에서 내리는 최우수 안전 교육상을 받았다고 한다. 루드웨어로 인해 일어나는 인재는 현재 마령에서 제일급으로 분류되고 있기 때문이다.

한편 종업원들이 손님을 안전하게 대피시키고 있을 때에도 두 사람의 말싸움은 끝나지 않고 있었다.

"이 미친 기집애가 배 가라앉는 것은 생각지도 않나!"

"흥! 이깟 배보다 내 몸이 더 중요하다고! 니까짓 변태 마법사에게 몸을 뺏기느니 차라리 바다에 빠져 죽겠다!"

그 말에 열심히 음식을 입에 넣고 있던 로노와르는 아이샤의 말을 이해할 수 있다는 듯이 고개를 끄덕이며 동감을 표시했다.

"갈 데까지 가자는 말이군. 좋아!"

이젠 더 이상 봐주지 않겠다는 듯 말한 루드웨어가 아이샤를 향해 가볍게 손을 뻗자 허공에서 불꽃의 공이 만들어지더니 시뻘건 불길이 뻗어 나가기 시작했다.

"파이어 웨이브?!"

아이샤는 신성 방어벽에 부딪치는 불길을 보며 소리쳤다. 파이어 웨이브를 사용한다면 배가 가라앉는 것은 시간문제이기 때문이다.

하지만 그런 아이샤의 걱정을 알기라도 하는지 파이어 웨이브의 불꽃은 나무로 만든 식당 바닥을 스치고 지나감에도 불이 붙거나 하지 않았다.

"나의 마나 제어는 에이션트 드래곤보다 위라는 것을 잊었군. 애석하게도 범위는 너의 방어벽만 국한되어 있지! 신앙심 약한 신관의 방어벽이 얼마나 오래가나 보자."

"흥!"

아이샤는 파이어 웨이브에 의해 붕괴되기 시작하는 방어벽을 강화하기 위해서 신성 주문을 다시 외우기 시작했다.

"오호! 견뎌보겠다구? 어디, 견딜 수 있나 보자!"

네까짓 게 해보라면 해보라는 식으로 소리친 루드웨어는 오른손에 들고 있던 러브즈 데거를 품속에 집어넣고는 다시 주문을 외우더니 소리쳤다.

"자, 오른쪽은 아이스 스톰! 왼쪽은 체인라이트닝! 위쪽은 윈드 블레이드!"

10서클인 것을 자랑이라도 하는 듯이 루드웨어는 4개의 고난이도 마법을 사방에서 몰아쳤고 아이샤의 방어벽은 뒤쪽을 제외한 모든 방향에서 4가지 공격 마법에 부딪쳤다.

그녀는 중급 신관의 직위를 가지고 있으나 신성 방어벽은 상급 신관급에 버금갈 정도로 상당히 견고했다. 하지만 애석하게도 대신관급의 신성 방어력이 아니라면 루드웨어의 마법력을 버틸 정도가 안 되기 때문에 방어벽은 조금씩 깨지기 시작했다.

그리고 잠시 후 굉음을 내면서 방어벽이 깨지자 루드웨어의 마법도 상대할 것이 없어졌다는 듯이 거짓말같이 사라져 버렸다.

방어벽이 루드웨어의 마법으로 소멸되고 신성력을 과도하게 소비한 아이샤는 그 자리에서 무릎을 꿇고 말았다. 과도한 신성력의 사용으로 체력마저 떨어지고 만 것이다.

발끝조차 움직이지 못하는 상태가 되어버린 그녀는 급한 숨을 몰아쉬고 있었다.

"젠장… 헉헉."

"호호호, 지금은 약간 고달프겠지만 한번 마법에 걸리고 몸을 바치면 그것이 좋았다고 느낄 테니 걱정 말라고."

루드웨어는 음흉한 미소를 지으면서 러브즈 데거를 품에서 꺼내 오른손에 들고는 아이샤를 향해 걸어가기 시작했다.

루드웨어가 다가오자 아이샤는 하늘이 무너지는 듯한 느낌을 받았다. 여신관이 몸을 뺏긴다면 순결함이 사라져 여신관으로서의 생명은 사라지는 것이기 때문이다.

신성력과 체력이 모두 소모된 그녀는 움직이지도 못하고 두려운 표정만 짓고 있었다. 루드웨어에게 몸을 뺏긴다면 신관의 인생이 끝나는 것이기 때문에 떨리는 목소리로 간절하게 빌기 시작했다.

"루드웨어… 내가 잘못했어……. 돈… 돈 다 돌려줄 테니까 한 번만 봐줘. 다음부턴 말 잘 들을 테니까… 제발……."

"응? 왜? 어차피 돈은 돌려받겠다, 거기에다 서비스로 니 몸까지 받을 수 있는데?"

루드웨어가 자신의 간절한 부탁을 들어줄 생각을 하지 않자 이젠 악을 쓰며 대들고 협박을 하기 시작했다.

"이 미친 마법사! 니가 이런 짓을 하고도 살 수 있을 것 같아!! 신전에서 널 죽을 때까지 쫓을 거다!!"

"황제가 직접 쫓아와도 태연하게 도망친 내가 그깟 신관들을 무서워할까."

루드웨어가 바로 앞까지 다가오자 아이샤는 눈물을 흘리기 시작했다.

"울어도 소용없어. 아! 울어도 괜찮겠군. 조금 있으면 나에게 사랑을 받으면서 환희의 눈물을 흘릴 테니 말이야."

루드웨어가 러브즈 데거의 마력을 아이샤를 향해 내쏟으려고 하는 순간, 둔탁한 소리와 함께 자신의 몸에 이상이 생겼음을 알 수 있었다.

"응?"

세상이 옆으로 기울어져 보이자 당황한 루드웨어는 그제야 자신의 몸이 허리 부분에서 두 동강이 났다는 것을 알 수 있었다.

"누구야!!"

"나."

로노와르였다. 로노와르는 식사를 하다가 검을 빼 들고는 루드웨어의 허리를 벤 것이다. 아무 일도 아니라는 듯이 로노와르는 피가 뚝뚝 떨어지는 롱 소드를 식탁보에 닦고 있었다.

"니가 날 죽이다니… 로노와르……."

루드웨어의 변태적인 행동에 분노한 로노와르가 루드웨어를 죽인 것일까? 알 수 없는 일이었다.

12장 미모의 여자 마법사

화가 난 표정이 되어 일을 해치운 로노와르는 바닥에 두 동강이 나 있는 루드웨어의 허리 윗부분을 발로 차서 구석에 처박아 버리고는 다시 자리로 돌아와 음식을 먹기 시작했다.

물론 처음부터 그 광경을 보고 있다 대충 일처리가 끝나기만을 기다리고 있던 식당 주인과 종업원들은 이 엽기적인 사태를 보며 놀라움과 공포에 찍소리도 못하고 있었다.

"로노와르……."

아이샤는 루드웨어가 자신을 덮치려고 한 것도 놀랐지만, 이제는 로노와르가 루드웨어를 죽이기까지 하자 어안이 벙벙해지며 흔들거리는 다리를 간신히 움직여 그의 곁으로 다가갔다.

"왜?"

"왜 그를 죽인 거예요? 당신들은 동료가 아니었나요?"

아이샤는 루드웨어를 죽인 이유를 떨리는 목소리로 로노와르에게 물었다.

하지만 로노와르는 그녀의 물음에 당연히 베어야 될 녀석을 벴다는 듯이 미소를 짓더니 말했다.

"날 버리고 딴 여자를 가지려고 하니까."

"아직 당신은 남자잖아요."

"성체가 되면 여자가 될지도 모르잖아."

간단하지만 단호한 로노와르의 말에 아이샤는 놀라지 않을 수 없었다. 도대체 그들의 사이를 더 이해할 수 없게 되었기 때문이다.

한참을 아이샤가 멍하게 서 있자, 로노와르는 무엇이 그리 재밌는지 키득거리며 웃기 시작했다.

로노와르가 웃는 이유를 모르는 아이샤는 그가 홧김에 루드웨어를 죽인 것이 생각나서 정신적 충격을 받아 성격에 문제가 왔다는 식으로 생각하고 있었는데, 그때 누군가 뒤에서 자신의 가슴을 쓰다듬는 것을 느꼈다.

"악!"

깜짝 놀란 아이샤는 비명을 지르며 자신의 가슴을 만지던 손을 뿌리치곤 재빠르게 물러나 변태적인 행위의 주범을 쳐다보았는데, 그 순간 뭐라고 말할 수 없을 정도의 공포를 느끼게 되었다. 자신의 가슴을 쓰다듬던 변태는 다름 아닌 허리가 잘린 루드웨어였기 때문이다.

루드웨어는 눈동자를 하늘 끝까지 올리는 고난이도의 묘기를 선보이면서 억울하다는 듯한 표정을 지으며 흐느끼는 목소리로 말하기 시작했다.

"흑흑흑… 로노와르, 니가 날 죽이다니… 난 너무 억울해서 원혼이 떠나지 못해 좀비가 된 거야."

그런 말을 하면서 루드웨어는 끈적거리는 피를 줄줄 흘리면서 의자에 오르더니 식탁에 있는 수프를 먹기 시작했다.

허리 밑으로는 피가 철철 흘러내리고 있었기 때문에 엽기 호러물을 보는 것처럼 그것은 공포스러운 모습이 아닐 수 없었다.

아이샤는 공포에 기절해 버리고 싶었다. 보통 때는 모르겠지만 지금 이 시간만큼은 강인한 정신력을 내팽개치며 차라리 혼절하는 것을 택하고 싶었다. 하지만 어찌 정신력 같은 것을 쉽게 버릴 수 있겠는가. 해서 공포에 젖은 눈으로 루드웨어의 모습을 보고 있을 수밖에 없었다. 루드웨어는 그런 아이샤를 보며 입가에 피를 흘리며 말했다.

"아이샤, 너도 와서 먹지."

루드웨어의 말이 끝나자 한쪽에서 버려져 있던 그의 하체 부분이 걸어오더니 아이샤가 앉을 수 있게 식탁의 의자를 빼주었다.

"도대체… 어떻게 된 거예요."

정말 원혼이 떠나지 못하여 좀비가 된 게 아닐까 생각한 아이샤는 멍한 얼굴이 되어 한쪽에서 음식을 계속 먹으며 웃고 있는 로노와르에게 말했다.

이제는 대충 놀았다고 생각한 로노와르는 웃던 것을 멈추고는 루드웨어에게 말했다.

"루드웨어, 당장 허리 붙여라."

"음, 좀비 놀이 더 하면 안 될까?"

"아이샤가 적응을 못하고 있잖아. 그런 건 우리 드래곤들하고 있을 때나 하자고. 저러다가 놀라 애라도 떨어지면 어떻게 하려고."

"음……."

애 떨어진다는 말에 여자의 인생을 망칠 수는 없다고 생각했는지 한참을 고민하던 루드웨어는 아이샤의 뒤에서 러시안 전통 무용을 하고 있는 하체 부분에게 손짓하여 불러오고는 자신의 허리에 붙였다. 그러자 언제 떨어지기라도 했냐는 듯이 검으로 잘려진 옷조차 찢어진 흔적 없이 하체가 붙어버렸고, 바닥에 흥건하게 고였던 피는 깨끗이 사라져 버렸다.

"뭐, 뭐예요?!"

이 상황을 전혀 이해하지 못하고 있는 아이샤는 놀라며 로노와르에게 물어보지 않을 수 없었고, 로노와르는 잠시 헛기침을 하며 상황을 설명해 주었다.

"저 녀석의 엽기적인 장난 중 하나야. 옛날에 괜스레 프로랑스 할머니를 열받게 해서 화가 난 할머니의 이빨에 물려 산산조각으로 찢어졌었는데, 그때에도 아무렇지도 않게 살아났지. 할머니의 말로는 인간의 힘으로는 불가능한 일이라고 하는데, 어떤 방법을 쓰는 것인지는 모르겠어. 절대 불가능한 것을 저 녀석은 너무 쉽게 해내는 것 같단 말이야. 암튼 내가 알기로는 보통의 방법으로는 저 녀석을 죽일 수 없다는 거야. 그 덕에 내가 이렇게 끌려 다니는 거지."

아이샤는 로노와르의 말 같지도 않은 말에 놀라지 않을 수 없었다.

"새삼 생각하지만 저 녀석은 신의 실수로 탄생한 인간이라고 말해주고 싶다고."

"그래? 하하하하, 나도 그렇게 생각하지."

"아이샤, 말 안 해준 건 미안해. 저 녀석이 텔레파시로 아이샤에게 깜짝 파티를 해주고 싶다고 해서 말이야. 뭐, 처음 보는 동료 환영도 할 겸 그렇게 나쁘지 않다고 생각해서 동조해 준 거지. 그런데 아이샤, 생각 외로 겁이 많네?"

로노와르의 말에 아이샤는 버럭 소리를 지르며 화를 내기 시작했다.

"당연하지요! 내 눈앞에서 알고 있던 사람이 허리가 반쪽이 나서 죽었는데 놀라지 않을 사람이 어딨어요! 그리고 그런 놈이 허리 반쪽만 가지고 밥을 처먹고 있는데 이건 엽기 중의 상엽기였다고요!!"

"하하하하, 그런가."

루드웨어와 로노와르가 아이샤의 반응이 재밌어 한참을 웃고 있을 때 그들을 멍하게 쳐다보고 있는 사람이 있었으니, 깜짝 파티의 원인 제공자가 된 여자 마법사였다.

여자 마법사는 그 순간 '저 사람이 인간일까?' 란 생각을 하고 있었다. 사실 말이 나와서 하는 말이지만, 세상의 마법사 중에서 어느 누가 4개의 주문을 한꺼번에 외울 수 있단 말인가? 더블스펠이란 것이 있기는 하지만 그것도 3서클 이하의 약한 마법에나 쓸 수 있는 것이지, 방금 보았던 것처럼 중간 서클의 마법을 사용하려면 엄청난 고수준의 마법사여야 한다.

그것을 더블스펠도 아닌 포스펠을 사용했으니 놀라지 않을 수 있겠는가? 또 검에 허리가 잘려 나가도 죽지 않은 자가 있다는 것은 좀처럼 믿기 어려운 일이었다. 마계의 마신도 불가능할 것 같은 일을 해내는 것을 보고 있던 미녀 마법사는 뭐라고 할 말이 없었다.

'크샤스님에게 알리기 전에 조금 알아보아야 할 상대인 것 같군.'

크샤스 하르베이드. 북의 대륙의 주인이자 얼음성의 성주. 바로 루드웨어 일행이 찾아가려고 하는 사람이었다.

그녀는 크샤스의 측근들인 오호사의 간부 중 일 인으로 오호사는 크샤스가 거느리고 있는 모든 병대 중 가장 강력한 힘을 지니고 있다고 알려져 있었다.

대륙에는 여러 가지 마법 조직이 존재하고 있었지만, 오호사와 같은 조직은 보기 힘들다고 할 수 있었다. 자세히 말하면 보통 대륙의 성주들이 마법사들을 데리고 있는 경우는 흔하지만, 크샤스의 경우처럼 많은 마법사들을 모아 조직으로 유지하고 있는 경우는 국가 단위에서도 결코 흔하지 않은 것이다.

이참에 대륙의 마법 조직을 잠깐 설명해 보면 가장 거대한 조직으로는 두 개의 조직을 들 수 있다. 대륙에 산재해 있는 고대의 유적인 마법 탑을 기반으로 하는 대륙 마법 길드가 그것으로, 대륙에 있는 마법사들의 80%가 대륙 마법 길드에 속해 있다고 할 수 있다. 하지만 대륙 마법 길드라는 것이 그렇게 속박적인 것은 아니었다.

대륙 마법 길드에 속해 있더라도 타 조직으로 가입할 수 있었다. 쉽게 말하면 대륙 마법 길드는 마법사들의 마법 연구를 위한 상징적인 조직이라고 말할 수 있는 것이다. 하지만 이러한 마법 연구 길드일지라도 이단자들, 즉 마법을 범죄를 위해 사용하는 경우, 즉 금단의 마법을 사용한다거나 시체를 이용하는 네크로멘서 등 범죄형 마법사들이 있기 때문에 그들을 처리하기 위한 부대가 조직되어 있다.

다크 위저드라고 불리는 이들은 총 200여 명으로 구성되어 있는데, 반수 이상이 6서클 마스터 이상의 마법사들로 구성되어 있고, 지휘자 급의 경우에는 8서클의 익스퍼트 급의 마법사들도 속해 있다.

대륙 마법 길드보다 그 규모면에서 작기는 하지만 같이 대륙 2대 마법 조직으로 불리고 있는 조직은 바로 칠인회라고 불리는 마법 조직이다.

그들의 비밀 마법 길드인 칠인회에 속해 있는 모든 마법사들은 외부에선 가면으로 얼굴을 가리고 다니기 때문에 그 정체가 알려진 바가 없다. 역사서에서조차 그들의 발생이 50여 년 정도 전일 것이라 추정하고 있을 뿐, 칠인회를 조직한 사람이나 정확한 본단의 소재지는 전혀 알려져 있는 것이 없었다.

그들을 알아볼 수 있는 표식은 로브에 붙어 있는 일곱 개의 무화과 나뭇잎뿐이지만, 평소에는 그것마저 가리고 다니기 때문에 완벽한 비밀 마도사 조직이라 할 수 있다.

하지만 비밀리에 움직이고는 있지만 그렇게 사악한 집단은 아니며, 대륙 마법 길드와 비슷한 마법 연구를 주 목적으로 하고 있는 집단이다.

칠인회라는 이름이 세상에 크게 알려진 것은 마도사 역사서에서 '오십 대 사건' 중 하나라는 세미어 사건이 터졌을 때였다. 세미어 사건은 세미어라는 마법사가 대륙 마법 길드의 중앙 지부에서 전 세계에 단 한 권만이 존재하고 있는 '하루안의 마법서'를 훔쳐 달아난 사건이다.

하루안의 마법서는 각종 마법이 모두 적혀 있지만 가장 중요란 것은 그중에 금단의 마법도 상당수가 기재되어 있다는 것이다. 이 때문에 대륙 마법 길드에서도 이 마법서만큼은 길드 원로들이 이끄는 마법 연구 회의에서 요청하기 전에는 절대로 공개를 하지 않는 마법서로 남아 있다.

그것을 7서클 마스터의 실력을 가지고 있는 상위급의 마도사 세미어가 중앙 지부로 몰래 잠입하여 마도서를 지키고 있던 23명의 마법사와 12명의 다크 위저드를 살해하고 훔쳐 낸 것이다.

칠인회가 얼굴을 보인 데는 죽은 35명의 마법사 때문이었다. 세미어에게 살해된 사람 중 한 명이 비밀 마법 조직인 칠인회의 일곱 회주 중의 제자가 포함되어 있었기 때문이다. 자신의 제자가 금단의 마법서를 훔친 파렴치한 마도사의 손에 죽었다는 것을 안 칠인회의 회주는 분노하여, 칠인회에서 그들 나름대로의 추격대를 보내겠다고 대륙 마법 길드에 서신을 보냈다. 당시까지는 대외적인 활동이 적은 칠인회였기에 그들에 대한 평가는 미비하기 짝이 없어 길드장은 그것을 허락하지 않으려고 했지만, 그들이 보낸 사람을 보고는 할 말을 잃고 그것을 허락할 수밖에 없었다.

놀랍게도 마법 길드로 추격대를 보내겠다고 온 칠인회의 인사들 중에 8서클 마스터 급의 최상위 마도사가 속해 있었기 때문이다.

인간의 몸에서 견딜 수 있는 마법 서클은 8서클 익스퍼트까지로 그 이상일 경우에는 몸이 견디지 못하고 마나를 반발시키게 된다. 개중에 마법사로서 적합한 신체를 타고난 천재적인 인물들이 가끔씩 8서클을 마스터하기도 하지만, 그 이상은 깨달음이 있어야 하므로 그 수는 대륙에 한두 명 존재하면 많이 존재한다고 할 수 있는 숫자였다.

마법의 발달로 6서클의 마스터의 숫자가 대륙에서 만 오천 명을 넘을 정도이지만 현재까지 8서클의 마스터로 대외적으로 알려진 마법사는 대륙 마법 길드의 원로 마법사인 호레드뿐이란 것이 그 증거라 할 수 있을 것이다.

세미어 사건이 일어난 당시에는 8서클의 마스터가 존재하고 있지 않다고 알려져 있었는데 칠인회라는 듣지도 못한 조직에서 8서클 마스터 급의 마법사가 나오자 대륙 마법계는 놀라지 않을 수 없었다.

그는 스스로를 칠인회의 대외 대리인이라고 말하며 세미어를 하루

만에 잡겠다고 선언했다. 그가 강한 마도사이기는 하지만 수많은 사람들이 속해 있는 마법 길드에서도 해결하지 못한 것을 어찌 하루 만에 해결하겠는가 하며 비웃었지만, 놀랍게도 그 다음날 세미어는 모든 마력을 잃은 채 칠인회 소속의 추적자들에게 잡혀 온 것이다.

마법서는 조용히 대륙 마법 길드로 돌아가고 세미어는 칠인회로 넘겨졌다. 대륙 마법계의 판도를 변화시킨 이 사건은 대륙 마법 길드가 이제 더 이상 대륙 최고의 마법 조직이 아니라는 것을 가르쳐 준 사건이라 할 수 있다.

뭐, 이런 설명을 듣고 8서클 마스터가 최고라면 루드웨어는 뭐냐고 말하시는 분이 있을 수도 있겠지만, 실제로 그는 대외적으로 알려져 있는 인물이 아니다. 루드웨어가 황제의 궁정 마법사가 되었을 때, 황제에게 밝힌 레벨은 7서클 마스터이다. 또 대륙의 거의 모든 마법사의 적이 올라가 있는 마법사 길드에는 루드웨어가 3서클의 수련 마법사라고 적혀 있기도 했다.

그 이유는 원래 보통의 마법사들은 해마다 마법 길드에서 시험을 보고 레벨을 올려야 함에도 루드웨어는 워낙 게으르다 보니 3서클 위로는 시험을 받지 않았고, 그것이 이미 몇십 년 전의 일이라, 늙지 않는 인물인 그가 청년의 모습으로 시험을 본다면 보나마나 대리 시험이라고 사기죄로 잡혀가지 않을까 해서 그냥 살고 있는 것이다.

하여튼 대륙 마법 길드는 세미어 사건으로 현재 나와 있는 마법사들을 정확히 조사할 필요성을 느끼고 전국에 조사원들을 파견하여 호구 조사를 시작했다. 각 서클로 나누어진 대륙 마법사의 수는 3서클 마스터 미만은 견습으로 호구 조사에서 제외되며, 7서클 위에서부터는 서클의 기준으로 몇 가지로 나누어진다.

즉, 7서클 마스터는 7서클에 속해 있는 4원소 마법을 적정 기준 이상으로 익힌 사람들이며 각 서클의 2원소만을 마스터한 경우는 익스퍼트라고 부른다. 단 정신 마법 계열과 흑마법 계열은 따로 분리한다. 중간 단계를 무시한 서클 역시 따로 분리한다. 즉, 7서클 급의 익스퍼트는 6서클을 완벽하게 마스터하고 7서클의 2원소 마법 이상을 적정 수준 이상 익혔을 경우를 말한다.

대륙 마법 길드가 조사한 대륙의 정식 마법사들의 총수는 약 11만 명. 그 외에 협회가 조사하지 못한 마법사의 숫자가 대략 천여 명 정도로 잡고 있으며, 흑마법과 정신 계열 마법을 익힌 자들은 제외, 또 여기에서는 오크 마법사 같은 마물의 마법사 역시 제외한다.

3서클 정식 마법사 4만여 명.

4서클 마스터 급 3만 7천여 명.

5서클 마스터 급 1만 2천여 명.

6서클 마스터 급 이천육백여 명.

7서클 익스퍼트 급 삼백여 명.

7서클 마스터 급 백다섯 명.

8서클 익스퍼트 급 열다섯 명.

8서클 마스터 급 두 명.

물론 비공식적으로 한 가지 추가하면 10서클의 마스터? 루드웨어라고 나오기도 한다.

루드웨어의 이해할 수 없는 마법 실력에 멍하니 서 있던 여자 마법사 역시 대륙 마법 길드에 적을 올리고 있는 사람인지라 그 정도의 실력을 가진 자라면 알 수 있을 텐데 좀처럼 그 정도의 실력을 가지고 있는 자의 얼굴이 떠오르지 않았다. 또한 오호사에서 대외 임무를 맡고 있는 그녀는 마법 길드 호구 조사에서도 나와 있지 않은 은거 마도사들도 많이 알고 있는지라 더욱 이상하게 생각하고 있었다.

하물며 8서클 마스터 정도의 실력을 가진 또 한 명의 비밀스러운 마도사라고 치부해도 그가 보인 신위는 8서클 마도사도 해내지 못할 일인지라 머리는 더 어지러워지고 있었다.

하지만 마법이란 것이 끊임없이 연구를 하는 집단이고 그녀 역시 다르지 않아 궁금증을 없애기 위해 그녀는 자리에서 일어나 루드웨어에게 다가갔다.

"잠깐 자리를 같이할 수 있을까요?"

루드웨어 일행의 시선은 갑자기 나타난 여자에게 향했다. 그 여자가 깜짝 파티의 원인이 되었던 미녀 마법사라는 것을 알게 된 루드웨어는 환한 미소를 띠며 일어나 의자를 빼주며 정중하게 말했다.

"환영합니다."

재빠른 루드웨어의 모습에 다른 사람들은 황당하기만 할 뿐이었다.

"감사합니다."

로노와르와 아이샤는 갑작스러운 일에 멍하니 쳐다만 보고 있었는데, 그녀는 그것을 아는지 모르는지 자리에 앉더니 멍하니 루드웨어의 얼굴만을 바라보고 있었다.

"제 얼굴에 뭐가 묻었나요?"

루드웨어는 미녀 마법사가 자신을 쳐다보고 있자 헛된 생각에 빠져 버렸다. 모든 것은 자신에게 유리하게 흘러가고 있다고 생각한 그는 슬쩍 품에 있는 데거를 꺼내 들려고 했는데 그 순간 로노와르가 그의 뒤통수를 쳐버렸다.

역시 오랜 시간 알고 지낸 사이인지라 그가 무슨 일을 하려고 하는지 눈에 다 보이고 있는 로노와르였다.

한 대 맞은 그는 원망스러운 눈빛으로 로노와르를 쳐다보았지만, 그것도 잠시 얼마 지나지 않아 다시 그는 헛된 생각에 빠져들고 말았다.

'흐흐흐, 나의 이 멋진 모습에 반해 버렸군.'

"굉장한 마법사시네요. 보통 마법사들은 더블스펠조차 외우기 힘들어하는데 포스펠이라니…그것도 사방을 각각의 마법으로 공격할 수 있다는 건 생각지도 못한 일이에요."

"하하하하, 이 천재 마법사에게는 쉬운 일이지요."

잘난 척하는 루드웨어를 보며 아이샤와 로노와르는 함께 한숨을 쉴 수밖에 없었다.

"전 엘레이나라고 해요. 당신은?"

루드웨어는 그녀의 이름을 듣고는 놀라지 않을 수 없었다.

엘레이나. 대륙 마법 길드의 다크 위저드에 속해 있는 천재 여자 마법사로 젊은 나이에 8서클 초반의 마법을 소유하고 있었기 때문이다.

"루드웨어라고 합니다."

"루드웨어라면… 아! 전 로아냐드 제국의 궁정 마법사시군요."

각 왕국의 궁정 마법사들은 거의 모두가 대륙 마법 길드에 알려져 있는 인물인지라 엘레이나는 이름을 듣고서 그의 정체를 알 수 있었다.

"하하하, 조금 실력이 있어. 제국의 궁정 마법사 직을 지냈었지요."

"제가 알기로는 7서클의 마스터 급 실력이라고 하던데……?"

"하하하하, 원래 천재들은 자신의 실력을 숨기는 법이 아니겠습니까. 하하하!"

"겸손하시네요. 호호호호."

둘의 이런 대화에 할 말이 없어진 아이샤와 로노와르는 음식을 먹는 것도 잊은 채 둘의 대화를 멍하니 바라보고 있었다.

"그런데 북극령에는 무슨 일로?"

"아! 제 동료 중에 해츨링이 한 마리 있는데 여자 성체가 되고 싶다고 해서 얼음성의 주인에게 조언 좀 구하려고요."

그 말에 그녀는 흠칫하지 않을 수 없었다.

해츨링이라고 해도 드래곤은 드래곤이었다. 아니, 오히려 보통의 드래곤보다 더 상대하기 어려운 것이 해츨링이었는데, 드래곤의 법칙 중 가장 무거운 것 중의 하나가 바로 해츨링을 보호하는 것이기 때문이다. 해츨링에게 상처를 입히거나 위해를 가할 경우 왕국 하나가 순식간에 사라진다고 해도 과언이 아닐 정도였다.

"해츨링이요?"

그 말에 루드웨어는 로노와르를 가리키며 말했다.

"로노와르라고 하지요. 그린 드래곤의 해츨링이고, 유명한 에이션트 드래곤인 프로란스의 손자이기도 하지요."

그 말에 그녀는 이 일행이 단순한 집단이 아니라는 것을 알 수 있었다.

"아! 그리고 내 옆에 있는 신관은 아이샤라고 하는데 아이네스 신전의 중위 신관급 정도 된다고 보면 될걸요."

그러나 그녀는 단순한 중위 신관 정도가 아니었다.

그 사실은 엘레이나도 눈치 챌 수 있었다. 마법 공격을 막으면서 신성 마법으로 공격을 가한다는 것은 상위 신관이라 하더라도 상당한 실력이 있어야 가능한 것이기 때문이다.

한편 루드웨어가 자신들의 이야기를 하는 것을 듣고 있던 아이샤는 그녀에게서 조금 거리낌이 들었다.

'무엇인가를 의식해서 접근했다고 봐야 되겠는걸.'

물론 이런 느낌은 로노와르 역시 느끼고 있었다. 루드웨어와 같이 있어 무뎌진 성격이 돼버리긴 했지만, 실제로 로노와르는 드래곤 일족 중에서도 굉장한 엘리트에 속해 있어 5,000년 정도 후면 차대 드래곤 로드가 될 수 있다고 보는 드래곤이 태반이었다.

"로노와르 씨, 잠시 저랑 얘기 좀 할래요?"

"응."

아이샤와 로노와르가 나가려고 하자 엘레이나는 성급하게 접근하여 그녀들이 의심을 하게 만든 자신의 실수를 깨달았다.

'틀렸군.'

이럴 줄 알았다면 우연처럼 접근할 걸이라는 후회를 하면서, 더 이상의 질문은 불필요하다고 생각한 엘레이나는 자리에서 일어나면서 물러서려고 하는데 이번에는 루드웨어가 그녀를 놓지 않았다.

아이샤와 로노와르가 나가자마자 언제 어벙벙했냐는 식으로 루드웨어의 얼굴 표정이 진지하게 바뀐 것이다.

"하르베이드 크사스의 마법사인가?"

루드웨어가 자신의 소속을 알고 있는 것을 안 엘레이나는 더 이상 숨길 필요가 없음을 알고 자신의 정체를 밝혔다.

"예, 오호사의 일인이죠."

"아, 오호사라… 꽤나 엘리트에 속하는군."

"다크 위저드의 직함도 있으니까요."

엘레이나는 스틱을 강하게 붙잡고 여차하면 공격 마법을 쓰고 도망갈 준비를 하고 있었다. 솔직히 엘레이나가 강하기는 하지만 4개의 마법을 한 번에 사용하는 마법사와 싸운다는 것은 불가능했기 때문이었다.

"얼음의 성의 왕에게 해를 끼칠 생각은 없다. 우리가 이번에 그에게 가는 것은 단순히 몇 가지 물어보려고 하는 거니까. 하지만 얼음의 성에서 먼저 공격해 온다면 우리도 가만히 있지는 않을 것이라는 것을 알아주었으면 한다."

"저희도 당신 같은 사람을 적으로 삼고 싶은 마음은 없어요."

"고맙군."

"그런데 한 가지만 물어볼 수 있을까요?"

루드웨어는 엘레이나의 질문에 미소를 지으며 말했다.

"나에게 알고 싶은 거라… 보통은 대답 안 해주지만, 보기 드문 미녀 마법사인데 봐주지. 말해 봐. 질문에 따라 대답을 해주지."

또다시 익살스러워진 루드웨어의 말에 잠깐 얼음이 되었던 그녀는 정신을 차리고 고개를 끄덕이며 물었다.

"당신의 진정한 정체는 뭐죠?"

생각하기에 따라서 광범위한 질문일 수도 있었지만, 그녀는 그렇게 밖에 물어볼 수가 없었다. 7서클의 마스터라고 밝히고 있음에도 진정한 능력은 8서클 마스터도 불가능한 마법을 쓰는 정체 불명의 마법사였기 때문이다.

"뭐, 말 못할 것도 없지. 한 가지 경고의 말을 해주는 셈치고 내 정체 중 한 가지를 말해 줘도 문제는 없을 거라 생각되는군."

그의 말에 엘레이나는 긴장하지 않을 수 없었다.

"아까도 말했듯이 내 이름은 루드웨어. 정식 이름은 루드그레인 크리오드 본 아시오스라고 하지. 금단의 서의 주인인 라지베헤루 본 아시오스의 유일한 제자라는 것이 나의 정체 중 하나라고 할까?"

그의 입에서 나온 말에 엘레이나는 놀라지 않을 수 없었다.

금단의 서. 그것은 그 당시 최고의 마법사이자 비공식적으로 9서클 익스퍼트 급의 실력을 지녔다고 전해져 내려오는 라지베헤루의 마법 스펠북으로 금단의 서라고 불릴 정도로 강력한 파괴의 주문과 금기시되어 온 고대의 마물 소환 주문이 적혀 있는 책이었다.

대륙 마법 길드에서도 소장하고 있는 이 마법서는 하루안의 마법서와 거의 비등한 비중을 가지고 있었지만, 그 진정한 존재 여부는 전설과도 같았기에 다크 위저드에 속한 엘레이나도 겨우 그것이 실제로 존재하고 있다는 것만을 알고 있을 뿐이었다.

"당신이 라지베헤루의 제자라면 혹시⋯⋯?"

"물론 금단의 서의 내용은 모두 알고 있지. 나 자신도 금단의 서를 바탕으로 강한 마법을 손에 넣었다고나 할까?"

"하지만 어떤 책에서도 라지베헤루에게 제자가 있다는 글은 쓰여 있지 않았어요. 라지베헤루는 평생 혼자 떠돌아 다녔다고 들었는데?"

"그러니 비밀이 아닌가? 난 스승님이 은거를 한 후에 받은 제자란 말이야. 뭐, 그러니만큼 상당히 뛰어난 천재 마도사라고 할 수 있지. 조금 자랑을 하자면, 현재의 나의 실력은 스승인 라지베헤루를 넘어섰다는 것을 말해 주고 싶군."

"말도 안 돼요. 그럼 당신이 9서클을 마스터했다는 건가요?"

"9서클이라⋯ 음, 왜 내가 그깟 9서클을 못 넘었다고 생각하는 거지? 겉모습만 봐도 팍 하고 느껴지지 않아? 현재의 나의 수준은 10서클의 마스터다."

그 말에 엘레이나는 하늘이 무너지는 듯한 충격을 받았다.

궁극의 경지라고 불리는 9서클의 마스터. 그것은 인간으로는 불가능한 경지로 드래곤만이 감당할 수 있는 수치였고, 그 위의 수치는 가설로만 이루어지고 있었다. 마법에 대한 이론 책이자 과거의 에이션트 골드 드래곤 헨드에르가 유희를 즐길 때 쓴 마법서에는 9서클 이상에 대한 이론이 적혀 있었다.

10서클은 3급 신에 버금가는 능력으로 초언령의 단계라 말하고 있고, 11서클은 2급 신에 버금가는 능력으로 권능의 단계, 12서클은 신만이 가능하다는 창조의 단계였다. 하지만 그것은 이론일 뿐 드래곤조차 불가능하다는 10서클의 경지는 가정으로만 여겨질 뿐 어느 개체도 도달하지 못한 경지라고 알려져 있었다.

하지만 엘레이나의 앞에 있는 루드웨어란 자는 자신의 입으로 10서클의 경지를 달성하고 있다고 하는 것이다.

"나의 힘은 너희가 알 수 없는 경지다. 필요하다면 북극의 대지를 세상에서 소멸시킬 수도 있는 힘을 가지고 있지. 오죽하면 에이션트 드래곤인 프로란스님조차 날 죽이지 못한다는 말을 했겠는가."

"도대체 당신의 힘은……."

"아! 그렇다고 날 너무 무적으로 보지 않았으면 해. 내가 알기로는 나의 힘에 버금가는 실력을 가진 인간은 몇 명 더 있거든."

"더 있다고요?"

"그래. 신계에 가 있는 인간은 내려올 수 없으니 제외한다고 치고 지상계와 마계에 있는 인간들을 보면 그렇다고 할 수 있지."

"마계?"

마계란 말에 엘레이나는 놀라는 듯한 표정을 지었다.

"현재는 필요에 있어서 마신 라스타의 힘을 빌리고 있다고는 하지만 마신 라스터 역시 날 쉽게 죽이지는 못한다고 말해 주고 싶군. 뭐, 지상계라면 너희들이 우습게 보는 루덴스가 나와 비등한 실력이라고 할까?"

"암흑의 황태자 루덴스."

"이왕 그의 이름이 나왔으니 하는 말인데, 크샤스에게 전하게. 루덴스를 너무 우습게 보지 말라고 말이야. 현재 그가 가지고 있는 힘은 대륙 전체를 통일하고도 남을 힘이다. 10서클의 마법? 루덴스는 그런 것을 아랑곳하지 않는다. 내 몸이 불사신의 몸을 지닌 것처럼 루덴스 역시 심장을 파괴하지 않는 한 소멸하지 않는 신체를 지니고 있지. 살짝 중요한 정보를 말하자면 그의 심장의 정체를 아는 것은 나와 루덴스 그 자신뿐이지."

"불사신……."

엘레이나는 할 말을 잃어버리고 말았다. 이야기로만 들었던 불사신의 존재가 자신의 앞에 존재하고 있었기 때문이다.

"루덴스의 진정한 힘은 불사신의 신체에 있는 것이 아닌 그의 정치능력에 있다는 것을 알아야 한다."

"정치 능력이라면?"

"대륙의 인간들은 자세히 모르고 있지만 그의 영지의 사람들은 결코 그를 배반하지 않는다. 그 정도로 그는 마령 내에서만큼은 마물과 인간들 모두에게 존경을 받고 있는 인물이지. 너희들이 루덴스를 죽인다 쳐도 그의 영지의 사람들은 아마 수십 년 간은 너희들과 싸울 것이라 생각되는군."

실제로 루드웨어의 말은 틀리지 않았다. 후에 타락한 제국을 멸망시키고 중제의 왕국 레더스를 건국한 성왕 이스카리웃은 전 대륙의 국가와 연합하여 마령을 멸망시킨다.

하지만 멸망당한 마령은 그 후 200여 년 간 투쟁의 시기를 보냈고 200년 후 중제의 왕국 레더스의 힘이 약해지자 그 틈을 타 대륙에 흩어져 있는 마족들과 마령 출신의 인간들이 힘을 합쳐 제2의 마령을 세우게 된다.

루드웨어의 말을 듣고 있던 엘레이나는 이상한 생각이 들어 물었다.

"저에게 이런 말을 하시는 이유가 뭐죠?"

그 말에 이제야 알아챘느냐는 표정을 지며 말했다.

"현재 너희들이 행하려고 하는 행동은 어리석기 그지없다는 것을 말해 주려 하는 것이다. 역사를 바꾸지 마라. 언젠가 루덴스는 죽을 것이지만 지금은 아니다. 현재의 루덴스를 공격한다는 것은 루덴스의 분노를 살 염려가 있다. 그렇게 된다면 아마 자네들의 북극의 대지는 물론 전 세계가 루덴스에 의해서 피를 흘려야 하는 불상사가 생긴다는 거야."

현재의 루덴스의 대한 대륙에서의 평가는 마의 대리자로 모든 악의 근원이라고 생각하는데 비해 루드웨어의 말은 그것과는 많이 다른 편이었기 때문에 엘레이나로서는 믿을 수 없는 말이었다.

루드웨어의 말이 끝날 무렵 로노와르와 아이샤가 들어왔고 루드웨어는 언제 진지해졌냐는 듯이 멍한 미소를 엘레이나에게 보이며 그녀에게 달려들었다.

"까악!"

엘레이나는 놀라서 뒤로 물러났지만 루드웨어는 달려드는 기세를 멈추지 못하다가 의자에 걸려 땅에 자빠졌다.

로노와르와 아이샤는 그 때문에 엘레이나를 끌고 가 비밀을 캘 생각은 사라지고 한심한 듯이 루드웨어를 보고 있었다.

"등신. 이것은 예쁜 여자만 보면 덮치려고 해."

로노와르는 자빠진 루드웨어의 머리를 꾹 눌렀고 아이샤 역시 발을 들어 변태 같은 루드웨어를 밟아주었다.

"끄어억!"

루드웨어는 고통의 비명을 질러댔지만 둘은 결코 쉽게 그를 놓아줄 생각을 하지 않았다. 그런 기세에 겁을 먹은 엘레이나는 발끝으로만 걸어 조용히 식당을 빠져나갔다. 루드웨어의 모습을 보니 두 사람에게 잡혀갔다간 뼈도 못 추릴 것 같았기 때문이다.

이런저런 소동을 겪으며 루드웨어의 일행은 북극의 땅에 다다를 수 있었다.

그들이 도착한 곳은 북극의 땅의 최남단 항구인 사이온 항으로 북극령에서 유일하게 무역이 가능한 도시이긴 하지만, 북극령이란 나라 자체가 북극의 외진 곳에 위치해 있었기 때문에 무역 상인들이 제대로 된 거래를 할 수 있는 항구는 마령의 야센시티의 항구뿐이었다.

그런 이유로 보통의 무역 항구 도시치곤 초라하기 그지없었고 무역항에서 흔히 볼 수 있는 장사치들의 활발함 같은 것은 물론이요, 보통 사람들의 생기 어린 모습도 별로 찾아보기 힘들었다.

"뭔가 초라해."

로노와르는 생기없는 사람들의 표정을 읽으며 재미있는 일이 생기는 것을 바라지 못해 안타까운 듯이 말했다.

"그럴 수밖에. 워낙 북쪽에 위치해 있기에 춥기도 하고 마령 때문에 대륙 동북부의 강대국인 소비에르와의 무역조차 제대로 이루어지지 않으니까."

"그럼 이곳 사람들은 어떻게 사는 거야?"

"물고기를 잡아서 파는 어부가 된다거나 물개나 물소 사냥과 흔한 마물들을 사냥하여 파는 것으로 주업을 삼아 살아간다고 할 수 있지. 우리가 있는 사이온 항이야 초라하긴 하지만, 명색이 무역항이니 대충 산다고는 하지만 이곳을 벗어난 곳의 사람들은 간신히 굶는 것은 벗어날 정도라고 들었어."

루드웨어가 북극령에 관한 것을 이것저것 로노와르에게 설명해 주고 있었는데, 한참 이야기를 듣고 있던 로노와르는 무엇인가 좋지 않은 느낌이 다가오는 것을 느낄 수 있었다.

로노와르의 모습이 조금 이상하다는 것을 느낀 루드웨어는 주위를 살펴본 순간, 항구 쪽으로 하나의 파티가 걸어오고 있는 것을 볼 수 있었다.

"드래곤 슬레이어?"

루드웨어는 로노와르가 느낀 좋지 않은 기운이 무엇인지 알 수 있었다.

드래곤 본으로 만들어진 검. 드래곤 슬레이어에서 내뿜는 기운은 용의 마지막 원한이 서려 있기 때문에 드래곤들은 금방 느낄 수 있는 것이다. 루드웨어는 용은 아니었지만 뛰어난 마나 감지력으로 그런 원한이 담긴 기운을 느낄 수 있었다.

처참하게 죽어간 드래곤의 원한의 기운이 느껴지자 로노와르는 가슴속으로 솟아오르는 분노를 참지 못하는 듯이 보였다.

보통 드래곤들은 인간에게 죽어 검이 돼버린 그들의 원한의 기운을 무시하지만, 해츨링으로서 아직 드래곤의 마음가짐을 제대로 배우지 못한 로노와르는 동족의 원한에서 분노를 느끼고 있는 것이다.

"어? 파르가."

"뭐야."

"드래곤이다."

로노와르의 일행이 있는 곳으로 걸어오는 일단의 파티는 바로 아크라시마를 죽였던 시스의 일행으로 그들의 일원인 소년 마법사 라디안은 한눈에 폴리모프한 로노와르가 드래곤임을 알아본 것이다.

라디안의 말에 파르가는 자신의 허리에 차고 있던 드래곤 슬레이어를 뽑으려고 했는데, 할버드를 든 시스가 그의 팔을 잡으며 막았다.

"뭐야, 시스."

"장소가 안 좋아. 또 상대도 만만치 않고."

시스의 말에 파르가는 다시 한 번 적을 주시해 보았지만 허접하게 생긴 마법사와 신관, 얼굴을 일그러뜨리는 드래곤이 한 마리가 있을 뿐 그가 두려워할 정도의 상대는 없는 것 같았다.

"뭐야? 어벙하게 생긴 마법사와 창녀 신관 정도밖에 없잖아?"

"멍청한 녀석! 라디안을 봐."

시스의 말에 파르가는 라디안을 쳐다보았는데 라디안은 무엇인가에 의해 공포에 떨고 있었다.

"라디안이 유난히 기운에 민감하다는 것 정도는 알고 있겠지?"

"그럼?"

"저 마법사는 라디안을 넘어서는 상대다."

시스의 말에 그는 놀라고 말았다. 라디안이 겁이 많고 나이가 어리긴 하지만 오호사의 일 인으로 상당한 실력을 지니고 있었기 때문이다. 그전에 라디안 이외의 많은 용병 마법사들을 만난 적이 있는 파르가였지만, 이번에 자신의 동료가 된 소년 마법사 라디안의 마법 실력을 넘어서는 자는 크사스 왕의 직속 마법 부대인 오호사와 대륙 마법 길드의 중요 인물 외에는 별로 본 적이 없기 때문이었다.

"오호사를 넘어선다는 말인가?"

"라디안, 어떠냐?"

시스가 묻자 라디안은 떨리는 목소리로 말했다.

"제가 느끼는 것으로 예상을 해본다면 오호사의 간부급 마도사 모두가 힘을 합쳐도 이길 수 없는 상대예요."

"뭐?!"

오호사의 실력을 알고 있는 파르가는 라디안의 말을 믿을 수가 없었다. 이런 라디안의 말에 그들의 뒤에서 이야기를 듣고 있던 다크 엘프 시안이 루드웨어 일행의 모습을 살펴보고는 얼굴을 찌푸리며 말했다.

"보아하니 저 드래곤이 우리가 드래곤 슬레이어들이라는 것을 눈치 챈 것 같은데 어써시?"

그녀의 말에 파라딘의 복장을 하고 있던 크레이드가 말했다.

"별수없지. 싸움은 불가피한 것 같은데 선제공격을 할까?"

"아니! 싸움을 하지 않는 방향으로 가야지. 저들도 북극의 땅에서 쉽게 싸움을 걸어오진 못할 테니까."

시스는 일행의 유일한 마법사인 라디안이 전의를 완전히 상실한 것을 보고는 상대의 능력이 자신들보다 우위에 있다고 생각하여 말했고,

그의 말에 일행은 고개를 끄덕이며 수긍했다.

"그나저나 어쩌지."

"뭘?"

"지나가긴 지나가야 되는데, 이런 분위기에서 어떻게 해볼 도리가 없잖아."

"라디안, 저들이 공격해 올 때 그 낌새 정도는 알아챌 수 있겠지?"

시스의 물음에 라디안은 고개를 저었다.

"불가능해요. 전 7서클 마스터 정도의 실력이지만 저 사람은 8서클을 넘어서고 있어요. 보통 한 서클의 차이가 나도 소유하고 있는 마력의 차이와 마법 발동 시간은 상상도 못할 만큼 차이가 난다고요."

"젠장!"

파르가는 그 자리에서 루드웨어의 일행만을 주시할 수밖에 없었다.

이들이 여러 가지 방법을 모색하고 있을 때 루드웨어는 달려들려고 하는 로노와르를 막느라고 정신이 없었다.

"참아."

"드래곤 슬레이어를 보고 참으라고? 드래곤의 자존심 문제야! 난 그렇게는 못해!"

"아크라시마를 죽인 자들이다. 고작해야 해츨링 주제에 뭘 하겠다고."

"드래곤이 한번 떴으면 오크라도 씹어야지. 그냥은 못 참겠어."

"미안하지만 오크는 눈을 씻고 찾아봐도 없고, 여기서 폴리모프를 푼다면 엄청난 일이 벌어질 것은 예상하겠지? 아마 북극령의 군대와 맞서게 될 거라고."

그 말에 아이샤도 수긍하며 말했다.

"루드웨어의 말이 맞아요. 애석하지만 장소가 너무 안 좋아요. 이곳에 살고 있는 주민들이 다칠 우려도 있단 말이에요. 로노와르 씨, 부탁하는데 제발 참아요 참아."

로노와르도 장소가 안 좋다는 것은 알고 있었지만 분노를 억누를 수가 없었다. 루드웨어는 어떻게 자신이 해결해 보겠다고 생각하고는 그들을 쳐다보았다.

"어이, 거기! 드래곤 슬레이어 일행!"

그때 루드웨어가 입을 열어 그들을 부르자 아이샤와 로노와르는 놀라지 않을 수 없었다. 루드웨어가 나서면 무슨 일이 일어날지 모르기 때문이다. 뭐, 생각이 다르기는 하지만 그것은 시스의 일행도 마찬가지였다. 엄청난 실력의 마도사가 자신들을 부르자 두려움이 생긴 것이다.

"마도사가 부르는데?"

"시스, 니가 대답해."

말주변이 없는 파르가가 시스에게 미루자, 시스는 잠시 헛기침을 몇 번 하고는 말했다.

"무슨 일인가?"

"미안하지만 우리에게 드래곤 슬레이어를 넘겨주지 않겠나?"

루드웨어의 말을 들은 파르가는 더 이상 들을 필요도 없다는 듯이 드래곤 슬레이어를 뽑아 들며 소리쳤다.

"능력이 있으면 뺏어보시지!"

전사에게서 좋은 검을 얻는 것은 백만금을 얻는 것보다 더 기분 좋은 일이었다. 오랜만에 좋은 검을 갖게 된 파르가로선 간신히 얻은 드래곤 슬레이어는 평생 얻기 힘든 보물과도 같았기 때문에 절대로 뺏길 수 없다고 생각하고는 소리친 것이다.

"이 바보!"

"일 망쳤군."

시안과 크레이드는 주먹으로 이마를 치며 탄식했다.

"그럼 어쩔 수 없군."

방금 루드웨어가 제시한 방법은 드래곤 슬레이어를 넘겨받음으로써 서로 간의 원한을 여기서 끝내자는 뜻이었다.

적이 버겁다는 것을 알고 있는 시스의 일행으로선 드래곤 슬레이어를 넘겨주며 간단히 해결하는 것이 옳은 방법이라고 할 수 있었지만, 파르가가 그것을 거부함으로써 일전을 감수하게 된 것이다.

"바라는 바군."

로노와르는 그들의 반응을 반기며 폴리모프를 풀 준비를 했다.

"아서라. 여기서 폴리모프를 풀면 애꿎은 사람들도 다친다."

루드웨어는 로노와르를 저지한 후 앞으로 걸어나가며 그들에게 말했다.

"평화적으로 해결하려고 했는데… 어쩔 수 없군."

루드웨어가 나서자 로노와르도 검을 뽑고 나서려고 했는데 아이샤가 그를 잡았다.

"왜!"

"이번에는 루드웨어에게 맡겨요. 아마 그들을 죽이지는 않을 테니 나중에라도 복수할 기회는 있을 거예요."

시스 일행은 루드웨어가 다가오자 각자의 병기를 들며 그와 싸울 준비를 했다. 그들의 모습을 보고 있던 사람들은 싸움 구경을 하려고 멀찍이 모이기 시작했다.

크레이드는 다가오는 루드웨어를 보며 라디안에게 말했다.

"라디안, 사람들이 다치지 않게 매직 실드로 주위를 감쌀 수 있겠니?"

"바보. 그랬다간 라디안이 마법으로 우리를 원조할 수 없잖아."

마도사의 마법을 막기 위해 실드로 감싸달라는 그의 말에 다소 공격적인 성향의 다크 엘프인 시안은 쓸데없이 매직 실드로 공격 마법의 기회를 상실하는 것을 생각하고는 말도 안 된다는 듯이 이야기했는데, 라디안은 살며시 고개를 저으며 말했다.

"이미 실드는 감싸여 있어요."

"뭐?"

"다가오는 마법사. 그는 시동어도 말하지 않은 채 주변 사람들을 보호하기 위해 매직 실드를 사용했다고요."

"그럼?"

"아마 우리들은 대륙 최고의 마법사와 겨루게 된 것 같아요."

단순히 개인적으로 보호하기 위한 매직 실드가 아닌 공간 자체를 실드로 보호한다는 것은 쉬운 일이 아니다. 라디안으로서도 모든 공격을 포기한 채 적어도 이십 분 이상 동안 마력을 집중시켜야만 그것이 가능한데 루드웨어는 마력을 집중하는 모습도 보이지 않은 채 공간 자체를 매직 실드로 감싸 버린 것이다.

"세계 최고가 뭐 대수냐!"

파르가는 고함을 지른 후 검을 들어 마나를 모으기 시작했다.

"벌써?"

파르가의 모습을 보며 시스 역시 할버드에 마나를 집중시켰다.

"어차피 주변 사람들에게 피해가 없다면 최고의 마법사에게 최고의 기술을 보여줘야겠지?"

크레이드도 검에 마나를 집중시키자 시안은 한숨을 쉬며 말했다.

"아! 정말 한심한 사람들과 같이 다니는 것 같다니까."

말은 그렇게 했지만 시안은 불의 정령왕 에프리트를 소환하기 위해 정신을 집중시켰고 라디안 역시 룬어를 읊조리기 시작했다.

"거참, 정말 싸우려고 하네?"

그들을 보며 고개를 내젓던 루드웨어는 겁없는 녀석들에게 본때를 보여주어야겠다는 생각을 하며 가볍게 주먹을 쥐자 사방을 감싸고 있던 실드가 좁혀지기 시작했다.

실드가 좁혀들면서 시스의 일행들에게 강한 압력이 느껴져 왔다. 루드웨어는 공기마저 실드로 압축시키고 있었기 때문이다.

더 이상 실드가 압축되면 기압으로 인해 몸이 망가질 것을 안 그들은 다급해지기 시작했다.

"젠장! 실드를 깨라!"

생전 접해보지도 못한 공격을 당한 시스는 다른 이들에게 소리치며 실드를 파괴하는 것을 지시했다.

그때 라디안은 정령왕을 소환하려는 시안의 팔을 잡으며 소리쳤다.

"시안! 에프리트 소환을 멈춰요!!"

좁혀져 오는 실드 내에서 에프리트를 소환하면 정령을 부리고 있는 시안을 제외하고는 모두 불에 타 죽을 수 있기 때문에 라디안은 급히 시안을 멈추게 한 것이다.

시안을 간신히 말린 라디안은 잠시 주문을 외우고는 수십 개의 아이스 애로우를 만든 후 실드를 깨기 위해 쏘았지만, 라디안이 만든 아이스 애로우는 실드에 부딪치자 산산조각으로 부서질 뿐 아무런 상처조차 내지 못했다.

그것을 보고 있는 시스는 다른 방법을 생각하고는 다른 이들에게 소리쳤다.

"한 군데를 노린다! 크레이드, 파르가, 준비됐지!"

"물론!"

"간다!"

외침과 함께 세 사람의 병장기는 마나가 모아지며 푸른빛을 뿜기 시작했다.

시스의 눈짓과 함께 밀려오는 실드의 한곳을 세 사람의 마나가 실린 병장기가 노리며 부딪쳐 오자, 루드웨어의 실드는 유리가 깨지듯이 깨지더니 사라져 버렸다.

루드웨어는 그들이 손쉽게 자신의 실드를 깨자 감탄하듯이 탄성을 지르며 말했다.

"오호! 나의 실드를 깨다니, 역시 아크라시마를 죽인 실력이야."

루드웨어의 장난 같은 말을 들은 세 사람은 화가 머리끝까지 치밀었다. 자신들은 간신히 죽을 위기에서 벗어났는데 자신들을 공격한 그는 그저 장난치는 것에 지나지 않는 것 같았기 때문이다.

모두 자신들의 능력이 자랑할 만한 정도의 실력이라고 믿고 있었는데, 루드웨어가 그런 그들을 우습게 보자 또 다른 분노가 올라왔다.

"좋아. 실력을 인정해 주지. 드래곤 슬레이어를 사용할 정도의 실력은 되는군. 이번은 그냥 보내주도록 할까?"

그 순간 시스의 일행들은 놀라지 않을 수 없었다. 화가 나긴 했지만 자신의 앞에 있는 마법사를 상대할 수 있는 실력은 없다고 생각했기에 이 자리에서 죽겠구나 생각하고 있었는데, 놀랍게도 그 마법사가 싸움을 멈추려 하고 있었기 때문이다.

"정말요?!"

싸움을 여기서 멈추겠다는 말에 얼마 살지 않은 생을 더 연장하게 된 라디안은 놀란 목소리로 다행이라는 식으로 소리치자, 뒤에서 듣고 있던 시안이 참을 수 없다는 듯이 그의 뒤통수를 때렸다.

"잘났다! 명색이 마법사라는 녀석이 상대방에게 목숨을 구걸받고도 좋아하다니. 네 녀석은 정식 마법사로서 자존심도 없냐?"

"그럼 어떡해. 실력 차이가 너무 나는걸."

"흥! 난 이대로 물러설 수 없어!"

예상외로 평소에 싸움은 거의 참가하지 않고 돈만 밝혔던 시안이 다른 사람들의 생각은 무시하고 이번에는 싸우겠다는 모습으로 다시 에프리트를 소환하려고 하자 라디안을 비롯한 다른 사람들은 당황하지 않을 수 없었다.

"시안! 상대방이 그냥 보내주겠다고 하는데 왜 그래?"

시안이 싸움을 계속하려고 하자 라디안은 시안의 발을 붙잡고는 매달리며 애원하기 시작했다. 라디안이 발에 매달리자 정령을 소환하려던 시안은 정신이 흐트러지며 자꾸 소환 주문이 깨지고 있어 화가 나지 않을 수 없었다.

"조용히 해!"

"그냥 가랄 때 가자. 응? 응?"

"조용히 해! 집중이 안 되잖아!"

"시안… 응? 응? 응?"

라디안의 계속되는 말에 드디어 얼굴이 일그러지기 시작한 시안은 발을 붙잡고 늘어져 있는 라디안을 머리 위로 들어 올리고는 화를 폭발시키고 말았다.

"이 멍청이 꼬마야! 조용히 하라고 했잖아!!"

그런 둘의 모습을 보던 세 사람은 너무나 한심해 할 말이 없었다.

"마법사! 솔직히 당신을 이길 수 있는 실력은 안 되는군! 하지만 우리로서도 그냥 물러설 수는 없지 않겠는가!"

시스는 라디안들을 보던 시선을 거두어 루드웨어를 바라보며 말했다.

"그래서?"

"한 달 후 다시 한 번 싸워보지 않겠는가?"

"한 달 후?"

"그래. 그때쯤이면 우리도 모든 일을 청산하고 당신들과 싸울 수 있으니까."

"음… 뭐 문제는 없겠군. 그래, 장소는?"

"아크라시마의 레어… 그쪽도 복수전이 되니 문제는 없겠지?"

"승낙하지."

루드웨어가 승낙하자 시스는 일행에게 가자는 신호를 보내며 천천히 루드웨어 일행을 지나쳐 갔다.

"잘 참았어, 로노와르."

"왜!"

아이샤의 말에 로노와르가 화가 난 듯이 말하자 옆에서 로브를 털고 있던 루드웨어가 말했다.

"아크라시마의 복수다. 싸움은 내가 아니라 네가 해야지 않겠냐?"

"그렇지."

"해츨링 주제에 무슨 힘이 있어서 저들을 상대하려고?"

"그야……."

"아서라! 성체가 돼서 상대해도 늦지 않는다. 물론 성체가 돼서 싸워도 이긴다는 보장이 없긴 하지만."

"뭐?!"

루드웨어의 말에 로노와르가 화가 나서 대들려고 하자 그는 미소를 지으며 말했다.

"내 실드를 깰 수 있냐?"

"응?"

"내 실드를 깰 수 있냐고."

루드웨어의 매직 실드는 보통의 마법사들이 구사하는 실드와는 다른 모습을 띠고 있는 실드다. 보통의 마법사들이 실드를 방어용으로만 사용한다면 루드웨어는 빛으로 이루어진 실드를 경화시켜 범위를 좁히며 적을 공격하는 공격용으로써도 사용하고 있었기 때문이다.

이 때문에 루드웨어의 실드의 경도는 웬만한 강철 몇 배의 경도를 가지고 있었고, 마법력도 통하지 않기 때문에 파괴하기 위해선 부분적으로 루드웨어를 넘어서는 마력이나 물리력이 필요한데, 그들은 그런 루드웨어의 실드를 깨버린 것이다.

"내 실드를 깰 수 있는 실력이 된다면 그들과 싸워도 좋다. 하지만 그렇지 못하다면 포기해. 아까운 내 신부감을 뻔히 죽는 곳에 보낼 만큼 난 멍청이는 아니니까."

"내가 왜 니 신부감이야!!"

신부감이란 말에 로노와르가 소리치자 루드웨어는 크게 웃으며 말했다.

"하하하! 성체가 되면 여자가 될 테니 걱정 말라고."

가까스로 차분하고 진지한 모습을 잠깐 보였던 루드웨어지만 천성이 아닌지 금방 무너져 버린 표정 관리였다.

　루드웨어 일행과의 싸움을 약속한 시스 일행은 대륙으로 가기 위해 배에 올라타고 항해를 나갈 준비를 하고 있었다.

　겉으로는 차분하게 보이는 듯하지만, 루드웨어와의 잠깐 동안 만남이 시스 일행에겐 큰 충격을 가져다 주고 있었다.

　드래곤을 죽일 정도로 강한 실력을 가지고 있는 그들이었고, 그 때문에 상당한 자긍심을 가지고 있었던 그들인데 루드웨어에게는 전혀 상대가 안 되었기 때문이다.

　"강했다."

　시스가 자신의 할버드를 움켜잡으며 말했다.

　"젠장!!"

　파르가는 어디선가 들고 온 술병을 들고는 벌컥벌컥 마시며 화를 죽이다가 시스의 말을 듣고는 다시 열이 오르는지 술병을 바닥에 집어 던졌다.

"라디안, 니가 느낀 그에 대한 느낌을 말해 봐!"

팔라딘인 크레이드가 침착한 얼굴로 루드웨어란 자에 대해서 묻자 라디안은 헛기침을 몇 번하더니 말했다.

"마력 자체를 측정할 수가 없는 상대예요."

그 말에 시안은 고개를 갸웃거리며 말했다.

"마력 자체를?"

"예. 어차피 인간의 마력이라면 원소의 힘을 불러내기 전에는 한정된 힘을 몸에서 발산하게 되죠. 마법의 탑에 있을 때 대륙 마법 길드의 최고의 마력을 지니고 있다는 길드장이신 크리우스님을 봤을 때도 어느 정도의 마력이란 것을 측정할 수 있었는데, 이번 경우에는 그 마력조차 측정할 수가 없었죠."

"그럼?"

"아주 거대한 마력을 지니거나 마력 자체가 없는 경우죠. 하지만 매직 실드를 사용하는 이가 마력이 없을 리는 없으니 엄청나다고 할까요."

"어느 정도?"

"드래곤 급이요. 그것도 워 급 이상의 드래곤 급의 마력이요."

그의 말에 시안은 입을 벌리고 말았다. 마법의 생물체라는 드래곤의 마력이란 것은 인간으로서 가질 수 없는 정도의 마력이었기 때문이다.

"누구라고 짐작할 수 있겠니?"

시스가 묻자 라디안은 고개를 저으며 말했다.

"대륙 마법 길드 소속의 마법사는 아니에요. 그런 정도의 마력을 지닌 이를 알아보지 못할 리는 없으니까요. 아마 그가 조직에 속해 있다면 칠인회가 아닐까 생각해요."

"칠인회라면……?"

"예, 비밀에 싸여 있는 마법 조직이요. 현재 대륙 최고의 마법사라고 알려져 있는 인물은 칠인회의 대외 대리인이죠. 대리인이 그 정도니 칠인회를 이끌고 있는 인물들은 모두 대외 대리인 이상의 실력을 가지고 있다고 보는 것이 마법계의 일반적인 시각입니다."

"라디안, 너의 짐작은?"

"대충 짐작을 해본다면 아마 칠인회의 일곱 회주 중 한 명이 아닐까 생각해요."

비밀에 싸여 있는 마법 조직 칠인회. 단순히 대외 대리인이라고 알려져 있는 인물이 대륙 최고의 마법사라는 것은 그들로서도 놀라지 않을 수 없는 일이었다.

"대외 대리인의 실력은 어느 정도지?"

"8서클 마스터 급의 클래스라고 알고 있습니다."

"8서클 마스터 급의 클래스라면 어느 정도나 되지?"

"도시 하나는 가볍게 날릴 수 있는 실력이라고 보면 돼요."

그 말에 시스는 한참을 생각하더니 말했다.

"라디안, 네가 앞으로 클래스를 최대로 올린다면 어느 정도나 되지?"

"인간의 몸으로 마력을 받아들일 수 있는 능력은 마법 길드에서는 8서클 익스퍼트가 한계라고 말하고 있었습니다. 물론 그것은 칠인회가 나타나면서 깨진 학설이지만요. 아무튼 저 역시 능력을 향상시킨다고 해도 8서클 익스퍼트나 마스터 이상으로는 불가능하다고 봐야죠."

"일단 마법 대결로는 녀석을 이길 수 없다는 말이군. 그럼 너의 마력으로 녀석의 공격을 막는 건?"

"어떤 공격 마법이냐에 따라 다르지만, 몸에 있는 마력을 총동원해서 부분적으로 실드를 집중해서 펼친다면 두 번 정도의 마법 공격은 막을 수 있을 겁니다. 물론 이건 그가 8서클 마스터라고 가정해서 말하는 겁니다."

그들이 한참을 이야기하고 있을 때 어디선가 여자의 웃음소리가 들렸다.

"호호호, 라디안도 이젠 다 컸네. 어리광만 부리는 줄 알았더니."

"누구냐!"

파르가가 검을 뽑고 소리가 들리는 쪽을 바라보자 희미한 기운이 나타나며 한 명의 여마법사가 모습을 드러냈다.

시스 일행의 앞에 나타난 여자는 루드웨어 일행과 이야기를 나눈 적이 있었던 크샤스의 오호사 소속의 마법사 엘레이나였다.

"엘레이나 누나."

그녀가 나타나자 라디안은 웃으며 엘레이나에게로 뛰어갔다.

"라디안, 고생했구나."

"고생은 뭐."

"루드웨어를 만났는데 고생을 안 했다는 건 말이 안 되지."

"루드웨어?"

"그래, 니네 일행이 상대했던 마법사의 이름이야."

그 말에 시스는 놀라며 엘레이나에게 물었다.

"그를 아는가?"

"자세히 안다고는 할 수 없지만 어느 정도는 알고 있죠. 물론 그것도 그가 가지고 있는 껍데기 중의 하나겠지만요."

"그거라도 말해 줄 수 있겠나?"

"뭐, 상관없죠. 이름은 루드웨어. 정식 이름은 루드그레인 크리오드 본 아시오스라고 하지요. 금단의 서의 주인인 라지베헤루의 유일한 제자라는 것이 그가 밝힌 자신의 정체 중 하나죠."

"라지베헤루라면… 유일한 9서클 익스퍼트 클래스?"

라디안이 놀란 얼굴로 말하자 그녀는 고개를 끄덕이며 말했다.

"그래. 그는 라지베헤루의 유일한 제자지. 그리고 더욱 놀라운 것은 그가 이미 라지베헤루의 실력을 넘어섰다고 하는 거야. 뭐, 그가 말한 것이라서 조금 신빙성이 떨어지기는 하지만 말이야."

"그럼 9서클의 마스터?"

라디안이 말도 안 된다는 듯이 혀를 내두르며 말하는데, 사이야는 그것도 아니라는 듯이 고개를 저으며 말했다.

"10서클의 마스터. 온 세상의 마법사들이 꿈꾸는 궁극의 경지를 넘어선 사람이야."

"말도 안 돼! 인간으로서는 불가능한 경지잖아!!"

라디안이 절대 믿을 수 없다는 듯이 말하자 사이야는 한숨을 쉬며 말했다.

"그 사람의 나이가 얼마나 돼 보이니?"

"스물다섯 정도?"

"라지베헤루가 죽은 지는?"

사이야의 다음 질문에 라디안은 입을 다물고 말았다. 라지베헤루가 죽은 지는 적어도 칠십 년은 지난 상태였기 때문이다.

"궁극에 이른 마력으로 이미 노화가 멈춘 상태야. 대륙 마법 길드 학술 회의에서 나온 마력에 의한 영생이 가능한 자가 바로 루드웨어란 사람이지."

마력에 의한 영생. 그것은 궁극의 마력으로 인해 네 가지의 원소가 규칙적인 교체를 반복하면서 인간의 생명력을 증대한다는 학설에서 나온 것으로, 인간의 노화는 4원소의 규칙적 교체가 세월이 지나가면서 탁한 기운을 흡수하면서 느려지고 그것이 멈추게 되면 죽게 된다는 것인데, 네 가지 원소의 힘을 이용하는 마력이 궁극의 경지에 이르면 규칙적 교체를 원활하게 하여 생명력을 유지할 수 있다는 것이다.

"그를 이길 수 있는 방법은 없는가?"

시스가 묻자 사이야는 고개를 저으며 말했다.

"아직까지는요. 불사의 몸을 지니고 있다는 것은 알겠지만 그 이상은 알아낸 것이 없어요."

"도대체 그를 죽일 수 있는 사람이 있기는 한 거예요?"

시안이 묻자 사이야는 한동안 생각을 하더니 말했다.

"그와 비슷한 능력을 지닌 자라면 가능하겠죠."

"그와 비슷한 능력이라면?"

"마령의 주인인 암흑의 황태자 루덴스라고 할까요."

그녀의 말에 잠시 생각에 빠져 있던 시스는 미소를 지으며 말했다.

"루덴스의 능력 정도라면 그를 죽일 수 있는 자가 한 사람이 더 생기는군."

"누구?"

"얼음성의 주인인 크샤스 하르베이드. 그 역시 대리자의 힘을 지녔으니까."

대리자의 힘. 그것은 마왕에게서만 가능한 힘으로 불사의 몸을 지닐 수 있게 하는 최고의 마법이라고 할 수 있다. 크샤스 하르베이드. 그는 누구의 힘을 이은 대리자인가.

루드웨어 일행은 사이온의 항구에 있는 여관인 '세이렌의 노래'에서 얼음성으로 들어가기 전 잠시 휴식을 취하고 있었다.

"세이렌의 노래가 뭐야?"

"선원들이 들을 수 있는 최고의 노래라고 할 수 있지. 물론 한번 들으면 그대로 세상하고는 작별이지만 말이야."

로노와르가 술집의 이름을 들으며 묻자 루드웨어가 자상하게 설명을 해주었는데, 근처에서 듣고 있던 선원이 그 소리를 듣고는 웃으며 말했다.

"하하하, 이곳에 처음 온 분 같군요. 세이렌의 노래를 못 들었다니 말입니다."

그 말에 아이샤가 의아해하면서 물었다.

"세이렌의 노래를 들으셨어요?"

그 말에 선원은 고개를 저으며 말했다.

"물론 마물인 세이렌의 노래는 듣지 못했죠. 선원이 세이렌의 노래를 들었다면 세상을 하직했을 텐데 어떻게 이곳에서 술을 마시고 있겠습니까. 하지만 이곳 북극의 땅에서는 어디서든 세이렌의 노래를 들을 수 있답니다."

"말도 안 돼요."

"허허, 못 믿으시나 본데요. 아! 시간이 거의 다 됐으니 한번 들어보면 알겠네요."

"네?"

그 말에 아이샤는 주변을 둘러보았는데 여관에 있는 식당의 식탁은 이미 꽉 차 있었다. 그런데 모두들 음식을 먹을 생각은 안 하고 가만히 앉아 무엇인가를 기다리고 있는 모습이었다.

"뭐지?"

로노와르도 그제야 느낀 듯이 주위를 둘러보았는데, 그때 어디선가 은은한 노랫소리가 들리기 시작했다.

"어?"

"조용히 해봐."

로노와르가 노랫소리에 놀라자 루드웨어는 그를 조용히시키고 귀를 기울였다.

은은하게 들려오는 노랫소리는 자세히 듣지 않는다면 놓칠 수 있을 만큼의 작은 소리였다. 곱고 아름다운 음성은 듣는 사람으로 하여금 안식에 잠길 수 있게 만드는 목소리였다.

식당 안에 있던 사람들은 노랫소리에 심취해 눈물을 흘리는 자가 있는가 하면 입을 벌린 채 멍하니 노래에 심취해 있는 자도 있었다. 아이샤도 노랫소리에 빠져 있는지 눈을 감고 있었기에 로노와르 역시 노랫소리를 경청할 수밖에 없었는데 아름다운 노랫소리에 금방 빠져들고 말았다.

'세이렌의 목소리군.'

루드웨어는 정신을 집중하고 그 목소리를 듣고 있는데, 과거에 그가 여행 중에 들었던 세이렌의 노래와 마력 패턴이 너무나 흡사했기에 놀라지 않을 수 없었다.

세이렌의 노래 속에 있는 마력은 뇌를 자극하여 환각 현상을 일으킨다. 이 환각 현상으로 듣는 사람으로 하여금 자신이 가장 행복했을 때를 생각하게 하는 것이다.

그 탓에 바다에서 세이렌의 노래를 듣는 이들은 그들에게 이끌려 배를 몰고 가다가 세이렌의 밥이 되곤 했다. 그런데 지금 들리고 있는 이 노래는 세이렌의 노래가 가지고 있는 마력 패턴을 고스란히 갖곤 있었지만, 사람을 끌어들이는 힘은 미약했기에 조용히 경청할 수 있었던 것이다.

어느 정도의 시간이 지났을까. 노래가 끝났고 사람들은 그제야 한숨을 내쉬며 식탁에 있는 음식을 먹기 시작했다.

"와! 정말 아름다운 소리야."

로노와르가 감격했는지 눈물을 닦으며 이야기하자 아이샤도 고개를 끄덕이며 말했다.

"이 여관 이름이 왜 세이렌의 노래인지 이해할 수 있을 것 같아요."

하지만 루드웨어가 심각한 얼굴을 하고 있어 그 모습을 본 두 사람은 이상하게 생각했다.

"왜 그래?"

로노와르가 묻자 루드웨어는 그를 보며 말했다.

"이 노랜 진짜 세이렌이 부르는 노래다."

"응?"

루드웨어의 말에 두 사람은 놀라지 않을 수 없었다.

"노랫소리에 실려 있는 이 마력은 세이렌만이 가지고 있는 고유의 마력이야. 그것은 인간들이 흉내 낼 수 없는 마법이지."

"그럴 리가… 세이렌의 노래라면 사람들이 그것에 끌려들어야 되는 거 아니야?"

"그렇지. 하지만 사람을 끌어들이는 마력이 약할 뿐 세이렌의 목소리임에는 틀림이 없다."

'크샤스 하르베이드, 그의 짓일까?'

마물을 움직일 수 있는 힘. 그것은 인간의 힘으로 벅차기는 하지만 마왕의 힘을 빌리는 자들이라면 충분히 가능한 힘이다.

암흑 마법을 쓰는 자가 크샤스 하르베이드에 진영에 있다면 가능하다고 할 수 있지만 무슨 이유로 사람들에게 세이렌의 목소리를 들려주는지는 알 수가 없었다.

마력 분석학에도 일가견이 있는 루드웨어였지만 세이렌의 목소리에서 추억을 되살리는 힘 이외에 무엇이 있는지는 루드웨어도 잘 알 수 없었다.

"가까이에서 노래를 듣는다면 알겠는데 여기에서는 잘 알 수가 없군."

루드웨어는 혼잣말로 중얼거리다 아까 세이렌의 목소리에 대해서 말해 주었던 선원에게 다가가 물어보았다.

"방금 전의 노래는 여기서만 들립니까?"

그 말에 선원은 고개를 저으며 말했다.

"그렇지는 않죠. 노래는 여기 북극의 대륙 어느 곳을 가도 들을 수 있습니다."

"어디에서나……."

광범위의 마법. 세이렌의 힘으로는 거대한 북극의 대륙 전체에 노래를 들릴 수 있게 할 수 있는 방법은 없었다.

"뭐야! 너만 알겠다는 거야?"

로노와르가 투덜거리자 루드웨어는 한심하다는 듯이 손짓을 하며 말했다.

"뭐라도 좀 느껴봐라. 최강의 생물체라는 드래곤이 이렇게 무식해서야."

"뭐!"

로노와르가 열을 내려고 하자 루드웨어는 그의 머리를 쓰다듬더니 말했다.

"강아지만도 못한 머리. 잘 들어. 세이렌의 마력은 뇌를 자극하는 마력 패턴을 가지고 있다. 즉, 인간들을 세뇌할 수 있는 힘을 지녔다고 볼 수 있지. 그렇다면 대륙 전체로 그런 노래가 들린다면 어떻게 생각하겠니?"

루드웨어의 말에 아이샤는 놀란 얼굴을 보이며 말했다.

"설마?"

"설마가 아니야. 아마 이 대륙에 존재하는 모든 이들은 크샤스 하르베이드에 대한 충성이 상당할걸? 아마 신처럼 숭상한다 해도 과언이 아닐 거다."

"……?"

루드웨어의 말에 고개를 갸우뚱거리던 로노와르는 선원에게 다가가 물어보았다.

"크샤스 하르베이드란 사람을 아십니까?"

그 말에 선원은 크게 화난 얼굴을 보이며 말했다.

"젊은것이 예의가 없군. 외지에 온 손님이라 화를 내지는 않겠네만, 다시 한 번 이 나라 폐하의 성함을 함부로 부르면 당장 불경죄로 고소해 버리겠네!"

일국의 왕도 타국의 사람이라면 이름 정도는 부를 수 있기에 그렇게 큰 죄는 아니지만, 자국 내에서 왕의 이름을 함부로 부른다는 것은 불경죄에 걸릴 수 있는 일이다.

호탕한 성격의 그 선원은 기분 나쁜 표정을 하며 대꾸했지만, 그런 사정을 잘 아는지 고발할 생각은 하지 않고 조심하라는 말만 한 것이다.

말투의 억양으로 봐서 그는 북극령의 백성이 아닌 듯하지만 신경질적인 반응을 보이는 것을 보고는 로노와르는 그제야 알겠다는 듯이 고개를 끄덕였다.

"백문이 불여일견이라더니 저 녀석을 두고 하는 말 같군."

그 말에 아이샤 역시 동감하는 듯 고개를 끄덕였다.

"어쨌든 크샤스의 얼음성에 들어가야 할 텐데 어떻게 들어갈 거예요?"

아이샤의 물음에 루드웨어는 한참을 생각하다 말했다. 물론 루드웨어가 제대로 말하리라곤 기대하지 않으리라 생각한다.

"정문으로 가면 안 되나?"

"멍청이! 우리 같은 신분도 없는 평민들을 왕국에서 어서 오십쇼 하고 받아들일 것 같아요? 그건 그렇고 얼음성에 가는 이유는 또 뭐예요."

"응?"

"무슨 용건으로 가냐고요! 얼음성에 무슨 기보라도 있으니까 가는 거 아니에요?"

아이샤의 다그침에 루드웨어는 고개를 저으며 말했다.

"몰라. 루덴스가 얼음성에 가보라고 하던데."

"휴!"

아무것도 모른 채 위험천만한 얼음성으로 들어가려고 하는 둘을 보며 아이샤는 한심하다는 듯이 한숨을 내쉬었다.

"뭐, 어떻게든 되겠지."

루드웨어가 될 대로 되라는 식으로 이야기하자 아이샤는 자리에서 일어나더니 문으로 걸어갔다.

"어디 가?"

넋 놓고 있던 로노와르가 묻자 아이샤는 퉁명스럽게 말했다.

"다시 돌아가려고요. 난 이렇게 허무맹랑한 여행에 계속 동참해서 아까운 목숨 날리고 싶은 마음은 없으니까요."

"정말? 그럼 같이 가자."

로노와르 역시 바보 같은 여행이라고 생각했기 때문에 아이샤를 쫓아 돌아가려고 했는데 그 순간 루드웨어의 눈빛이 이상해지기 시작했다.

그것을 느낀 아이샤와 로노와르는 루드웨어의 얼굴을 쳐다보았는데 루드웨어는 불타는 듯한 눈동자를 한 채 입으로 무엇인가를 읊조리고 있었고 얼마쯤 있자 로노와르의 안색이 변하기 시작했다.

"젠장! 아이샤, 신성 방어벽을 치든지 도망가든지 해라."

"왜요?"

아이샤가 의아해하며 묻자 로노와르는 급한 얼굴로 소리쳤다.

"루드웨어, 저 자식이 또 디멘전 패스를 쓰려고 한단 말이야!"

말 안 듣는 해츨링을 강제로 데리고 다니기 위한 루드웨어의 최고의 이동 주문 디멘전 패스(암흑 마법에 속하는 이동 마법으로 목적지까지 도착하기는 하지만 그 좌표점은 타의 추종을 불허할 만큼 엉터리인데다가 마계로 이동하여 다시 인간 세상으로 돌아오는 것이기 때문에 실수하면 마계에 떨어지고 마는 공포의 이동 주문). 몇 번이나 디멘전 패스로 고생을 해야 했던 로노와르는 이제 단순한 읊조림으로도 디멘전 패스의 주문은 알아볼 수 있었다. 물론 모든 주문과 마력 패턴을 온몸으로 익힌 로노와르는 디멘전 패스를 사용할 수 있는 경지까지 이르렀다.

하지만 디멘전 패스가 무엇인지 잘 모르고 있던 아이샤의 반응은 느렸고, 로노와르는 아이샤를 제쳐 두고라도 필사의 탈출을 감행하려고 했다. 하지만 이미 늦어 있었다.

"디멘전 패스!"

"으아악!!"

로노와르의 처절한 울부짖음은 검은 구름과 함께 사라져 갔다.

북극의 대륙에서도 가장 북에 위치해 있다는 얼음성은 성 자체가 얼음으로 만들어져 있지만 그다지 춥지는 않은 곳이었다.

그것은 얼음성의 성벽에 보존의 마법을 걸어놓았고 얼음성 주위의 땅에는 곳곳에 열기를 뿜고 있는 작은 화구가 위치해 있었기 때문이다.

그런 이유로 한겨울에도 얼음성 주위에서는 푸른 나무를 구경할 수 있었다.

얼음성 성벽에서 근무를 서는 파드에게 있어서 얼음성의 병사가 되어 가장 즐거웠던 점은 푸른 나무들을 일년 내내 볼 수 있다는 것이다.

"파드, 근무는 안 서고 또 나무 구경이냐?"

"난 푸른 잎이 좋거든. 푸른 잎을 보고 있으면 언제나 마음이 안정되지."

파드는 근무 교대를 하러 나온 병사가 한마디 하자 미소를 지으며 말했다.

"거참."

파드의 말에 희한하다는 생각을 하며 교대를 하려 하는데, 그때 파드의 머리 위에서 검은 구름이 형성되는 것을 볼 수 있었다.

"파드! 위를 봐!"

"응? 왜?"

그의 말에 파드가 위를 쳐다보자 검은색의 짙은 구름이 머리 위에서 낮게 생성되어 팽창하더니 세 개의 물체가 떨어져 내려왔다.

"으악!"

물체에 깔려 버린 파드는 성벽 바닥에 자빠져 버렸고, 그 위에 떨어진 물체는 그제야 움직이기 시작했다.

"아, 젠장! 또 떨어졌잖아! 여긴 어디야!"

그들은 디멘전 패스로 이동해 온 루드웨어 일행이었는데, 로노와르는 이번에도 곤두박질치자 화를 내며 소리쳤다.

"아이, 허리야. 빌어먹을 루드웨어. 할 줄 아는 이동 주문이 이것밖에 없는 거예요!"

"물론 많지. 하지만 너희 같은 녀석들을 강제로 데리고 오기엔 디멘전 패스가 가장 좋다고 생각했지. 하하하하."

아이샤의 투덜거림에 루드웨어는 웃음을 지으며 반격했다.

"누구냐!"

"응?"

멍하니 쳐다보고 있던 병사는 그제야 이들이 불법으로 침입한 자라는 것이 생각이 났는지 루드웨어 일행에게 소리쳤다.

로노와르는 그런 병사를 도대체 시끄럽게 소리치는 이유를 알 수 없다는 눈으로 쳐다보았다.

"로노와르, 밑에 있는 녀석도 이젠 해방시켜 줘라."

루드웨어의 말에 밑을 보자 병사 한 명이 깔려 있었다. 로노와르는 멋쩍은 듯이 일어나 그를 일으켜 세워주며 말했다.

"사람을 깔고 앉아 있었다니… 미안합니다."

로노와르의 예의 바른 사과에 정신을 차린 파드가 손을 내저으며 괜찮다고 말하려고 했다. 하지만 생각해 보니 이 사람들은 불법 침입자인 것이다.

"네 녀석들은 누구냐!"

파드가 그제야 그것에 생각이 미쳤는지 창을 주워 들고 갑작스럽게 나타난 침입자를 향해 소리쳤다. 하지만 로노와르는 조금 다른 방향으로 그 말을 알아들었는지 정중한 목소리로 말했다.

"아! 그렇군요. 처음 보는 사람에게 우리 소개도 안 하고 있었다니. 후후, 미안해요. 우리 소개를 하면 저는 그린 드래곤의 해츨링인 로노와르라고 합니다. 그리고 이쪽 마법사는 루드웨어라고 하고요. 이쪽 아이네스 여신관은 아이샤라고 하지요. 이젠 됐죠?"

로노와르의 말에 상황 파악을 하지 못하게 되어버린 파드와 다른 병사는 멍한 얼굴이 됐고 아이샤는 한심하다는 듯이 한숨을 쉬었다.

루드웨어는 로노와르를 옆으로 밀고는 병사들에게 다가가 근엄한 목소리로 말했다.

"우린 얼음성의 성주를 뵈러 온 로아냐드 제국의 사신이오."

루드웨어는 품에서 서신을 빼 들었는데 서신에는 로아냐드 제국의 인장이 찍혀 있었다. 아이샤는 그것을 확인하고는 놀라 소리쳤다.

"그게 뭐야!"

"제국의 인장이 찍힌 공식 서한."

"대체 그런 것이 있었으면서 왜 마법으로 불법 침입하는 거야!"

"응? 그렇군. 그냥 정문으로 걸어왔으면 되는데 말이야. 푸하하하하."

루드웨어의 말에 두 사람은 억울해서 눈물이 날 지경이었다. 이 악독한 마법사를 도대체 어떻게 처리해야 한단 말인가란 생각이 그들의 머리를 지배하고 있었다.

잠시 루드웨어가 내민 제국의 공식 서한을 보고 있던 파드는 옆에 병사를 보고는 조용히 속삭였다.

"저거 로아나드 제국의 인장이 맞는 거야?"

"글쎄, 본 적이 있어야지……."

마령으로 가려진 북극령이었기에 건국 이후 단 한 번도 제국의 공식 서한이나 사신이 온 적이 없는지라 고개를 갸웃거리던 두 사람은 몇 번 이야기를 숙덕거리더니 말했다.

"사신이라면 왜 얼음성으로 불법 침입한 거지?"

파드는 믿지 못하겠다는 투로 말하고는 옆에 있는 종을 치기 시작했다.

"저 종이 뭐야?"

로노와르가 두 사람이 신들린 듯이 종을 치는 것을 보며 문자 루드웨어는 대충 상황을 알 수 있겠다는 표정으로 말했다.

"음, 아마 예상컨대 불법 침입자가 나타났다는 소리가 아닐까 싶다."

"우리가?"

"뭐, 남의 성에 허락도 안 받고 들어왔으니 불법 침입자가 아닐까?"

"그럼 어떻게 해야 하는데?"

"어떻게 하긴 도망가야지. 슬립!"

루드웨어가 주문을 외우자 주위에 초록색의 안개가 만들어지더니 루드웨어 일행을 향해 창을 뻗고 있던 파드들이 잠들어 버렸다.

"늦었어요. 이미 병사들이 몰려오고 있다고요."

성 밑을 바라보던 아이샤의 말에 루드웨어는 손을 내저으며 말했다.

"뭘 걱정하시나. 우리에겐 필살의 기술인 디멘전 패스가 있지 않나."

루드웨어는 입에서 그 말이 나옴과 동시에 로노와르와 아이샤의 통한의 주먹 세례를 받아야 했다.

"뭔가 빠져나올 방법이 없나?"

로노와르가 올라오고 있는 병사들을 보며 말하자 아이샤는 한참을 생각하다 고개를 저었다.

"없어요. 한바탕 싸워야 할 것 같은데요."

"어쩔 수 없군."

로노와르는 어쩔 수 없다는 표정을 짓더니 주문을 외우기 시작했다.

"뭐야?"

아이샤가 묻자 루드웨어는 간만에 로노와르가 주문을 외운다는 것과 드디어 로노와르의 활약이 나타난다는 데에 남편 예정인으로서 상당한 만족의 미소를 지으며 말했다.

"폴리모프를 푸는 거야. 아름다운 드래곤의 곡선을 볼 수 있는 좋은 기회지. 후후."

말이 끝남과 동시에 로노와르의 몸은 섬광과 함께 커지기 시작하더니 드래곤 본래의 모습을 되찾아갔다.

성벽 밑의 병사들은 불법 침입자가 나타났다는 종이 울리자 소리가 난 쪽으로 모여들고 있었는데, 난데없이 드래곤 모습이 보이자 놀라지 않을 수 없었다.

"드래곤이다!!"

드래곤이란 거대 생명체에게 병사들이 가지고 있는 창 같은 것이 통할 리가 없었고, 드래곤을 상대하기에는 힘이 약한 많은 병사들은 방해만 될 뿐이었다.

로노와르는 드래곤의 무기 중 하나인 드래곤 피어를 내질렀고, 인간에게 극한의 공포감을 안겨다 주는 드래곤 피어의 공격을 받은 얼음성의 병사들은 그 자리에 주저앉으며 떨기 시작했다.

"멍청한 녀석들, 보아하니 해츨링 같은데 저딴 것의 피어에 패닉 상태에 빠져 버리다니. 북극령의 병사로서 한심스러운 노릇이군."

엄청난 목소리. 다른 사람들에게 하는 식으로 그는 말하고 있지만, 놀랍게도 그것은 드래곤 피어를 압도하는 힘이 서려 있었기에 드래곤 피어에 의해 패닉 상태에 빠진 병사들도 정신을 차릴 수 있었다.

"와우! 꽤 하는 놈이 나타났는데?"

루드웨어는 드래곤 피어로 패닉 상태로 빠져버린 병사들을 깨운 자의 말에 놀라지 않을 수 없었다. 그것은 수준이 높은 전사들이 사용하고 있는 음성으로 내뿜을 수 있는 마나의 일종인데, 경우에 따라서는 아군에게 사기를 높여줄 수도 있었다.

"날 우습게 보는군!"

물론 병사들 중 그가 해츨링이라고 무시하는 사람은 없었다. 하지만 괜한 자격지심에 빠진 로노와르는 혼자 열내며 자신이 해츨링이라고 우습게 보는 것이라 생각하고는 화가 났는지 숨을 삼키며 브레스를 내뿜었다.

그린 드래곤의 액시드 브레스는 강력한 독을 내포하고 있어 브레스에 당한 자들은 그 자리에서 녹아 없어지기 시작했다.

하지만 정작 로노와르가 노린 자의 곁에는 브레스가 다가가지 못하고 있었다.

"마나를 발산해서 방어벽을 만든 것이로군."

그는 브레스의 독기가 다가오자 몸에 있는 기를 발산시켜 독기가 다가오지 못하게 하는 것이었다.

"그깟 해츨링의 브레스가 나에게 해를 끼칠 수 있다고 생각했나! 얼음성의 경비대장 사가트를 우습게 보지 말아라!"

그 말에 루드웨어는 놀라지 않을 수 없었는데, 기를 발산시켜 브레스를 막는 정도의 실력을 가진 이가 기껏해야 경비대장이었다는 것에 놀란 것이었다.

"고작 경비대장의 실력이 이 정도면 크샤스의 기사들을 상대하려면 상당히 어렵겠는걸."

루드웨어는 새삼 얼음성의 저력을 확인할 수 있었다. 하지만 더 놀란 것은 로노와르였는데, 자신의 브레스가 이렇게 약할 줄은 생각하지 못했기 때문이다.

'젠장! 프로란스 할머니 정도의 브레스라면 이 성 전체를 녹여 버렸을 텐데!'

해츨링치곤 충분히 강한 브레스였지만 새삼 에이션트 급인 프로란스의 힘이 부럽게 생각되는 로노와르였다.

아무튼 별것도 아닌 걸로 시작된 싸움은 점점 더 치열해져 가기 시작했다.

15장 얼음성의 주인 크샤스

    드래곤이라는 거대 생물의 출현으로 평상시보다 바빠진 얼음성의 병사들은 바쁘게 움직이며 드래곤을 상대하기 위한 준비를 하기 시작했다. 밥 한 끼 먹을 정도의 짧은 시간 동안 병사들의 한쪽은 드래곤의 시선을 끌고 한쪽은 드래곤을 상대하기 위한 공성병기를 꺼내 가지고 와 해츨링 로노와르를 공격하기 시작했다.

    물론 해츨링이라고는 하지만 거의 성체가 다 되어가는 로노와르였기에 보통의 공성병기 정도야 로노와르의 강철 같은 피부를 뚫을 수는 없었지만, 때린 데 또 때리는 전통적인 가격 방법을 계속적으로 사용하여 충격이 쌓인다면 로노와르가 무너지는 것도 시간문제일 것이다.

    로노와르는 인간들을 상대로 지상에서 하는 싸움은 다소 불리하다고 생각하고 공중으로 올라가기 위해 덜 자란 날개를 파리 날갯짓하는 양 젓기 시작했다.

드래곤이 날개에서 나오는 거대한 광풍은 지상에 있던 사람들을 날려 버릴 정도로 강한 돌풍을 일으켰고, 병사들이 정신을 차렸을 때 이미 로노와르는 하늘 멀리 사라진 후였다.

로망스에서 흔히 나오는 드래곤의 전투법에 나와 있듯이, 드래곤이 하늘로 날아올랐다면 공격하는 방법은 몇 가지 없었다. 그중 대표적인 것 한 가지는 거대한 몸을 빠르게 하강시키며 일정한 지역에 브레스를 뿜는 방법으로, 경비대장 역시 로노와르가 그런 식으로 공격할 것이라고 생각하고 소리쳤다.

"하늘에서 하강하여 브레스를 내뿜을 것이다! 대궁을 장전하여 하늘을 향해 쏠 준비를 해라!"

드래곤이 사라지자 경비대장은 대궁을 장전케 해서 드래곤의 하강 공격을 대비하기 시작했다.

그러나 똑똑한 경비대장은 루드웨어 일행인 로노와르에 대해서 한참을 착각하고 있었다.

"꽤 하지 않냐?"

"대륙의 소국 정도에 가면 아마 기사단장쯤 되어 있을 사람 같아."

루드웨어의 말에 아이샤는 수긍하며 말했다.

"근데 한참을 잘못 짚었지. 우리가 뭐가 아쉬워서 뻔히 들여다보이는 하강 공격을 하겠냐."

"그건 그래."

그렇게 말하고 있는 둘의 뒤에는 로노와르가 투덜거리며 앉아 있었다.

"뭐야! 아직도 삐친 거야."

"위에서 브레스 몇 번이면 끝날 일인데 왜 그런 거야?"

병사들의 시선을 위쪽으로 돌린 후 로노와르는 폴리모프로 다시 인간의 모습을 하고 성벽에 내려와 있었던 것이다.

"재밌잖아. 한 십 분 동안 하늘을 보고 있으면 속았다는 것을 깨닫겠지. 자, 이제 우리는 안으로 들어가자."

루드웨어 일행은 거의 모든 경비대의 시선이 드래곤의 하강 공격에 대비해 하늘로 쏠려 있는 틈을 타 유유히 얼음성 안으로 들어갔다.

루드웨어가 그런 것을 보며 그냥 지나가겠는가.

하늘을 올려다보는 병사 한 명이 힘든 표정을 지으며 잠시 고개를 내리려 하자 루드웨어가 그의 등 뒤에서 호통을 치며 말했다.

"뭐 하는가! 언제 드래곤이 내려올지 모르는데 고개를 내리려 하다니 말이야!!"

"헉! 죄송합니다!!"

"계속 하늘을 주시하고 있어라! 앗! 하늘에 검은 점이 보이는 것 같군. 화살을 날릴 준비를 하라고."

"예!"

루드웨어의 말에 활을 들고 위를 쳐다보고 있던 경비병은 상대의 얼굴도 확인하지 않고 하늘만 뚫어져라 쳐다보았고, 그런 모습에 루드웨어는 키득키득 웃으며 안으로 들어갔다.

궁 안에 있던 경비병들은 모두 갑자기 난입한 드래곤을 상대하기 위해 몰려갔기 때문에 경비병들이 없는 궁전은 한적하기 그지없었다.

"괜찮은 생각이었잖아. 동방에서는 이런 것을 금선탈각의 계라고 하더라구. 동서양의 모든 서적을 탐독한 천재 마법사. 아! 눈물 나온다."

"할 말이 없군."

좋잖아? 편하게 얼음성 안으로 들어오고 말이야."

루드웨어는 자신의 계략에 만족했는지 연신 자랑하면서 안으로 들어가고 있었다. 하지만 크샤스는 역시 루드웨어에게 속지 않았다. 안으로 들어서는 그들의 앞에 은색의 갑옷을 입은 기사 세 명이 기다리고 있었다.

"기다리고 있었습니다."

기사들 중 갈색 머리의 건장한 체격을 가진 자가 루드웨어 일행을 기다렸다고 말하자 그는 애석하게도 자신의 계략에 속지 않은 자가 있다는 것을 알 수 있었다.

"모두 속였다고 생각했는데 아깝군."

루드웨어가 안타까워하자 그는 미소를 지으며 말했다.

"여러분께서 오신 것은 이미 항구에 있을 때부터 알고 있었습니다. 성문의 경비대장에게 여러분들이 오시면 정중하게 안내하라 전해두었는데, 예상과는 달리 엉뚱한 곳으로 들어오시는 바람에 큰 실례를 범하게 됐군요."

기사의 말이 끝남과 동시에 헛된 고생에 열이 뻗친 아이샤와 로노와르의 주먹이 루드웨어의 안면을 가격하고 있었다.

"우… 네가 저런 녀석을 믿고 이런 곳에 들어오다니… 씩씩!"

"옛날에도 그랬지만, 지금은 더 얼빠진 마법사가 됐네요."

두 사람의 분노 어린 시선을 받으며 루드웨어는 시작하기도 전에 크샤스에게 일격을 맞았다 생각하며, 닭똥 같은 눈물을 흘릴 수밖에 없었다.

아무튼 이런저런 소동 끝에 루드웨어의 일행은 기사들에게 안내되어 얼음성의 주인인 크샤스 하르베이드가 있는 집무실에 도착할 수 있었다.

그의 집무실은 얼음의 성이라는 이름답게 여기저기 얼음으로 조각되어 있는 장식들이 놓여 있었고, 그 사이로 깔려진 붉은 카펫의 끝에는 역시 투명한 얼음으로 조각되어 있는 의자가 놓여 있었다. 그리고 그 의자에는 다리를 꼬고 앉아 있는 은백색 머리 청년의 모습이 보였는데, 루드웨어 일행은 그 은백색 머리의 청년이 바로 크샤스 하르베이드라 짐작할 수 있었다.

"얼음성에 오신 것을 환영합니다."

그가 환영의 말을 던지자 루드웨어는 정중하게 인사를 하며 말했다.

"저희들이 이곳으로 올 것을 알고 계셨군요."

"예. 루덴스에게 들렸다면 당연히 저를 찾아오셨겠죠."

그 말에 루드웨어는 내심 놀라지 않을 수 없었다. 크샤스의 정보망이 생각보다 대단했기 때문이다.

그는 잠시 좌중에 있던 사람을 훑어보고는 로노와르를 향해 말했다.

"오신 분들을 위해 몇 가지 선물을 준비했습니다. 먼저 로노와르님을 위해 한말씀 드린다면, 로노와르님은 빨리 성체가 되고 싶어하시던데 그런 소원은 들어드리기가 어렵게 때문에 몇 가지 제가 알고 있는 것을 말씀드리지요. 해츨링이 성체가 되기 위해선 두 가지 방법이 있습니다."

"두 가지 방법?"

"예. 한 가지는 정해진 시간을 기다리는 것이지요. 제가 알기로는 로노와르님의 시간은 3년 정도가 아닐까 생각합니다."

"나머지 방법은?"

"염원이지요."

"염원이요?"

"예. 일종의 드래곤의 계약이라고 할 수 있지요. 성체가 되지 못한 해츨링이 가질 수 있는 힘이라곤 약하디약한 브레스뿐이지요. 진정한 용언의 힘을 쓰기 위해선 해츨링의 기간인 500년이 지난 후 로드에게 용언의 권능을 받는 것입니다. 하지만 용언은 본래 드래곤들의 천성적인 능력입니다. 로드의 권능이란 것은 단순히 그 선천적인 능력을 쉽게 쓸 수 있게 조언하는 것에 지나지 않습니다. 만약 어린 해츨링이라도 강한 염원이 있다면 신체는 용언의 힘을 가질 수 있게 되지요. 용언을 얻는 것은 바로 진정한 드래곤 힘을 얻게 되는 것이니까요. 물론 아직 로노와르님께서는 그 염원이란 것을 알지 못할 테지만 말입니다."

로노와르는 염원이란 것이 무엇일까 생각하며 고개를 갸우뚱거릴 수밖에 없었다. 수백 살이란 나이를 먹은 로노와르였지만 해츨링의 몸으로 레어 밖을 벗어나 본 적이 없었던 그였기에 실제의 경험은 어린아이와 다를 바 없었다.

"자, 루드웨어님 역시 질문이 있으시다고 들었는데요?"

"별로. 당신의 모습을 보니 두 번째 질문은 필요가 없겠군요."

"아!"

"이미 북극의 대지에 살고 있는 모든 사람들을 당신의 충실한 신하로 만든 지금 남은 것은 한 가지뿐 아닙니까?"

"알고 계셨군요."

"세이렌을 이용한 세뇌, 생각보다 북극의 마물의 힘을 원활하게 사용하더군요."

"칭찬에 감사드립니다. 고맙기는 하지만 그렇게까지 알고 계신 분을 그냥 보내드릴 수는 없겠군요."

"예정된 일 아닙니까?"

"그렇긴 하지요."

크샤스가 손짓하자 루드웨어 일행의 주위로 수십 명의 기사들이 검을 들고 뛰어와 둘러싸 버렸다.

"이 정도의 숫자로 저를 공격하기에는 무리라고 생각되는데요?"

"물론이지요. 하지만 친위 기사들과 저라면 별문제가 없지 않을까요? 당신은 도망갈 수 있을지 모르겠지만 저기 계신 해츨링 분과 여신관 분은 어려울 것이라 생각되는데요."

그의 말에 루드웨어는 긴장하지 않을 수 없었다.

크샤스에게서 느껴지고 있는 마력은 결코 자신의 아래가 아니었다. 이미 주위에는 모든 이동을 막을 수 있는 차원 프로텍트가 감싸여져 있었고 마력을 흡수하는 흑마석이 여기저기 박혀 있어 어줍잖은 마법은 여기서는 통할 리가 없었기 때문이다.

"미티어라도 한 방 갈길까?"

운석 소환 주문 미티어. 9서클의 주문으로 우주에 있는 운석을 소환해서 떨어뜨리는 광대한 주문이었다. 현재의 인간들로서는 꿈꿀 수도 없는 주문이었지만, 루드웨어는 10서클의 마스터. 미티어는 결코 꿈일 수 없는 주문이었다.

"참으십시오. 미티어를 사용한다면 여기 있는 어떤 분도 살아서 나갈 수는 없을 테니까요. 물론 그것은 당신도 포함됩니다."

크샤스가 미티어란 소리에 말도 안 된다는 듯이 고개를 젓으며 루드웨어에게 그렇게 말하자 피식 웃음을 터뜨린 루드웨어는 의미심장한 표정을 지었다.

"어쩔 수 없군. 타임 스톱!!"

잠깐의 시간. 9서클의 시간 정지 주문. 이것은 자신을 제외하고는 모든 사물들의 시간을 정지시키는 마법으로 9서클 광범위 주문이다. 단, 멈춰져 있는 사물을 움직일 수 없다는 약점을 지니고 있긴 했지만. 타임 스톱이 사라졌을 때는 이미 루드웨어는 그 자리에 존재하지 않았다.

"사라지셨군. 의원데요? 루드웨어가 당신들을 버리고 떠나실 줄은 생각지 못했습니다."

"이 빌어먹을 루드웨어 자식!"

"휴, 예상은 했지만 진짜 버리고 갔네."

로노와르와 아이샤는 루드웨어가 도망가자 한숨을 쉬고 말았다. 그의 본래의 성격대로라면 충분히 버리고 가도 남기 때문이다.

"그냥 조용히 잡혀주시겠습니까?"

"무슨 소리!"

로노와르가 당장이라도 폴리모프를 풀려고 주문을 외우려 하는데, 아이샤가 그의 어깨를 짚으며 말했다.

"아무리 드래곤이라고 해도 헛된 죽음은 사양하는 게 좋아요. 보아하니 저분도 저희를 죽일 마음은 없으신 것 같으니까요. 안 그런가요?"

"역시 신관답게 사태 파악을 잘하시는군요. 해츨링을 죽여서 드래곤 일족과 적이 되고 싶은 마음은 없습니다. 그냥 조용히 얼음성의 특실로 가주신다면 고맙겠는데요."

"그러지요."

억울한 로노와르였지만 아이샤의 말대로 여기서 싸운다는 것은 헛된 죽음과 같은 것이었기에 로노와르는 참을 수밖에 없었다.

모든 것을 포기하자 크샤스는 기사들에게 명령해서 그들은 지하 감옥으로 압송해 갔다.

지하 감옥이라고는 하지만 크샤스의 배려로 생각했던 것—습기가 가득 차고 쥐새끼가 돌아다니는—과는 다른, 왕궁에 버금갈 정도로 시설이 잘 되어 있는 감옥 안으로 들어갈 수 있었다.

"도대체 크샤스가 왜 저희를 가둔 걸까요?"

아이샤는 기사들이 사라지자 턱을 짚고는 중얼거렸다.

"글쎄?"

그것에 대해서는 로노와르도 알 수 없었다.

"가만히 두기에는 위험 부담이 너무 커서가 아닐까?"

어디선가 루드웨어의 목소리가 들리자 로노와르는 놀라 사방을 둘러보았다.

"루드웨어?"

사방을 아무리 둘러보아도 루드웨어의 모습이 보이지 않자 이상하다는 듯 고개를 갸우뚱거리는 로노와르를 보며 아이샤는 조용히 말했다.

"그냥 나와요. 크샤스도 당신이 도망간 것이 아니란 것을 알 테니까요."

"그러지 뭐."

순간 로노와르의 몸에서 무엇인가가 튀어나오더니 빛과 함께 커졌는데, 바로 루드웨어였다.

"너, 이 자식! 도대체 뭘로 변한 거야!!"

자신의 몸에서 루드웨어가 나오자 당황한 로노와르가 소리쳤다.

"벼룩. 그 덕에 로노와르의 온몸을 사정없이 살펴볼 수 있었지. 그런데 로노와르……."

"너, 설마……."

"하하하하, 음… 감미로운 육체의 향기. 그런데 말이야, 로노와르, 너 사실 성체로 변할 필요도 없었잖아. 미리 말했으면 내가 잽싸게… 후후후."

"너, 이 자식!"

로노와르가 루드웨어의 말에 흥분하자 아이샤는 궁금하다는 표정을 지으며 물었다.

"뭐예요? 저도 가르쳐 줘요."

그 말에 루드웨어는 아무것도 아니라는 듯이 손을 내저으며 말했다.

"별거 아니야. 좀 재밌는 일이 있어서 말이야. 아무튼 여기서 나가야겠지?"

"나갈 수 있어? 흑마석도 여기저기 박혀 있고, 보아하니 프로텍트도 있는 것 같은데?"

"그 정도에? 방금 폴리모프하는 거 봤잖아."

"어차피 나가봤자 경비병들하고 마주치면 또 싸워야 되는데 뭐."

"무슨 말씀. 나에겐 궁극의 이동 마법이 있다는 것을 잊었나 보군."

"설마……?"

"설마는. 설마 너도 한번 경험해 봤으니 이젠 익숙해질 때도 됐을걸."

그 말과 함께 루드웨어는 주문을 외우기 시작했다. 아이샤는 반대하고 싶었지만 그것 외에는 빠져나갈 수 있는 방법이 없었기 때문에 포기할 수밖에 없었다.

"디멘전 패스!"

또다시 검은 안개가 그들을 감싸기 시작했다.

디멘전 패스를 통해 나온 곳은 전에 왔었던 사이온 항구의 광장이었다.

"어? 이번에는 제대로 도착했네?"

"프로텍트 때문에 필요 이상의 마력을 집중했나 보군."

"웅? 그럼 지금까지는?"

"적당히 필요한 만큼만. 그러니까 착지가 서툴렀던 거지."

그의 말에 아이샤는 한숨을 쉴 수밖에 없었는데 그때 검은 안개가 그들의 주위에서 생성되기 시작했다.

"디멘전 패스?"

디멘전 패스는 암흑 마법에 정통하거나 마신을 섬기는 암흑 신관들만이 쓸 수 있는 이동 마법이었다. 그 마력의 소모 또한 상당히 많았기 때문에 보통의 흑마술사는 사용하지 않는 것이 보통인데 검은 안개의 모습을 보아서는 수백 개의 개체가 이동해 온 것 같았다.

검은 안개가 사라지면서 모습을 나타낸 그들을 확인한 루드웨어 일행은 놀라지 않을 수 없었다. 그들의 앞에 나타난 것은 수백 마리의 트롤들이었기 때문이다.

"트롤… 이들을 지시하는 자가 있을 텐데?"

루드웨어는 지능이 낮은 트롤이 지시하는 인물이 있을 것이라 생각하고 주위를 둘러보았는데 아니나 다를까, 광장 가운데에 있는 분수대 조각상 위에 누군가 앉아 있는 것이 보였다.

"누구냐!"

루드웨어가 소리치자 그는 크게 웃으며 가볍게 내려오며 말했다.

"하하하! 역시 인간계 최고의 마법사이시군요."

어둠에 가려져 있던 그의 모습이 조금씩 보이기 시작했다.

조금은 짙은 갈색의 피부를 보이고 있는 그는 날카로운 눈과 긴 귀를 가지고 있는 엘프의 반대 속성을 가지고 있는 다크 엘프였다.

"다크 엘프였군. 크샤스의 부하인가?"

루드웨어의 말을 들은 그는 상당히 기분이 나빠졌는지 얼굴을 일그러뜨리고는 손을 내저으며 말했다.

"어떻게 저를 그런 천한 인간의 부하로 볼 수 있습니까. 너무하시는군요."

"그럼 누구지?"

"글쎄요? 잘 모르겠군요."

그는 미소를 지으며 이야기하고는 제일 앞에 있는 트롤의 어깨 위로 가볍게 뛰어 올라갔다.

"이번에 저희가 온 것은 당신들과는 상관이 없습니다. 이곳의 주인인 크샤스와 연관이 있는 일이지요."

"흥! 이 정도의 숫자의 트롤을 이끌고 왔다면 전쟁이라도 할 셈인가?"

"글쎄요? 하지만 위의 분들은 전쟁을 감수하고 있지요."

"위의 분들?"

"거기까지. 더 이상은 말씀드릴 수가 없군요."

다크 엘프는 트롤들을 조종해 왕궁 쪽으로 군대를 움직이기 시작했다.

"루드웨어, 저 녀석들이 혹시……."

"누구인지 모르겠지만 크샤스를 무너뜨리려 하는 자들이 있군. 아마 이곳은 저 트롤 군단에 의해서 사라지겠지."

그 말에 아이샤가 말도 안 된다는 듯이 루드웨어를 보며 소리쳤다.

"그것을 알고도 그들을 그냥 보내줬단 말이야? 이대로 가다간 이곳의 사람들이 죽는단 말이야!"

"저들을 죽인다고 해도 끝나는 게 아니야. 아마 이번에 온 자들은 그 시작에 불과할 거야."

"시작?"

"그래. 대전쟁의 시작."

이윽고 트롤이 사라진 쪽에서 사람들이 비명이 터져 나오고 불길이 솟아오르기 시작했다. 트롤들의 대학살이 시작된 것이다.

그것을 들은 아이샤는 더 이상 참을 수 없다는 듯이 그곳으로 뛰어가기 시작했다.

"저들을 죽여도 소용없다고 해도 전 사람들의 죽음을 보고 가만히 있을 수 없어요!"

아이샤는 그렇게 말하고는 사라졌다. 아이샤를 보고 있던 로노와르는 루드웨어를 보며 말했다.

"아이샤를 그냥 보낼 거야? 저러다 죽으면 어떡하려고?"

"그녀 정도의 실력이라면 죽지는 않을 거야. 로노와르, 넌 폴리모프를 풀고 아이샤를 도와라. 난 어디 좀 다녀올 테니."

그 말에 로노와르는 고개를 끄덕이며 말했다.

"알았어. 하지만 그리 오래 버티진 못할 거야. 빨리 오라고."

"응."

로노와르는 폴리모프를 풀고는 아이샤가 사라진 쪽으로 날아갔다. 두 사람이 사라지자 루드웨어는 하늘을 보며 한탄 같은 말을 내뱉었다.

"라스타여, 왜 더 이상 참지 못하는 겁니까."

로노와르는 이들이 나타나는 이유를 모두 알고 있는 듯한 소리를 내뱉고는 디멘전 패스의 주문을 외웠다.

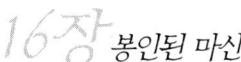

16장 봉인된 마신

마계의 마궁. 궁극의 마신 크레이져가 머물던 성으로 거대한 마계의 중심부에 위치해 있는 곳이다.

현재 그 성의 주인은 크레이져의 뒤를 이은 마신 라스타였다.

거대한 의자에는 보통의 인간보다 몇 배는 거대한 몸집을 하고 있는 이가 앉아 있었는데, 강대한 마력을 뿜고 있는 그가 바로 전 마계의 주인이라고 할 수 있는 마신 라스타였다.

마신 라스타 옆에는 그의 오른팔로 알려져 있는 암흑 신관 유리마가 서 있었고, 그 밑으로 여덟 명의 상위 마족들이 양쪽에 시립하고 있었다.

검은색의 카펫 가운데에는 상위 마족으로 보이는 마족 기사가 붉은색의 플레이트 메일을 입고 라스타에게 예를 표하고 있었는데, 어느 순간 그의 뒤로 검은 안개가 형성되며 한 사람의 모습이 드러났다.

예를 표시하고 있던 마족은 놀라 검을 뽑고 그를 공격하려고 했지만, 어느 순간 몸이 마비되는 것을 느끼며 들고 있던 검을 놓치고 말았다.

갑작스런 현상에 놀란 그들은 어쩔 줄 모르고 있었다.

"뭐지?"

"하베드 장군, 그는 라스타님께서 기다리고 계시던 분입니다."

당황하는 하베드 장군에게 그 정체를 가르쳐 준 사람은 바로 암흑 신관 유리마였다.

유리마는 성안으로 난입한 불청객이 마신 라스타가 기다리고 있던 인물이라는 것을 알고는 하베드라 불리는 상위 마족의 몸을 순식간에 마비시켜 버린 것이다.

상위 마족인 자신을 눈 깜짝할 새에 마비시킨 유리마를 보며 하베드는 두려움을 느껴야 했다. 광대한 마력을 가진 상위 마족을 마법으로 마비시킨다는 것은 웬만한 능력이 아니고서는 거의 불가능했기 때문이다.

유리마가 마법을 풀자 마비에서 풀려난 하베드는 라스타에게 예를 표한 후 옆으로 가 시립했다.

검은 안개에서 나온 인물은 라스타에게 가 정중하게 예를 표했는데, 그는 다름 아닌 사이온 항구에 출현한 트롤을 보며 한탄을 내뱉던 루드웨어였다.

"마계의 지배자이신 라스타님께 인사드립니다."

루드웨어의 인사를 가벼운 손짓으로 받은 라스타는 그를 보며 말했다.

"마계에는 그다지 오고 싶지 않았을 텐데?"

"물론입니다. 인간의 몸으로 살기에는 별로 좋지 않은 곳이니까요."

"그래, 무슨 일로 왔는가?"

"아시리라 믿습니다."

루드웨어의 말에 잠시 침묵이 흘렀는데 그것을 보고 있던 유리마가 입을 열었다.

"더 이상 기다리는 것은 무리한 일이었다. 계속 시간을 보냈다가는 무슨 일이 벌어지는지 정도는 루드웨어, 너 역시 잘 알고 있을 텐데?"

"하지만 마계의 군대를 직접 보내는 것보다는 무리하지 않다고 본다, 유리마. 그 일을 루덴스에게 맡기지 못했던가?"

루드웨어의 말에 그는 고개를 저으며 말했다.

"라스타님의 대리자 신분을 받았다고는 하지만 그 역시 한때 인간이었던 자. 냉혹해지지 못한 그로서는 무리한 일이다. 이미 크샤스는 파멸의 문을 열고 있다."

"파멸의 문……."

"인간계가 파멸한다면 인간은 물론 마족 역시 그 터전을 잃을 수밖에 없다는 것을 잘 알고 있는 네 녀석이 아닌가. 가뜩이나 신성한 기운에 오염당한 마계는 조금씩 멸망해 가고 있다. 이제 마족들이 살 수 있는 곳은 단 하나 인간계뿐인데, 어떻게 크샤스가 하는 대로 내버려둘 수가 있단 말인가."

그 말에 루드웨어는 더 이상 할 말이 없었다. 하지만 크샤스란 자의 야망 때문에 무의미하게 사람이 죽는 것을 볼 수는 없었다.

"한 달의 시간을 저에게 주신다면 크샤스가 하려는 일을 막아보겠습니다."

루드웨어는 라스타에게 정중한 목소리로 부탁했다.

"말도 안 되는 소리. 그것이 실패했을 때의 결과를 잘 알지 않느냐. 넌 네가 살리려 하는 자보다 더 많은 사람을 죽여야 한다는 것을 모르는가? 마족의 생도 중요하지만 지상계의 인간조차 아끼는 것은 라스타님 역시 마찬가지다. 인간이 없는 지상계는 더 이상 지상계로서 존재할 수 없으니까. 이것은 인간들을 위한 전쟁이기도 하다."

"너의 말이 틀리다고 할 순 없다. 하지만 마계의 대군이 몰려와 크샤스의 야망을 막는다면 마족은 더 이상 지상계에서 살아갈 수 없게 될 것이다. 세계를 구하기 위함이지만 인간들은 그렇게 생각하지 않을 것이 분명하다. 한 나라를 파멸시킨 마족을 인간들이 받아줄 것이라 생각하는가? 아마 그것에 두려움을 느끼는 세계의 모든 나라가 힘을 합쳐 마령을 공격하게 되겠지. 유리마, 넌 이것을 바라는가?"

"마족의 군대가 크샤스의 야망을 막지 않고 네 녀석이 일을 잘 처리한다 해도, 네가 말하는 일은 마령이 존재하는 한 생겨날 것이다. 우린 잠시의 시간이라도 더 늘려야 하기에 이런 일을 벌이는 것이다. 지금의 크샤스를 막지 않으면 네가 말하는 죽음의 시간은 더욱 빨리 다가올 것이다."

루드웨어가 반박하려고 하자 라스타는 더 이상의 설전을 듣고 싶지 않은지 손을 들어 그의 말을 막았다.

한참을 생각에 잠겨 있던 마신 라스타는 날카로운 눈으로 루드웨어를 노려보며 말했다.

"인간이여! 자네에게 묻겠다. 그 손으로 크샤스의 음모를 막을 수 있는가?"

"인간의 일은 인간의 손으로 해결해야 할 일. 마족의 힘으로 그것을 막는다고 해도 세계의 멸망은 멈추지 않으리라 봅니다."

루드웨어의 말에 라스타는 고개를 끄덕이며 말했다.

"좋다. 네가 말한 대로 한 달의 시간을 주겠다. 하지만 자네의 손으로 크샤스의 음모를 막지 못했을 때는 크샤스의 음모가 아닌 마계의 마족들에 의해 지상계는 소멸할 수밖에 없음을 명심해라."

"감사합니다."

그 말과 함께 루덴스의 몸은 다시 검은 안개에 감싸여 사라져 갔다.

유리마는 라스타에게 무엇인가를 말하려고 했지만 라스타는 그의 말을 막으며 말했다.

"그의 말대로다. 인간들의 일은 인간의 힘으로 해결해야 할 일이다."

라스타의 결정은 숭고한 것. 마족의 일 인으로서 라스타의 결정에 더 이상의 불만을 품을 순 없었다.

사이온 항구의 도시는 트롤 군대에 의해 파괴되고 있었다. 마계에서 파견된 트롤은 지상계의 트롤보다 몇 배의 힘을 가지고 있었기에, 싸움다운 싸움을 해보지 못한 사이온 항구의 경비대들은 간신히 트롤의 군대와 대적을 하고 있을 뿐 수백 마리의 트롤을 막아내기에는 역부족이었다.

트롤들은 파괴 행위를 계속하며 사이온 항을 파괴해 나갔다. 이런 식으로 진행된다면 십여 일 내에 왕궁까지 밀고 들어올 기세였다.

아이샤는 트롤들의 파괴 행위를 막으며 사람들을 피신시키고 있었고, 로노와르는 한 떼의 무리에게 브레스를 내뿜고 있었지만 다크 엘프의 마법으로 거의 무산되다시피 하고 있었다.

"더 이상 저희들을 방해한다면 루드웨어님의 일행이라고 해도 용서할 수 없습니다."

다크 엘프는 로노와르가 뿜고 있는 브레스를 실드로 막으며 말했다.

"더 이상의 파괴 행위는 용서할 수 없다. 다크 엘프여, 물러나라."

"홍! 고작해야 해츨링의 힘으로 저희를 막을 수 있다고 생각합니까!"

브레스의 기운이 사라지자 다크 엘프는 실드를 없애고는 수십 개의 파이어 볼을 만들어내어 로노와르를 공격하기 시작했다.

몇 개의 파이어 볼은 피할 수 있었지만 연이어 날아오는 것은 피하지 못하고 적중당해 로노와르는 불길과 함께 땅으로 떨어졌다.

그것을 본 아이샤는 급히 정화력을 사용하여 불길을 꺼뜨린 후, 큰 상처를 입은 로노와르를 치유하기 시작했다.

"죄송하지만 여기서 사라져 주셔야겠습니다. 더 이상의 방해는 용서할 수 없으니까요."

그 말과 함께 다크 엘프는 로노와르들을 향해 다시 파이어 볼 주문을 외웠다.

마력이 형성되며 수십 개의 파이어 볼이 만들어지더니 그들을 향해 날아왔다. 급히 사이야가 실드를 형성시키기는 했지만, 아무래도 다크 엘프의 파이어 볼을 막기에는 불가능하게 보였다.

"제길!"

아이샤는 죽음을 느끼고 눈을 감을 수밖에 없었는데, 그때 엄청난 빛의 보호막이 그들의 몸을 감싸더니 다크 엘프의 파이어 볼을 튕겨냈다.

"누구냐!"

자신의 파이어 볼을 튕겨낸 자가 만만치 않은 자임을 느낀 다크 엘프는 보호막이 만들어진 마력의 근원지 쪽을 보며 소리쳤다.

"라스타님의 허락을 받아냈다. 다크 엘프여, 마계로 돌아가라!"

다크 엘프는 그 목소리의 주인을 알 수 있었다. 아이샤들을 보호한 실드가 바로 루드웨어의 것임을 안 다크 엘프는 일이 틀어졌음을 알 수 있었다.

모습을 드러낸 루드웨어는 천천히 걸어가며 말했다.

"한 달의 시간을 받았다. 돌아가라."

그 말에 다크 엘프는 할 수 없다는 듯한 표정으로 고개를 젓더니 말했다.

"루드웨어님이 거짓말을 하실 리는 없고… 라스타님께서 그런 결정을 하실 줄은 몰랐군요. 좋습니다."

그렇게 말한 다크 엘프가 휘파람을 불자 트롤들이 파괴 행위를 멈추더니 모여들기 시작했다.

"일종의 경고 정도로 이곳을 파괴하려고 했더니 그것마저 막는군요. 그럼 한 달 뒤에 보도록 할까요?"

그는 아쉽다는 표정으로 말하고는 주문을 외워 검은 안개로 트롤 군대를 감싸더니, 순식간에 수백 마리의 트롤들이 사이온 항구에서 사라졌다.

사이야의 치료 주문으로 어느 정도 상처가 아문 로노와르는 사이야와 함께 루드웨어에게 다가와 물었다.

"도대체 무슨 일이지? 라스타에게 허락을 받았다는 건 뭐고 한 달의 시간이란 건 또 뭐야?"

루드웨어는 로노와르와 아이샤의 표정을 보고 말해 줘야 되겠다고 생각했다.

"좋아, 얘기해 주지. 장소를 옮길까?"

루드웨어는 텔레포트 주문을 외워 도시의 한적한 곳으로 자리를 옮겼다.

"어차피 너희들의 도움도 필요해. 로노와르, 내가 왜 너를 이런 곳들로 데리고 다니는지 알겠니? 해츨링을 밖으로 데리고 다니는 것은 안 된다는 것을 알면서도 말이야."

"그야… 잘 모르겠어. 맨 처음에는 성체가 된 나와 진짜 결혼하려 하는 것으로 알고 있었지. 하지만 겨우 2, 3년 정도만 기다리면 되는데 왜 굳이 이렇게 서두르나 하고 이상하게 생각했을 뿐이야."

그 말에 루드웨어는 고개를 끄덕이며 말했다.

"그렇지. 네 녀석이 성체가 되는 것뿐이라면 2, 3년 정도를 기다려도 상관이 없지. 하지만 일은 그렇게 쉽게 돌아가지 않더군. 내가 로아냐드 황성의 궁정 마법사라는 편안한 자리를 버리고 너에게 올 수밖에 없었던 이유는 너의 힘이 반드시 필요했기 때문이야."

"나의 힘?"

"현재 크샤스는 드래곤 하트를 모으고 있어. 그 때문에 네가 아는 것처럼 아크라시마를 죽인 거지. 아마 그 후에도 여러 드래곤들이 영문도 모른 채 죽었을 거야."

"뭐?!"

로노와르는 루드웨어의 말에 놀라지 않을 수 없었다.

"크샤스는 자신의 생각을 세계에 펼치려고 했지만 불가능했지. 힘이 모자랐던 거야. 그 때문에 그는 강대한 힘을 필요로 했고, 그런 생각으로 절대로 손을 대지 말아야 할 힘에 손을 대고 말았다."

그의 말에 가만히 있던 아이샤가 입을 열었다.

"궁극의 마신 크레이져의 힘 말입니까?"

아이샤는 루드웨어가 말하려고 있는 바를 짐작하고 있었다.

"사실 제가 신전에서 나온 것도 엄청난 어둠의 힘을 누군가 개방하고 있다고 느꼈기 때문이죠. 대신관님은 그것을 확인하라고 여행을 보냈고, 그 와중에 전 당신을 만난 겁니다. 당신 정도의 실력이라면 충분히 그런 낌새를 알아챘다고 생각하여 지금까지 당신을 따라다니고 있었던 거죠."

"그래. 크샤스는 드래곤 하트로 궁극의 마신 크레이져를 깨우려 하고 있지. 아니, 깨운다기보다 그 힘만을 얻으려 하고 있어."

"궁극의 마신을 깨우지 않고 힘만을 얻으려 한다고?"

로노와르의 말에 루드웨어는 고개를 끄덕이며 말했다.

"그렇지. 하지만 궁극의 마신의 힘은 천신 레이뮤의 힘에 버금간다. 그것은 절대 인간이 가질 수 있는 힘이 아니며, 또한 조절할 수 있는 힘이 아니야. 그리고 성공했다 해도 문제가 생기는데 그것은 크샤스가 궁극의 마신의 힘을 얻는다면 그것은 절대악을 지닌 마족의 각성을 뜻한다."

"절대악을 지닌 마족의 각성?"

"그래. 과거 궁극의 마신 크레이져가 봉인당하기 전 마계의 마족들은 철저한 파괴 본능만을 가지고 있었다. 그렇기 때문에 사람들은 마족들을 두려워했고 마족들을 없애기 위해 천신에게 동조한 것이지. 하지만 크레이져가 봉인당한 후 그 철저한 파괴 본능은 사라졌고 마족들은 인간들과 어울려 살 수 있게 되었지. 만약 크레이져의 힘이 되살아난다면 마족들은 다시 철저한 파괴 본능이 되살아나 인간계에서 대살육을 벌이게 된다."

그의 말에 아이샤와 로노와르는 할 말을 잃고 말았다. 단순한 트롤 군대만으로도 그 무서움을 느낄 수 있었던 그들이었기에 마족의 군대가 인간들을 살육한다면 그것이 어떤 결과를 가져올 것인가를 알 수 있었기 때문이다.

"그것 말고도 다른 한 가지의 이유는 세계의 균형에 있다."

"세계의 균형?"

"신마전쟁 당시 천신 레이뮤와 마신 크레이져의 힘은 같다고 할 수 있었다. 그대로 진행되었다면 수십만 년 간 두 신은 싸웠을 것이다. 하지만 그것은 고오크 족 중 한 명인 콜리드에 의해 무너지면서 레이뮤는 크레이져를 봉인할 수 있었지. 내가 말하는 문제는 여기에 있다. 봉인의 과정에서 천신 레이뮤가 소멸되었다는 것에 말이야."

아이샤는 그 말을 듣고는 놀란 입을 다물 수가 없었다. 루드웨어가 말하고 있는 것은 현재 지상계에는 알려지지 않는 천계의 비화였기 때문이다.

"천신 레이뮤님의 강림이 수백 년 동안 없어 이상하다고 생각했지만… 설마……."

"소멸당하신 거지. 이때 크레이져가 봉인에서 풀려난다면 그것은 두 세계의 힘의 천칭이 기울어지고 말아. 바로 세계의 균형이 무너지는 것이지. 신계는 물론 인간들이 살고 있는 지상계까지 말이야."

"그런 일이!"

"현재의 마신 라스타는 그것을 두려워하고 있다. 마계는 천신 레이뮤의 힘에 멸망의 기로에 다가서고 있다. 오로지 그들이 살 수 있는 곳은 지상계뿐이지. 하지만 이런 이유들로 파괴 본능이 되살아나 인간계를 파괴한다면 마족들은 영원히 살 수 있는 땅을 잃게 되지. 물론 그전에 인간들은 마족에 의해 멸망한 후겠지만."

"그럴 수가……."

"또 크샤스가 온전히 크레이져의 힘을 컨트롤한다고 해도 절대악의 힘은 크샤스 역시 절대악의 존재로 바꾸어놓는다. 절대악의 존재는 천신의 힘과 상반된 존재. 그는 인간은 물론 신계까지 자신의 손아귀에 넣으려 하겠지. 이것은 그가 꿈꾸고 있는 사상과는 반대가 되는 일이다."

아이샤는 아직 궁금증이 사라지지 않았다는 얼굴을 하면서 루드웨어에게 물었다.

"마신이 보낸 군대를 거부하는 이유는 뭐야?"

"북극의 땅은 크레이져의 봉인 지역이다. 이곳에 마계의 마족들마저 통솔할 수 없는 마족들이 많이 서식하고 있는 이유는 바로 크레이져의 봉인지에서 흐르는 마의 기운 때문이지. 만약 이곳에서의 마족들이 대량으로 인간들을 살육한다면 그 한과 파괴 본능은 모두 크레이져에게 흡수된다. 그만큼 봉인 해제의 힘이 늘어난다는 거지. 그렇기 때문에 이 일은 마족들의 힘이 아닌 인간들의 힘으로써만 이루어져야 한다는 거야."

"왜 크샤스는 자신이 마인이 될 것을 감수하고 크레이져의 힘을 얻으려 하는 거지?"

아이샤의 말에 루드웨어는 안타깝다는 표정을 짓고는 말했다.

"힘에 눈이 멀었다고나 할까? 그의 과거사에 무슨 일이 있었는지는 모르지만, 그는 현 세계에 대해 상당한 불만을 가지고 있는 것 같다.

아마 그것을 움직일 수 있는 힘이 없었기에 이런 생각을 하게 된 것이겠지."

루드웨어의 이야기를 한참을 듣고 있던 로노와르는 무슨 생각이 났는지 머리를 잠시 두들기고는 말했다.

"그건 그렇고, 왜 나의 힘이 필요한 거야?"

"아! 말해 주지. 로노와르, 너의 힘이 필요한 건 봉인 해제의 힘의 흡수에 있다."

"힘의 흡수?"

"그래. 봉인에 쓰이는 강력한 마나의 원천이 되는 매개체의 힘을 네가 흡수해야 한다는 거지. 보통의 성체 드래곤으로서는 불가능하지만 해츨링은 아직 불완전의 존재. 모든 드래곤 중에서 너만이 봉인 해제에 쓰이는 힘을 흡수할 수 있다. 이해되니?"

"조금. 그런데 그 힘이 뭔데?"

로노와르의 물음에 루드웨어는 잠시 말을 끊고는 고개를 저었다.

"아직은 말해 줄 수 없지만 언제가는 말해 줄게. 조금만 기다려 주라."

시스 일행은 자신들을 고용한 북극령의 왕 크샤스가 한 의뢰대로 드래곤을 잡고 있었다.

로나냐드 북부의 산맥 카이도스의 중턱에 위치한 레어에 사는 실버 드래곤 아키라스는 침입자들에게 별로 관심이 없었다. 레어 밖의 마법 트랩으로 충분히 처리될 수 있다고 믿었다. 그런데 예상외로 그들 중에 꽤 고서클의 마도사가 있었는지 마법 트랩은 모두 해제되었고, 근처에 있던 마물들도 순식간에 당해 버렸던 것이다.

그들이 레어 안으로 들어오자 상대하기 만만찮은 인물들이 찾아왔다는 것을 느낀 아키라스의 얼굴은 찌푸려지지 않을 수 없었다. 몸에서 느껴지는 그들의 힘은 결코 자신의 아래가 아니라는 것을 알 수 있었기에 그는 긴장하지 않을 수 없었다.

"어리석은 인간들! 감히 나의 레어에 침입하다니!!"

"헹! 어리석은 인간이라… 그런 어리석은 인간들에게 목이 달아나는 네 녀석들은 도대체 뭐냐?"

아키라스는 그의 말에 퍼뜩 하나둘씩 모습을 감추고 있는 다른 드래곤들이 생각났다.

"설마 요즘에 일족이 사라진 것은 모두 너희들이 짓이었냐!"

"하하하! 역시 혼자 사는 녀석들답게 소식이 조금 늦군."

"이 녀석들!"

아키라스는 자신을 비웃는 그들을 보며 노기를 치솟아올라 자신의 강력한 무기 중 하나인 브레스를 뿜었다.

"매직 실드!"

라디안은 그사이에 조금 더 실력이 늘었는지 자신있게 준비해 둔 것을 실행했다. 실버 드래곤의 브레스를 순식간에 실드로 막은 라디안은 시스에게 공격할 기회를 만들어주었다.

"브레스가 약해졌다! 파르가! 크레이드!"

시스의 외침과 함께 파르가와 크레이드가 뛰어나가 실버 드래곤의 다리를 공격했다. 이미 많은 드래곤들을 상대해 왔던 두 사람은 시스의 지시를 정확하게 따르며 실버 드래곤 아키라스를 효과적으로 제압하고 있었다.

"쿠아악!"

다리를 베여 움직임이 봉쇄되어 버린 아키라스는 마지막 이동 수단인 날개를 이용하여 강풍을 만들어 그들을 단숨에 날려 버리려고 했지만, 그 사이에 이미 시스의 몸은 날아올라 실버 드래곤의 머리 위에 나타나 있었다.

"마지막이다!"

시스는 크게 소리를 지르며 할버드를 내려쳤고, 실버 드래곤 아키라스는 외마디 비명도 지르지 못한 채 목이 날아가 땅바닥에 떨어지고 말았다.

"휴……."

그제야 라디안은 실드를 해제하고 안도의 숨을 내쉴 수 있었다.

"이것도 하다 보니까 좀 느는군. 시안, 뭐 해!"

파르가의 말에 시안이 투덜거리며 나타났다.

"알았어, 알았다고. 어디 좋은 아이템이라도 없나?"

여기저기 살펴보고 있는 시안의 뒤를 크레이드는 언제나 그랬듯이 살금살금 쫓아갔는데, 역시 얼마 지나지 않아 여지없이 짝— 하는 소리와 함께 크레이드의 볼이 붉어져 나타났다.

"진전이 없구나, 진전이."

"아! 시안은 언제쯤 나의 마음을 알아줄 것인가!"

한탄하던 크레이드는 드래곤의 머리 위에 올라가 앉았다.

"그나저나 크샤스 폐하는 왜 드래곤을 잡아오라는 거지? 벌써 일곱 마리째잖아."

"모르지. 주군의 마음을 이 어리석은 신하들이 알기나 하겠냐?"

크레이드의 중얼거림에 파르가는 한 방 쏘아주고는 라디안을 보며 물었다.

"라디안, 넌 뭐 좀 알겠냐? 아무래도 본 드래곤 군대라도 만들 모양이지?"

"설마요? 본 드래곤을 만들려면 실력있는 네크로멘서 수십 명은 필요한데, 네크로멘서는 그 자체가 길드 조약 위반이기 때문에 본 드래곤이 나타나면 대륙 마법 길드를 적으로 돌려 버리는 일이 되는 거라고요. 또 그게 아니더라도 대륙에는 네크로멘서가 수십 명이나 있지도 않다고요. 많아야 열 명 내외라고 보고 있거든요."

"그렇지. 또 본 드래곤을 만들었다가 드래곤들의 군대에 습격당하기나 하겠지. 우리가 사냥하는 것은 무시한다고는 해도 본 드래곤이라면 사정이 다를 거야. 용들은 죽으면 정령계로 간다고 믿는데, 본 드래곤이 되는 것은 그것을 방해하는 일. 아마 동족의 죽음에 신경 안 쓰는 녀석들이라고 해도 가장 싫어하는 상황이니 가만히 있진 않겠지."

"그렇죠. 죽으면 정령의 문으로 간다고 믿고 있는데 본 드래곤은 그런 드래곤의 안식을 파괴하는 거니까요."

"그럼 뭐지? 아무 짝에도 쓸모없는 거잖아."

"글쎄요. 드래곤 본이나 비늘을 이용하여 드래곤 슬레이어나 갑옷을 만드는 것도 아니라면 아미 무슨 제의 의식을 행할 것 같은데요?"

"제의 의식?"

"예. 드래곤 하트는 강대한 마력을 저장하고 있는 저장고와 같은 것이라서요. 봉인되어진 고대의 존재를 깨우려면 드래곤 하트 정도의 힘이 필요하죠."

라디안의 말에 시스가 다가와 물었다.

"봉인되어진 고대의 존재? 세상에 그런 존재가 있기나 하냐?"

"글쎄요. 저 역시 봉인되어진 존재에 대해선 잘 알지 못하지만요, 몇 개 정도는 알고 있죠."

"몇 개?"

"예. 불, 바람, 물, 대지의 4원소의 신검 역시 봉인되어진 존재이고, 더 무시무시한 존재 중에는 궁극의 마신 크레이져가 있죠."

"궁극의 마신 크레이져라… 그들 중에서 여러 개의 드래곤 하트로 풀 수 있는 봉인 존재는 어떤 게 있을까?"

그들의 말에 궁금증을 느낀 시안이 와서 묻자 라디안은 한참을 생각하더니 말했다.

"4원소의 신검이야 선택된 자가 아니면 풀 수 없고, 또 그 장소도 모르니 드래곤 하트로 풀 수 있는 존재라면, 고대 마도 왕국을 멸망시킨 어둠의 왕이라 불린 헤키도스하고, 역시 고대왕국의 대마법사 시오드라드, 마계의 일급 신인 궁극의 마신 크레이져 정도지요."

"앞에 두 녀석은 모르겠지만 크레이져를 깨웠다간 인간계가 멸망하는 거 아니야?"

"절대악의 존재이니 천신 레이뮤님이 상대해 주시지 않고 확실히 깨우면 멸망한다고 봐야죠."

"뭐, 안 좋은 일을 꾸미는 것 같은 느낌이 드는데?"

시안의 말에 시스가 다가와서 말했다.

"새삼 우리가 걱정할 것도 아니야. 크샤스가 알아서 처리하겠지."

"어머! 주군의 이름을 그렇게 함부로 불러도 돼요?"

"어때, 듣는 것도 아닌데. 어차피 우리들은 돈 받고 고용된 놈들 아니겠어? 보아하니 우리들이 죽는 것도 별로 아깝지 않다고 생각하는 것 같던데. 아니지, 죽으며 더 좋아할 것 같아. 돈 안 줘도 되니까."

시스의 말에 라디안이 얼굴이 붉어지면서 말했다.

"크샤스님을 그렇게 말하지 마십시오."

"아! 라디안은 오호사의 일원이었지? 떠돌아다니는 용병인 우리와는 조금 다르군. 그건 그렇고, 오호사들은 어떻게 모인 거냐?"

시스의 물음에 라디안은 잘 모르겠다는 얼굴로 말했다.

"글쎄요. 어느 사이엔가 간부급 다섯 명이 모여서 만들어진 것 같아요. 저 역시 크샤스님의 밑으로 들어갈 생각은 없었는데 마법의 탑에서 엘레이나 누나가 와서 재밌는 일이 있으니 오라고 해서 간 거거든요."

"재밌는 일?"

"예. 사실 그때까지 마법의 탑에서 지루하게 보냈었거든요. 장로님들 시중드는 것도 지겨웠었는데, 엘레이나 누나가 부르니 그냥 간 거죠. 하지만 드래곤 슬레이어나 할 거라면 오지 않았을 거예요. 생물을 죽인다는 것은 별로 내키는 일이 아니니까요."

"어쨌든 아는 누나라서 벗어나지도 못하겠구나."

"엘레이나 누나는 제가 어렸을 때부터 친누나처럼 친했던 사람이라 부탁을 거절하기가 조금 어렵거든요."

"그나저나 오호사의 힘이 모이면 크레이져의 봉인을 푸는 것도 별 문제는 되지 않겠네?"

시안의 말에 라디안은 고개를 끄덕이며 말했다.

"마력 운용에서 문제가 있긴 하지만 드래곤 하트가 있다면 문제는 없겠죠."

라디안의 말을 듣고 시스는 한참을 생각하다 물었다.

"루드웨어란 마법사가 있다면?"

"드래곤 하트 정도는 없어도 가능하지 않을까요? 10서클의 마도사라면 마력 또한 엄청날 테니까요. 어차피 오호사의 고위 마법사들이 모여 드래곤 하트를 움직인다고 해도 30% 정도의 힘을 쓴다면 잘 쓴다고 할 수 있지만, 그 사람 정도의 능력이라면 드래곤 하트의 힘을 100% 모두 사용할 수 있을 테니까요."

"그렇게 강하냐?"

파르가가 놀라며 묻자 라디안은 고개를 끄덕였다.

"에이션트 드래곤이라 해도 마법으로는 9서클 마스터 이상의 힘은 내지 못할 정도니까요. 그 사람은 이미 드래곤의 경지를 넘어선 마법을 지녔다고 할까요."

"뭐야! 인간이 아니잖아!"

"누나의 말을 듣는다면 자칭 드래곤의 마법사라니까요. 그 정도의 힘을 지니고 있으니 드래곤의 마법사라고 할 수 있겠죠. 그가 마음먹는다면 혼자의 힘으로도 아마 대륙에 이름있는 왕국 정도는 세울 수 있지 않을까 생각해요."

"재밌군. 그건 그렇고 요즘 오호사 소속의 마법사들이 바쁘게 움직인다며?"

"예. 칠인회와 직접적으로 마찰이 있었으니까요."

"칠인회?"

"예. 대륙 마법 길드에 이어 두 번째로 큰 마법 단체라고 할 수 있죠. 물론 대륙 마법 길드가 단체의 성격을 띠고 있지 않으니 칠인회가 최강이라고 할 수 있지만 말이에요. 아마 저희들이 잡은 드래곤의 사체를 처리하는 도중에 마찰이 있었던가 봐요."

"그래? 오호사도 바쁘겠네?"

"최대한 칠인회와의 마찰이 없도록 노력은 하고 있지만 잘 되지는 않는 것 같아요. 칠인회 측에서는 아마 회주의 지시가 있어서 오호사의 활동을 직접적으로 방해하고 있으니까요."

라디안이 다른 사람들의 질문을 열심히 받아주며 도란도란 대화를 나누고 있을 때, 갑자기 레어의 문 쪽에서 박수 소리가 들려왔다.

"누구냐!"

시스의 일행들은 박수 소리에 놀라 병기를 손에 들고는 소리가 들린 쪽으로 몸을 돌렸는데, 어느 사이엔가 박수 소리의 주인은 그들의 뒤쪽으로 와서 말하고 있었다.

"당신들의 이야기 잘 들었습니다."

시스들은 눈치 채지 못할 정도의 빠른 움직임에 놀라지 않을 수 없었다.

그들의 뒤쪽에 나타난 인물은 후드를 둘러쓰고 긴 마법 지팡이를 들고 있는 마법사였는데 로브에는 일곱 개의 무화과 잎이 수놓아져 있었다. 그것을 본 라디안은 놀라서 입을 다물 수가 없었다.

"치, 칠인회?"

라디안의 말에 그는 크게 웃으며 말했다.

"하하하! 칠인회의 표식을 알아보는 사람이 있었군요. 그렇다면 상당히 능력있는 마법사이실 테니, 음… 어린 나이에 능력 좋은 마법사라면 오호사의 간부 중 한 사람인 라디안 군이겠군요?"

그의 말에 라디안은 고개를 끄덕였다.

"여러분께 소개하지요. 전 칠인회의 대외 대리인 레드론이라고 합니다."

"대외 대리인? 설마 당신이 8서클의 마스터라 알려진 사람인가요?"

그 말에 그는 고개를 끄덕이며 말했다.

"예. 물론 일곱 회주님에 비하면 아직은 약한 존재라고 할 수 있지만, 대륙에서는 저의 이름이 조금은 알려져 있더군요."

"무슨 일이지?"

시스가 그의 목에 할버드를 들이대며 묻자 무섭다는 표정을 지으며 그는 사방으로 손을 내저으며 말했다.

"아! 싸우려고 온 것은 아닙니다. 다만 회주님의 지시로 당신들의 작업을 멈추어주었으면 해서 왔지요."

"작업을 멈추어달라고?"

말도 안 되는 소리라고 생각한 시스는 그를 보며 날카로운 목소리로 되물었다. 하지만 할버드를 목에 대고 있음에도 할 말은 해야 하는지 레드론은 다시 그에게 말했다.

"예. 당신들은 지금 당신들이 하는 작업이 무엇을 위한 것인지 알고 있습니까?"

"글쎄, 우리는 위에서 하라는 대로 움직이는 사람들이니 알 수는 없지."

그 말에 그는 박수를 치며 말했다.

"하하하, 정답이군요."

그 말과 함께 그는 마법 지팡이를 들어 주문을 외우기 시작했다. 시스는 그것에 놀라 할버드로 그의 목을 베어버리려고 하자, 그 모습에 놀란 라디안이 그들을 막으며 말했다.

"공격 주문이 아닙니다. 우리에게 무엇인가를 보여주려 하는군요."

라디안의 말이 끝남과 동시에 레드론의 주문이 끝났는지 레어 바닥에서 물이 솟아 나오기 시작했다. 얼마 지나지 않아 작은 샘 정도의 크기가 된 물은 뿌옇게 흐려지더니 어느 곳의 영상이 나타나기 시작했다.

"저 사람은?"

안개 속에서 보이는 사람 중 한 명은 오호사의 일 인이자 다섯 명 간부 중 한 명인 기데스였기에 라디안은 놀라 소리쳤다.

기데스는 다른 오호사의 일원들과 십여 명의 마법사들과 함께 거대한 마법진을 형성하고 있었는데 마법진의 그려진 룬어와 마법 공식을 한참 생각해 보던 라디안은 크게 놀라지 않을 수 없었다.

"라디안 군, 당신이라면 저 마법진이 무엇을 뜻하는지 알고 계시겠죠?"

"부활의 마법진이군요. 그것도 거대한 존재의 부활의 의식을 행하려는 마법진이요."

그 말에 레드론은 고개를 끄덕이며 말했다.

"예. 오호사들은 지금 궁극의 마신 크레이져를 부활시키려 하고 있습니다."

그 말을 들은 다른 사람들은 믿을 수가 없었다. 방금 전 라디안에게 들은 이야기를 통하면 크레이져가 부활하면 천신 레이뮤가 막지 않는 한 세계의 멸망은 피할 수 없다고 들었기 때문이다.

"말도 안 돼! 크레이져가 봉인에서 풀린다면 무슨 일이 일어난다는 것은 오호사의 다른 사람들도 알고 있을 텐데?!"

"그러게 말이에요. 하지만 인간의 욕망이란 것은 그런 것을 알면서도 행하게 되는가 봅니다. 무엇인가를 얻으려 뒤조차 돌아보지 않는 것이 욕망이니까요."

그 말에 시스 일행은 용병 생활을 하면서 많이 겪어본 일이었기에 동감이라도 한 듯 고개를 끄덕였다.

"라디안, 너의 생각은 어떠니?"

일행 중에서 정령사인 시안을 제외하고는 마법을 알고 있는 사람은 라디안뿐이었기에 시스는 라디안의 의견을 물어보았다.

"…막아야 한다고 생각합니다. 아무리 주군의 계약을 맺었다고는 하지만 세상을 멸망시킬 수도 있는 일. 대륙에 살고 있는 마법사의 한 사람으로서 그것을 좌시하고 있을 수만은 없으니까요."

그 말에 듣고 있던 레드론은 라디안의 건전한 생각에 박수를 치며 칭찬해 주었다.

"역시 라디안님은 다르시군요. 아직 젊다고 해야 하나? 아무튼 저의 말을 들어주시니 감사할 따름입니다."

시스는 그런 레드론을 노려보며 말했다.

"그 외에 우리들에게 할 말이 있을 것 같은데?"

"아! 예, 루드웨어 공의 일행을 만나보셨겠지요?"

"루드웨어 공? 아, 굉장한 마법사 말이군요."

"예, 굉장하다고 할 수 있지요. 아무튼 그분들을 다시 한 번 만나보시기 바랍니다."

레드론의 말에 시스가 물었다.

"루드웨어란 사람을 아십니까?"

"안다면 안다고 할 수 있지만, 그것보다 조금 다른 면이 있다고 할까요? 뭐랄까, 존경한다고 해야 하나?"

"존경?"

"예. 마법사로서 최초로 10서클에 다다르신 분이니까요. 또 그분에겐 제가 존경할 수밖에 없는 이유가 있지요."

"뭔데요?"

시안이 재밌다는 듯이 레드론의 바라보며 묻자 그는 뒤통수를 긁적이더니 말했다.

"하하하, 어여쁘신 레이디께서 그렇게 물으니 쑥스럽군요. 말씀드리지요. 그분은 현재 대륙에서 가장 강하다고 할 수 있는 마법 조직의 창시자이시니까요."

"예? 설마……?"

라디안이 그 말에 놀라 묻자 그는 자신의 로브에 새겨진 일곱 개의 무화과를 가리키며 말했다.

"거의 알려져 있지 않은 사실을 한 가지 말씀드리자면, 저희 칠인회의 일곱 회주님은 모두 루드웨어님의 제자 분들이지요. 그러니 칠인회 소속인 제가 어찌 존경하지 않을 수 있겠습니까?"

그 말에 시스 일행은 모두 놀라고 말았다. 비밀 속에 감추어져 있는 거대 마법 조직의 수장이 젊은 청년의 모습을 한 루드웨어였다는 것이 믿어지지 않은 것이다.

"말도 안 돼요. 루드웨어 씨의 모습은 이십 대 후반 정도로밖에 보이지 않았는데."

"그분의 겉모습을 보고 판단하는 것은 안 된답니다. 그렇게 보이시긴 하지만 실제 나이는 백 세가 넘으신 분이랍니다."

마력을 통해 젊음을 유지한다는 말은 들었었지만 실제로 본 적은 없었기 때문에 라디안은 좀처럼 레드론의 말을 믿을 수가 없었다.

간단하게 말을 마친 레드론은 다시 감쪽같이 모습을 감추더니 레어의 입구에서 다시 나타났다.

"아무튼 루드웨어 공을 만나보시면 알게 될 테니 전 이만 사라지도록 하지요. 아! 라디안님."

"예?"

"저와 함께 칠인회 중앙 지부로 가주시지 않겠습니까?"

"예? 칠인회 중앙 지부요?"

"예. 사실 요즘엔 능력있는 신진 마법사들이 들어오지 않는 형편이
거든요. 저만 해도 능력없는 놈이라고 요즘에 회주님에게 욕을 듣고
있는 처지라서 말입니다."

"설마요."

라디안은 그의 능력을 알고 있기 때문에 그가 하는 말을 좀처럼 믿
을 수가 없었다.

"뭐, 여기서 9서클을 넘어선다는 것은 거의 불가능하답니다. 물론
회주님 중에서도 9서클을 마스터하신 분은 없으시니까 문제는 없는
데, 그게 다 질의 문제라서요."

"질의 문제요?"

"예. 오호사의 일원 중에 라디안님이 있다는 이야기를 들으시고는
회주님께서 데리고 오라고 성화라서 루드웨어님의 일도 있고 해서 찾
아뵌 겁니다. 앞으로의 일을 처리하기 위해서라도 라디안님의 능력을
조금은 앞당겨서 발전시켜야 한다랄까요."

"아!"

라디안은 마법의 탑에서 마법을 익혔다고는 하지만 뛰어난 스승이
없었기 때문에 거의 독학으로 이 정도의 수준에 올랐다고 할 수 있었다.

그런 그에게 칠인회의 회주 정도의 스승이 있다면 현재의 수준보다
더 높은 마법 수준을 가질 수 있는 기회가 되기 때문에 라디안은 기쁘
지 않을 수 없었다.

"호의에 감사드립니다."

"그럼 전 이만 물러가도록 하지요."

"그럼 잠시 헤어지도록 하죠."

라디안이 말하자 시스는 고개를 끄덕이며 말했다.

"지금보다 더 능력이 좋은 동료를 갖게 되면 우리도 편리하니 보낼 수밖에 없겠군. 라디안, 잘 배우고 오도록 해라."

"예."

레드론과 라디안이 텔레포트를 이용해 사라지자 시스는 시안을 보며 말했다.

"드래곤 사냥은 이제 그만두고 루드웨어란 사람을 찾아야겠군. 다시 북극의 땅으로 갈까?"

"그러지."

"아! 잠깐! 레어에서 보물을 들고 와야 될 거 아니야. 좀 기다려 줘."

"거참, 빨리 챙기라고, 시안!"

돈이 될 만한 물건을 찾기 위해 레어 안으로 몸을 돌리는 시안의 뒤로 시스의 말이 울려 퍼졌다.

17장 라디안의 칠인회 이야기(1)

레드론의 스카웃으로 칠인회에 가입하게 된 라디안은 시스 일행과 잠시 이별하고 레드론의 텔레포트에 이끌려 어디엔가 도착하게 되었다.

사방에 막혀 있는 어두운 방, 인트라비젼(어두운 곳을 볼 수 있는 마법)을 사용하여 주위를 둘러본 라디안은 창문조차 없는지라 조금 답답한 감을 느끼고 있었는데, 레드론은 그런 라디안의 마음을 눈치 챘는지 가볍게 손가락을 마주쳐 소리를 냈고, 그 순간 방은 환한 빛과 함께 사방의 벽에 네모난 창이 생겨났다.

그것을 본 라디안은 놀라지 않을 수 없었다.

레드론이 손가락으로 낸 소리와 함께 마나가 순간적으로 움직이며 라이트(마법 전등) 마법이 발동되어 사방에 창문을 만들어냈기 때문이다.

사방이 막혀 있는 방의 창밖에는 뜨거운 태양이 이글거리는 사막의 모습이 드러나 있었다. 한참을 주시하던 라디안은 뭔가 이상한 것을 느끼게 되었다.

자신이 있는 곳은 작은 방이었는데 그곳에서 사방으로 뚫려 있는 창문으론 사막밖에 보이지 않았다. 그것은 생각해 보면 자신이 있는 이 작은 방은 사막 한가운데 존재하는 것이 되지 않는가?

그것에 대해 라디안은 의문을 버리지 못하고 레드론에게 질문하려는데 레드론은 방 한구석에 있는 양피지 조각 중 하나를 라디안에게 건네주면서 말했다.

"네게 건네준 것은 텔레포트 좌표 계산치다. 바로 칠인회의 각 장소가 있는 공간이지. 칠인회의 전 건물은 비밀을 위해 각 지역에 방 하나만이 존재한다. 즉, 이 사막 지역엔 이 방 하나만이 존재한다는 것이지. 이 방처럼 다른 모든 칠인회의 건물들은 설정되어진 좌표로 텔레포트를 해야만이 갈 수 있다. 단, 주의해야 할 점은 각 지역으로 가기 위해서는 반드시 출발지를 지켜야 한다는 것이지."

"출발지를요?"

"그래. 이곳에서 텔레포트할 수 있는 건물은 칠인회 사무처와 칠인회 대외 섭외부 이 두 곳뿐이다. 나머지 칠인회의 다른 건물은 다른 곳에 있는 출발지를 거쳐야만 갈 수 있는 곳이다. 또 다른 곳의 출발지로 가기 위해선 이곳 제1차 출발지를 거쳐야만 가능하다. 즉, 이곳에서 칠인회 사무처로 가게 되는데, 칠인회 사무처에선 마법사들의 사무처 공간과 함께 제2출발지와 제3출발지로 갈 수 있는 텔레포트 출발 공간이 있지. 어떠냐? 왜 사람들이 칠인회를 비밀의 마법 기구라고 하는지 조금 알겠니?"

레드론의 말에 라디안은 고개를 끄덕였다. 레드론의 말을 비추어본 다면 칠인회의 본부 건물이라는 것은 단 한 개만이 존재하는 것이 아니라 대륙 곳곳에 방이 하나씩 있다는 것을 의미한다. 그 대륙의 모든 건물을 다 합쳐야만이 진정한 칠인회 본부가 탄생하는 것이다. 또 칠인회 본부 건물을 샅샅이 돌아다니기 위해선 매번 하나의 관을 거쳐야 하고 그곳에서 칠인회 회원이란 것을 검사받고 다음 출발지로 가는 것을 허가받아야만 다음 단계의 건물로 향할 수 있는 것이다.

이러한 이동 방법은 상당히 복잡할 수도 있지만, 있을지 모르는 첩자나 적의 공격에서 한 개의 건물이 파괴당한다 해도 그것은 칠인회의 한 부분일 뿐일 테니 전체의 모습이 드러나는 일은 없는 것이다.

"해서 이런 이유로 각 출발지에는 이렇게 통하게 되는 건물의 좌표 계산이 적힌 양피지를 상비해 두고 있는 것이지. 물론 이건 초보 회원을 위한 거고 다른 사람들은 자신들이 자주 다니는 곳의 좌표 계산치는 필수로 가지고 있다."

"그런데 질문이 있는데요, 만약 중간에 있는 출발지가 적에게 들켜 파괴당한다면, 그 출발지에서 갈 수 있는 다른 방은 고립되는 거잖아요?"

"오호, 벌써 거기까지 생각한 거냐? 과연 수재로군. 하지만 꼭 그렇지만은 않단다. 어차피 이렇게 복잡한 방식을 지녔다고 해도 만든 것은 인간일 뿐이야. 일곱 명의 회주님은 그러한 사태를 대비해서 방의 이동 경로를 바꿀 수 있는 장치를 만들어놓으셨지. 즉, 2번 출발지가 파괴당했다면 회주의 권한으로 1번에서 3번 출발지로 연결되는 경로가 만들어진다는 것이지."

"아."

어느 정도 이해하기는 했지만 라디안으로선 이런 이동 방법은 상당히 혼란스러운 방법이었다. 라디안의 표정을 보고 미소를 지은 레드론은 자신이 겪었던 일을 얘기해 주었다.

"사실 오랫동안 지내왔던 나도 아직까지 이러한 방법이 익숙하지 않지. 처음 칠인회에 가입했을 땐 마법 기구실에서 출발지 좌표를 두고 나와서 거의 일주일 동안을 텔레포트 진 사이사이에 갇혀야 했지. 다행히 내가 나타나지 않자 친하게 지내던 친구가 칠인회의 미아 찾기 본부에 신고하여 수색원들이 텔레포트 진에 갇힌 나를 찾아줘서 아사는 면했던 적이 있었단다. 보통 나같이 텔레포트 진에 갇히는 경우는 일 년에 거의 30회 이상은 있는 일이라 회에선 그 같은 수색원들을 따로 배치하고 있단다. 또 네가 반드시 해야 하는 것은 친구들을 많이 사귀어둬야 한다는 거야. 만약 칠인회에서 왕따라도 당하다 미아가 되면 심할 경우는 몇백 년 동안 어딘지 모르는 공간에서 썩어야 하는 불상사가 생기니 말이다."

레드론의 말을 들으며 라디안은 혀를 내두를 수밖에 없었다 아무도 오지 않는 텔레포트의 공간에서 몇백 년을 썩어야 한다는 것은 소름이 끼치는 일이기 때문이다. 그는 다음에 가야 할 곳의 좌표 계산치를 손으로 가리키고선 라디안에게 텔레포트하라고 지시했고, 라디안은 좌표 계산치의 장소로 텔레포트했다.

텔레포트의 빛을 지나 라디안이 도착한 곳은 이십여 명의 마법사들이 바쁘게 서류 작업을 하고 있는 곳이었다. 라디안이 텔레포트 마법 진에 나타났음에도 눈길 하나 주지 않고 서류 작업에만 열중하고 있었기에, 무엇을 저렇게 바쁘게 처리하나 궁금하지 않을 수 없었다. 얼마 지나지 않아 이런 궁금증을 해결해 줄 수 있는 레드론이 텔레포트

진에 나타나 라디안에게 걸어오며 말했다.

　"이곳이 칠인회 사무처다. 일단 칠인회의 모든 사무 업무를 총괄하고 있는 곳이니만큼 다른 곳과는 다르게 상당히 바쁘지. 만약 이곳에 와서 학문이나 마법 연구를 하는 마법사가 일이 너무 많아 힘들다는 투로 이야기했다가는 아마 백 년 동안 여기서 일하는 사람에게 이지메를 당하며 살아야 할 거야. 그 정도로 바쁜 곳이니 칠인회 마법사들은 거의 사무처 쪽으로 오는 것을 경기 일으키며 싫어하지. 사무처의 평생 복무하라면 아마 목매고 자살하는 마법사가 수도 없이 생겼을 거야. 이것을 생각해서 회주님들이 칠인회 소속 마법사들에게 3년 간 사무처 의무 근무제를 도입하셨단다. 물론 나도 이 사무처에서 3년 간 일하고 대외 섭외부로 자리를 옮겼었지. 칠인회는 모든 환경이 좋긴 하지만, 단 한 곳 3년 간 사무처 의무 근무제만은 젊었을 때의 중요한 시간을 덧없이 보내는 것이 되는 거지. 칠인회의 총회주이신 루드웨어님은 이러한 사태를 애석해하며 한 구의 시조를 지었단다. 그것을 읊어보면 [대의대심래소년(大義大心來少年)이건만, 허송삼년사무처(虛送三年事務處)라.] 해석해 보면 큰 뜻과 큰마음으로 어린 나이에 이곳에 왔건만, 사무처에서 3년 간을 허무하게 보내는구나란 것이지. 이 시조를 읊으신 후, 창시자로서의 모범을 보이기 위해 3년 간 칠인회 사무처에서 자진해서 일을 하셨는데, 그 후로 사무처를 반드시 거쳐야 통과할 수 있는 총회주실의 출발지로 바뀌어져 버렸단다. 총회주께서 임의로 고쳐 버리신 거지. 들리는 소문에는 아직도 총회주님은 사무처를 지나치실 때면 병명을 알 수 없는 경기로 혼절하신다니, 사무처 3년이 얼마나 인간의 피를 말리는가는 알 수 있겠지? 하지만 그 탓에 칠인회에선 사무처에 3년만 보내면 어떤 힘든 일도 못 견딜 게 없다라며 어린 마법사들의 고행 수업에 많이 이용하곤 하지. 유명한 말로는 '사무처에 일주일만 있으면 메테오도 쏜다'라는 것이 생겼는데, 그것이 속담이 되어서 칠인회에서는 널리 알려져 있지."

레드론에게 사무처의 이야기를 들은 라디안은 온몸에서 소름이 돋는 것을 느꼈다. 그의 눈으로 보는 사무처 안의 마법사들은 모두 빼빼 말라 있었고, 눈에는 탁기가 서려 있는 것이 상당한 피로가 누적되어 있어, 어찌 보면 한 달도 남지 않은 병자를 보는 듯했다. 그런 것을 유추해 살펴보면 칠인회는 전 대륙을 상대하는 마법 단체인만큼 처리해야 할 서류가 장난이 아닌 것이다.

"어이, 앞에 좀 비키라고."

누군가 뒤에서 비키라는 소리에 레드론과 라디안은 옆으로 비켜섰는데, 마법진에서 거의 사람 두 배만한 서류 뭉치를 든 한 마법사가 땀을 뻘뻘 흘리며 걸어오고 있었다.

그는 서류를 들고 오느라 힘들었는지 사무처 한가운데다 서류들을 내팽개쳤는데, 그 순간 사무처 안은 사람들의 비명 소리가 메아리쳐지기 시작했고, 심지어는 혼절하는 사람들까지 생겼다. 조금 심장이 강한 마법사들은 꿋꿋하게 버티어 서 있었지만, 대부분 한숨을 쉬며 어깨가 축 처지고 있었고, 의지가 약한 한 마법사는 태양신 아리시 아님에게 기도를 하며 천장에 목을 맬 동아줄을 걸고 있었다.

"이 사람들아, 걱정 말라고. 이건 정보부에 들어갈 서류라고, 정보부에."

누가 여자의 마음은 갈대라고 했는지 모르지만, 지금은 서류처 마법사의 마음은 갈대라고 하고 싶을 정도였다. 서류를 내팽개친 사람의 입에서 정보부로 갈 서류라는 말이 나오자마자 마치 자신들이 언제 한숨이나 쉬었냐는 듯이 그들은 다행이다라는 표정으로 숨을 내뱉었고, 기절해 있던 사람들은 영약이라도 마신 양 힘차게 튕겨 일어서서는 다시 자신의 업무로 돌아갔다.

동아줄로 목을 매려고 했던 마법사는 정보부로 갈 서류로 자신을 현혹한 마법사의 목을 매달아 버리려고 발광을 하고 있었고, 그 모습을 본 다른 마법사가 그를 간신히 말리고 있었다.

이 모든 상황을 조용히 지켜보고 있던 라디안은 자신도 언젠가 사무처에서 일해야 한다는 생각에 눈앞이 캄캄할 지경이었다.

라디안의 굳어진 표정을 보게 된 레드론은 껄껄 웃으며 라디안에게 말했다.

"너의 심정 이해한다. 보통 칠인회에 가입한 사람은 추천자와 함께 제1출발지에서 출발 전 모두 이곳을 지나치게 되는데, 이곳 사무처의 전모를 전해 들은 마법사들은 사색이 되어 곧바로 칠인회를 탈퇴하고 싶다고 말할 정도지. 하지만 우리 총회주의 명언 '한 번 칠인회는 영원한 칠인회다' 라는 모토에 어느 누구도 사무처에서 3년 근무를 마치지 않는 한 임의 탈퇴를 못하게 법규를 정했지. 물론 악마의 코스라는 사무처 3년 근무만 빼면 연구비가 공짜에 높은 서클의 마법도 익힐 수 있는 칠인회는 대륙에 어떤 마법 단체보다 대우가 괜찮은 곳이기 때문에 사무처 3년 근무를 마치고 칠인회를 탈퇴한 사람은 단 한 명도 없지."

"쉽게 말하면 칠인회의 회원이 된 사람의 가장 큰 고비는 사무처 3년 의무 근무제라는 것이군요."

"그렇지."

라디안은 이 3년의 근무가 결코 만만치 않을 것임을 이미 예감하고 있었다. 하지만 3년 후에 마법도 마음대로 배우고 연구비도 무료라는데 해볼 만하지 않는가라는 생각이 지배적이기 때문에 넘어가기로 했다.

사무처 구석의 방에 있는 출발지의 텔레포트 마법진으로 걸음을 옮긴 라디안은 레드론의 가르쳐 준 제2출발지로 텔레포트했다.

제2출발지는 제1출발지와 마찬가지로 어둡기 그지없었다. 라디안은 자신도 될까 하는 마음에 손가락을 튕겼는데, 그 순간 라이트 마법이 실행되면서 사방에 창문이 드러났다. 사방의 창문에는 열대 우림 기후에서나 볼 수 있는 정글이 우거져 있었다.

마법진에서 나타난 레드론은 라이트 마법이 켜져 있는 것을 보고는 라디안의 머리를 쓰다듬어 주며 말했다.

"금방 배우는군. 제2출발지에서 갈 수 있는 장소는 모두 열다섯 군데. 모두 다 말해 주는 것은 조금 귀찮으니 우리가 가야 할 곳만 가르쳐 주지."

레드론의 말에 라디안은 손을 들고는 궁금증을 물어보았다.

"잠깐만요. 열다섯 군데나 되는데 그곳에 모두 제3출발지로 가는 마법진이 있나요?"

그 말에 레드론은 고개를 저으며 말했다.

"그렇게 된다면 내가 길을 잊어먹었겠냐. 열다섯 군데의 방은 모두 300개의 출발지 중 하나에 해당하는 출발지로 가는 텔레포트 마법진이 있지. 그렇기 때문에 칠인회 가입시 가장 먼저 암기해야 할 사항은 각 방에서 통하게 되는 출발지의 좌표를 외워 가장 단시간 안에 도착할 수 있는 루트를 직접 찾아야 한다는 거야."

"그렇군요."

어느 세상에 이렇게 복잡한 체계의 건물이 있겠는가. 라디안으로선 황당하기만 할 뿐이었다.

"처음이니까 내가 자세하게 가르쳐 주는 것뿐이야. 나중엔 네가 알아서 찾아가야 하니 네가 가지고 있는 좌표 계산치와 나중에 받게 될 각 장소의 마법진 루트를 외우도록 하라고. 미아가 되어 몇백 년을 썩고 싶지 않다면 말이야. 하지만 뭐, 꽤 실력있는 후배가 될 것 같으니 한 가지 비밀을 가르쳐 주지. 칠인회 본부의 루트가 복잡하긴 하지만 최단시간 루트는 존재하지. 이것을 어떤 녀석이 책으로 만들어 팔고 있으니까 시간이 나면 각 방을 뒤지며 로린톤이란 녀석을 찾아봐. 비싸기는 하지만 300골드면 녀석이 집대성한 '한 달만 보면 칠인회 다 갈 수 있다' 란 책을 살 수 있을 테니까."

"예."

반드시 사야겠다고 생각한 라디안은 다시 레드론이 가르쳐 준 좌표로 텔레포트했다.

제2출발지를 거쳐 온 곳에는 검정색 선글라스를 낀 일련의 마법사들이 책상 앞에서 서류를 한창 검토하고 있었다.

"여긴 어디죠?"

라디안으로서는 실내에서 선글라스를 낀 그들이 상당히 이상해 보였기에 레드론에게 물어볼 수밖에 없었다.

"여기가 바로 사무처 사람들을 공포의 도가니로 몰아넣었던 서류가 도착할 곳이지."

"아! 이곳이 칠인회 정보부군요."

"그래. 칠인회는 비밀 조직인만큼 외부에서 칠인회의 비밀을 파헤치려는 적들이 많이 있단다. 정보부는 바로 그들을 감시하고 정보를 모으는 곳이지. 대륙 전역에 있는 칠인회의 정보부 소속 마법사는 50명도 되지 않지만, 마법사가 아닌 일반 정보원의 수는 10만 명의 종족을 넘어서 적어도 30만 명을 넘는다고 하니 칠인회 정보부의 능력을 알 수 있겠지."

"와……."

대륙 전역에 30만 명의 정보원이 있다는 것은 상당히 넓은 정보망을 구축하고 있다는 것이다. 또 그 30만 명의 정보원들을 50명도 안 되는 마법사들이 관리한다는 것은 조직이 안정돼 있지 않으면 불가능한 것이기에 새삼 칠인회의 굉장함을 느낄 수 있었다.

"상당히 바쁘겠네요."

"뭐 요즘 들어와서 좀 바빠지긴 했지. 큰일이 아닌 자질구레한 것은 이곳으로 넘어오지 않고 바로 해결되지만, 요즘과 같을 때는 모든 정보가 중앙으로 집중되기 때문에 정보부도 사무처와 거의 비슷한 수준으로 업무량이 올라가지."

"그렇군요."

라디안이 다음 차례에 도착한 출발지는 상당히 이색적이었다. 사방으로 뚫려진 창문 밖에는 많은 사람들의 모습이 보였기 때문이었다.

"와……."

인적이 드문 곳에만 만들어질 것 같은 출발지가 대도시의 한가운데에 만들어졌다는 것은 이해하기 어려운 일이었다.

"여긴 마령서부의 나라 중 하나인 프라든의 수도란다. 대륙 안의 바다라고 알려져 있는 지중해를 사이로 열두 개의 국가들이 인접해 있기 때문에 내륙에서의 무역이 활발한 곳이지. 프라든은 이 열두 개의 나라 중에서 가장 번성한 국가로 이곳의 특산물인 무화과가 바로 칠인회 문장의 모토가 되었단다."

"그렇군요. 그런데 사람들은 이곳을 볼 수 없나 봐요?"

"이 창문은 실제가 아니라 사물을 투영시키는 마법으로 만들어진 거란다. 밖에서 창문 쪽을 보면 벽처럼 보일 뿐이지. 이게 궁금해서 눈앞에 보이는 프라든의 거리로 나가본 적이 있었는데, 이 출발지가 어떤 건물인지 알고는 웃겨서 자지러질 뻔했단다."

"이 건물이요?"

"그래. 실제로는 출발지가 아닌 다른 용도로 사용되고 있는 건물이지."

레드론의 말에 라디안은 조금 궁금하지 않을 수 없었다. 과연 레드론이 본 것은 무엇이었을까?

"이 출발지가 외부에선 무슨 용도로 쓰이는 건데요?"

"후후, 놀라지 마라. 이 출발지는 바로 프라든의 공중 화장실이란다."

"예?"

공중 화장실이란 말에 라디안은 할 말을 잃었다.

"프라든의 공중 화장실은 2층 구조로 이루어져 있지. 1층은 모아 치울 수 있는 통이 만들어져 있고, 2층은 말 그대로 일을 보는 곳이지. 이 출발지는 1층에 만들어져 있는 거야."

"그럼… 변이……."

"하하하, 그건 걱정 마라. 위에서 사람들이 보는 변은 차원 왜곡을 통해 다른 곳의 공중 화장실로 떨어지게 되어 있지."

"그렇군요."

설마 칠인회의 출발지가 변을 모으는 곳일 줄은 정말 아무도 생각하지 못했을 것이다. 레드론은 그런 라디안을 보며 한 가지 충고를 더 해주었다.

"뭐 한 가지 충고를 더하자면 넌 절대 이곳에 혼자 와서는 안 된단 다."

"예? 그게 무슨 말이에요?"

"음… 어린이는 잘 모르는 이야기란다. 뭐랄까… 칠인회도 사람 사는 곳이니만큼… 착한 사람이 있다면 나쁜 사람도 있고, 건전한 놈이 있다면 변태 같은 녀석도 있다는 거지. 음… 에구, 설명하기 힘들다."

라디안은 왜 레드론이 말을 못하고 버벅거리는지 이해할 수 없었다. 하지만 레드론은 과감하게 그 사실을 밝혔는데…

"보고 놀라지 마라."

레드론은 양손의 엄지와 중지를 튕기며 다시 소리를 냈는데, 그 소리는 약간의 리듬을 가지고 울렸다. 그리고 그 순간 갑자기 천장에 거대한 구멍이 생기더니 정말 말하기 힘든 일이 벌어졌다.

"헉!"

뭐라 말할 수 없는 기분이 들었다. 위의 천장에서 보이고 있는 것은 몇 명의 사람들이 화장실에서 변을 누고 있는 장면이었기 때문이다.

라디안은 더 이상 보지 못하고 얼굴이 시뻘게지면서 고개를 숙이고 말했다.

"도대체 이게 뭐죠?"

"사실 이곳 출발지는 변비 해결을 위한 마법 마사지를 연구하시던 노마법사 한 분이 연구를 하기 위해 조금 개조한 곳인데, 그것이 후에 출발지로 바뀌게 된 거지. 어디서 주워 들었는지 모르겠다만, 이 사실을 안 변태 녀석들이 천장의 개방 암호를 알아내곤 가끔씩 드나드니 변태에게 걸리지 말고 조심하라는 거다."

"예. 그건 그렇고, 저것 좀 안 보이게 할 수 없나요?"

"음, 그러지."

레드론이 다시 손가락을 일정하게 튕기자 천장의 구멍은 완전히 사라졌다.

"휴……."

보기 흉한 장면이 사라지자 라디안은 한숨을 내쉬었다. 도대체 이 칠인회 사람들의 생각은 좀처럼 이해하기 힘들었다. 변비 해결을 위한 마법 마사지라니… 실용적이며 잘하면 떼돈을 벌 수 있는 방법이긴 했지만 할 말이 나오지 않는 것도 사실이었다.

라디안은 그 후로도 14개의 출발지로 거쳐서야 가고자 하는 장소에 도착할 수 있었다.

그동안 거친 곳을 대충 열거하면 사무 처장실, 신분 확인실, 마법 도구실, 368호 침실, 34호 휴게실, 마법 서적실, 59호 화장실, 여자 목욕탕(여긴 레드론이 알고 있는 최단 코스 중 하나였는데 들어갔다가 맞아 죽을 뻔했다) 등등이었다.

생각보다 많은 수의 방이 있었기 때문에 이상하다고 생각했지만 그 의문은 레드론이 풀어주었다.

"보통 출발지의 경우는 대륙의 한적한 곳에 지어져 있지만, 중요한 것을 제외하고는 각 대륙의 도시에 위치해 있지. 물론 방에서 바로 위치해 있는 도시로 빠져나갈 수 있는 방법은 없으니 명심해 두도록 해. 괜히 시간 단축시킨다고 구멍 내지 말고 말이야. 그 위치에 대해서 몇 개 말하자면 마법 도구실 같은 경우는 로빈턴 산의 드워프 마을에 위치해 있지. 드워프들의 세공을 바로 받을 수 있게 하기 위한 걸로 그곳에는 서류 몇 장 정도는 통과시킬 수 있는 공간이 있다고. 여자 목욕탕의 경우는 로아냐드 제국 황성의 목욕탕 옆에서 황실 목욕물을 빌려 쓰고 있지."

라디안으로선 할 말이 없었다. 여자 목욕탕의 정확한 위치를 알고 있는 레드론. 그가 다른 면에서 조금 의심스럽기는 했지만, 뭐 일종의 취미라고 생각하기로 한 라디안이었다. 나중에 라디안은 레드론으로부터 자세한 이야기를 들을 수 있었다.

이곳으로 오는 도중 지나친 여자 목욕탕에서 변태로 오인받아 몰매 맞을 뻔했지만 겨우 도망쳐 왔던지라 정작 나체는 구경도 못했다.

하지만 외부에선 극히 일부의 사람들만이 알고 있는 구멍이 있어 몰래 구경한다고 한다. 그 구멍을 발견한 사람은 황궁의 늙은 시종장이라고 전해지는데, 황성에는 이 구멍을 선녀 목욕혈(仙女沐浴穴)이라 하며 늘씬한 미녀들의 목욕하는 모습을 구경할 수 있다고 한다. 한 마법사에 의해 타락의 구멍이란 이름으로 지어지기 전까지는 많은 총각들이 이 구멍을 통해 욕망을 불태웠다고 하며, 개중의 한 황궁 기사는 이 선녀 목욕혈에서 본 미녀를 만나 신체의 비밀을 말해 줌으로써 노총각 신세를 면했다고 한다.

또 생각나는 김에 한 가지 말하자면, 루드웨어의 전 직업은 로아냐드 제국의 궁정 마법사. 이 정도까지 말했는데 모른다면 당신은 바보. 뭔가 알게 된 사람은 모두 오호라는 단어가 입에서 터져 나오리라 생각된다.

아무튼 여러 군데를 거쳐 라디안이 도착한 곳은 2회주 헤른드 라비에타의 비서실로, 라디안이 들어섰을 때는 아리따운 여자 마법사 세 명이 접대용 소파에 앉아 도란도란 이야기를 나누고 있었다.

그들은 라디안과 레드론이 나타나자 화들짝 놀라는 표정을 지었지만 근무 평가반이 아니라 레드론이라는 것을 확인하고는 휴~ 하고 숨을 내쉬며 레드론을 보며 말했다.

"어머, 웅큼 남! 오늘은 무슨 일이래."

"…내가 무슨 웅큼 남이야……."

"왜 이러셔. 소문 다 났어. 로아냐드 제국의 황실 목욕탕에 갔다가 총회주님께 엄청 맞았다며? 389호 화장실에 한번 가보라고. 총회주님께서 일 보시면서 거기다 너의 만행을 낙서해 놓으셨다고."

"헉!"

그녀들의 말에 레드론은 김빠지는 신음 소리를 내더니 다급한 얼굴이 되어 라디안을 보며 말했다.

"잠시 이곳에서 기다리고 있게나. 빨리 다녀올 테니 말이야. 페리나, 이 친구는 혜른드님께서 저번에 구하시던 제자 후보 중 한 명이니까 잘 데리고 있으라고."

"물론이지. 웅큼남과 이렇게 귀여운 미소년을 같이 취급할 줄 알아?"

"……."

할 말을 잃은 레드론은 아무 말도 하지 못하고 비서실의 마법진으로 가 389호 화장실의 낙서를 지우기 위해 텔레포트하여 사라졌다.

여기까지 간단히 줄이면 라디안 칠인회에 도착해서 칠인회 2회주 혜른드 라비에타님의 비서실에 도착하다였는데… 정말 여기까지 오는 이야기가 이렇게 오랜 시간이 걸리다니……. 그나저나 레드론이 사라지자 라디안은 정말 난처한 상황에 처하게 되었다.

보통 칠인회에 실력을 인정받고 가입하게 된 제대로 된 마법사라면

40대 중반의 나이가 보통이고 그 자질을 인정받아 어렸을 때부터 들어온 꼬마들은 지정된 마법 교육원에서 적게는 10년, 많게는 20년 정도의 기본 과정을 교육받아 나오게 되기 때문에 어린 시절은 사라지고 실제로 칠인회에서 정식 회원이 되는 것은 빨라야 이십 대 초반이 되는 것이 보통이었다.

그러다 보니 미소년의 모습을 하고 있는 라디안 같은 소년 마법사는 정말 칠인회 내에선 구경하기조차 힘들 정도였다.

칠인회 서비스 개선 본부에서는 일부의 요구 사항 중에 뜻밖의 취미를 가진 여자 마법사들이 꽤 많아 소년 마법사의 한정 영입이란 황당한 서비스 개선을 요구하고 있었다.

이곳에 있는 세 명의 여자 마법사들은 모두 마법 교육원에서 교육받고 나온 여자 마법사였는데 이들은 뜻밖의 취미를 가진 여자 마법사의 일원들로, 가끔씩 찾아오는 총회주의 집무실 밖에서 미소년 마법사 영입이란 팻말을 들고 시위하는 열성 회원들이었다.

'참새가 방앗간을 그냥 지나친다면 그것은 참새가 아니다'라는 고대의 속담도 있듯이 그런 마법사들이 어찌 미소년 라디안을 가만히 둘 수가 있겠는가.

여기서 잠시 이벤트 타임을 한다면, 당신은 무엇을 예상하고 있는가. 드래곤 마법사 쇼타콘 버전!! 세 명의 여자 마법사에게 둘러싸인 라디안은 온몸에서 느껴지는 섬뜩함에 등에서 굵직한 식은땀이 흐르는 것을 느낄 수 있었다.

그의 앞에 있는 세 명의 여자 마법사들은 마치 토끼를 노려보는 승냥이의 눈빛처럼 라디안을 바라보며 다가오기 시작했고, 라디안은 알 수 없는 두려움에 뒷걸음질치다가 몸을 가누지 못하고 넘어지고 말았다.

라디안은 어떻게 해서라도 그들의 손에서 벗어나고자 기어갔지만 사방에 막혀 버린 공간 안에 라디안은 벽에 부딪히고 말았다. 그것을 본 세 명의 여자 마법사들의 입가에는 미소가 머금어졌고 한 발자국 한 발자국 라디안을 향해 발걸음을 옮기기 시작했다.

라디안은 그들에게서 느끼는 공포로 떨리는 몸을 가눌 수 없었기에 눈에서 한줄기의 눈물이 흘러내렸다. 조금씩 조금씩 라디안의 몸으로 다가오는 여섯 개의 손. 그것은 어떤 악마의 손길로 드리워지는 어둠보다 더 어두운 그림자였기에 꿈이라, 생각하고 싶은 라디안은 극한의 두려움으로 모든 것을 포기하고 싶은 마음에 조용히 눈을 감았다. 그리고…

"어머, 이 볼 좀 만져 봐!"

"부드럽기도 해라. 무슨 남자애가 피부가 이렇게 곱니?"

"음… 잔잔히 풍기는 이 젖내. 아직 아기의 향기가 가시지 않은 것 같아. 베이비 로션이라도 바르나?"

여자들의 손길에 벗어나고자 라디안은 필사적으로 발버둥치고 있었지만, 그녀들의 완력은 생긴 것과는 달리 장정에 못지 않았기에 좀처럼 벗어나기가 쉽지 않았다. 라디안의 볼은 물론이요, 머리카락, 손… 정말 손대면 울 것 같은 곳을 제외하고는 모두 세 명의 여자 마법사들의 손이 스쳐 지나갔고, 반항이 소용없다는 것을 안 라디안은 천천히 지쳐 갔다.

그리고 지쳐 가는 라디안을 노렸는지 이때다 싶은 여자 마법사의 손들은 조금씩 조금씩 신체의 각 부분을 지나 건들면 울 것 같은 곳으로 가까이 다가갔는데…….

"대충해라, 이것들아!"

언제 나타났는지 레드론은 라디안을 쓰다듬고 있던 세 명의 여자 마법사들의 머리에 알밤을 먹이고는 라디안의 손을 잡아끌었다.

"나참, 내가 고양이한테 생선을 맡겼으니. 그건 그렇고, 이것들이 나한테 뻥을 쳐!"

"무슨 소리! 화장실에 낙서만 없다뿐이지 사실이잖아!"

아쉬움이 남았는지 레드론의 말에 세 여자들은 버럭버럭 달려들었고 레드론은 손을 내저으며 다그치는 것을 포기할 수밖에 없었다.

"어떻게 칠인회 여자들은 다 저렇게 드센 여자밖에 없는 거야! 이러니 내가 아직도 총각으로 살지."

진실인지 의심스러운 말을 내뱉는 레드론이었다.

세 여자들의 극성에 간신히 벗어난 라디안은 안도의 한숨을 내쉬고
는 레드론을 따라 다음 마법진으로 갔다.

이 비서실에서는 유일하게 한곳으로만 가는 마법진이 설치되어 있
기 때문에 출발지를 지날 필요가 없었다.

잠시 후 라디안이 도착한 곳은 칠인회 2회주 헤른드 라비에타의 직
무실, 직무실이라고 하기보다 그의 개인 연재실이라고 하는 것이 맞
을 이곳에 도착한 라디안은 안에 있는 화려한 장식품들을 보며 눈이
돌아갈 지경이었다. 힘들여 만든 장인의 손때가 묻어 있는 장식품들.
라디안은 레드론에게 묻지 않을 수 없었다.

"저… 여기가 2회주님의 직무실이 맞나요?"

라디안이 본 2회주의 직무실. 그곳은 차라리 어린 소녀의 방이라
하는 것이 맞을 것 같았다. 여기저기 걸려 있는 수예 작품과 깨끗하게

정리되어 있는 미술 작품들이 아기자기하게 전시되어 있었다. 통곡할 정도의 넓은 곳임에도 티끌 하나 없을 만큼 깨끗한 곳이다.

"휴… 이것이 다 수련의 결과라고 하면 믿겠니?"

"수련이요?"

"보면 알게 될 거다."

레드론은 라디안을 데리고 방문 앞에 서서는 문을 두들겼다. 아무런 반응이 없자 레드론은 조용히 문을 열고 안으로 들어갔는데, 방 안에는 70대의 노마법사가 강철 덩어리 하나를 마법으로 들어 올리고는 노려보고 있었다.

레드론은 손가락을 들어 라디안에게 조용히 있으라는 손짓을 한 후 강철을 가리키며 보고 있으란 지시를 했다.

라디안은 노마법사의 행동을 유심하게 관찰하며 보기 시작했다.

강철을 한참 동안 노려보듯이 바라보던 노마법사가 그것에 오른손을 갖다 대더니, 마법을 사용하기 시작했다. 불의 원소 계통의 마법을 사용했는지 강철 덩어리의 한 부분이 붉게 물들어지며 녹아 들어가 순식간에 액체화되었다.

액체는 다시 노마법사의 마법에 의해 적은 양이 분리되어 떨어져 나기더니 천천히 형체를 이루기 시작했다.

노마법사는 그것을 한쪽에 놓여 있는 숯과 물에 담그며 마법을 통해 담금질을 했고, 어느 정도 시간이 지나자 그것은 하나의 형태로 만들어졌다.

그러기를 계속 반복하는 마법사의 행동은 처음에는 조금 느린 듯이 보였지만, 시간이 지날수록 그 속도는 빨라져 어느새 눈에 보이지 않을 정도가 되어버렸다.

어느 정도 완성된 작품을 본 라디안은 그것이 일종의 침 형태를 띠고 있다는 것을 알 수 있었다. 얼마나 마법으로 두들기고 담금질했는지 모를 정도로 그 작업을 반복한 노마법사는 정신을 집중하더니 침 형태의 쇠 끝 부분에 마법을 시전했다.

"파이어 애로우."

보통의 파이어 애로우 굵기가 어른 손가락 3개 정도의 굵기라면 노마법사가 쓴 파이어 애로우는 바늘보다 더 얇은 파이어 애로우였지만 상당한 고온의 열을 지니고 있는 듯했기에, 파이어 애로우는 가볍게 쇠 끝 부분을 관통하더니 공중에서 소멸되었다.

"윈드 커터!"

파이어 애로우로 관통되어진 쇠 끝 부분이 높은 온도의 불로 구멍이 났기 때문에 조금 지저분한 구멍 주위를 세밀한 윈드 커터로 다듬기 시작했다.

그리고 모든 것이 완성되자 노마법사는 휴~ 하며 숨을 한번 내쉬더니 침을 들어 눈앞으로 가져갔다.

노마법사의 정성이 담겨져 있는 물건, 그것은 다름 아닌 바늘이었다.

"후하하하! 궁극의 천 번 담금질한 바늘이 완성됐군!!"

자신의 바늘에 만족한 웃음을 터뜨린 마법사는 실을 방금 만들어 뚫어놓은 바늘 구멍에 끼워 넣더니 뒤쪽에 있던 천을 들어 수를 놓으려 했다. 하지만 레드론과 라디안이 있다는 것을 눈치 채고 그는 뒤를 돌아보며 말했다.

"어라? 레드론 군 아닌가. 그래, 무슨 일로 여기까지 왔는가?"

"예. 요전에 회주님께서 부탁하신 일 때문에 이 소년을 데리고 왔습니다."

"오호, 그럼 이놈이 나의 제자가 될 놈이란 말인가?"

자수를 놓으려던 물건을 옆에 살며시 내려놓고 라디안에게 가까이 다가온 노마법사는 라디안의 얼굴과 몸을 쭉 살펴보더니 손을 들어 라디안의 가슴에 손을 얹고는 마나를 살펴보았다. 그 모든 것을 마친 노마법사는 조금 얼굴이 찌푸려 뜨리고는 원망 어린 표정으로 레드론에게 말했다.

"너무하는군. 아무리 내가 뛰어난 놈을 데리고 와달라고 했어도 이건 너무 뛰어난 녀석이 아닌가. 아직 스물도 안 된 놈이 보통 마흔 넘은 녀석들보다 더 뛰어난 마법 실력을 가지고 있으니… 그리고 가장 문제인 것은 말이야."

그렇게 말한 노마법사는 라디안의 얼굴을 손가락으로 가리키며 말했다.

"비서 녀석들이 좋아할 미소년이잖아. 자네, 나에게 무슨 원한이라도 있었나?"

"무슨 말씀이십니까."

"가뜩이나 비서 녀석들이 미소년 한 명만 들이자고 조르는 것 때문에 귀찮아 죽겠는데, 왜 이런 녀석을 데리고 왔나. 이 정도면 이 아이에게 마법을 가르치기는커녕 비서들에게 눌려죽겠네."

레드론도 세 비서들의 쇼타콘 증세를 이미 직접 보았는지라 노마법사의 마음을 어느 정도 알 수 있어 고개를 끄덕이며 수긍할 수 있었다.

하지만 어디 라디안이 보통 천재인가. 레드론은 노마법사의 다그침에 꿈쩍도 안 하면서 미소를 지으며 튕겼다.

"그렇습니까? 그럼 로우나 회주님에게 데리고 가지요. 로우나님도 제자를 찾으신 지 오래되었으니까 말입니다. 이번 기회를 놓치시면 아마 회주님께 갈 제자는 한 3년 정도는 기다리셔야 할 겁니다."

그렇게 말하고 레드론은 라디안을 데리고 나가려 했는데 갑자기 노마법사의 표정이 조금 비굴하게 바뀌면서 레드론의 손에서 잽싸게 라디안을 뺏으며 말했다.

"거참, 성급하기도 하군. 내가 이 녀석이 싫다고 했나? 조금 힘들거란 얘기지."

"아, 그렇습니까? 그럼 더 더욱 안 되지요. 어떻게 2회주님을 힘들게 할 수 있겠습니까?"

"하하하, 내가 힘들다고 했나? 농담일세, 농담. 어? 자네 뭐 하는가? 제자를 데려다 줬으면 빨리 나가봐야지."

그 말에 레드론은 웃음을 참는 표정을 하다가 라디안에게 다가가 말했다.

"이분이 앞으로 너의 스승님이 되실 분인 칠인회의 2회주이신 헤른드 라비에타님이시다. 잘 배우도록 하고, 나는 이만 나가보도록 하마."

그렇게 말한 레드론은 헤른드에게 정중히 인사를 하고 문 밖으로 나갔다. 라디안은 레드론이 나가자 공손하게 헤른드를 향해 고개를 숙이고 자신의 소개를 했다.

"라디안 이그델리아라고 합니다. 미숙한 저이지만 스승님의 가르침을 받아 열심히 수련하도록 하겠습니다."

라디안의 부드럽고 정중한 인사에 헤른드는 너털웃음을 짓더니 만족한다는 얼굴로 말했다.

"나는 칠인회의 2회주 헤른드 라비에……."

하지만 헤른드의 말이 끝나기도 전에 갑자기 누군가 문을 발로 박차면서 안으로 들어왔다.

멍한 헤른드와 라디안은 문을 박차고 들어온 사람을 쳐다보았는데, 불청객의 모습은 30대 초반 정도의 아름다운 얼굴을 가진 여자 마법사였다.

그 여자 마법사는 일그러진 얼굴로 들어와서는 무엇이 그리 화가 나는지 헤른드를 살기 어린 눈으로 쳐다보면서 말했다.

"헤른드님… 아무리 칠인회에서 저보다 직급이 조금, 아주 조금 높다고는 하지만, 이건 너무한 것 아닙니까?"

그녀의 말에 헤른드는 조금 떨리는 목소리로 더듬듯이 그녀에게 말했지만, 얼굴은 그녀를 보고 있지 않았다.

"무, 무슨 소린가?"

"무슨 소리냐니요! 분명 제자 신청은 제가 먼저 한 것으로 알고 있는데 어떻게 이 아이가 헤른드님께 먼저 돌아갔지요? 소문을 들어보니 레드론에게 7서클 급 아티펙트를 뇌물로 주고 순서를 바꾸셨다는 이야기가 있던데요?"

"허허허, 그게 말이 되는가. 어찌 칠인회의 회주 되는 사람이 그런 짓을 하겠는가? 아마 자네의 제자 신청이 조금 늦게 접수됐나 보지."

"그게 말이나 됩니까! 제자 신청은 칠인회 특별 접수처 한곳에서만 접수가 되는데요! 제가 이번에 제자를 받을 수 있나 없나 몇 번이나 확인했는지 알기나 하십니까?"

그렇게 말한 그녀는 고개를 돌려 원래는 자신의 제자가 될 라디안의 얼굴을 쳐다보았는데, 그 순간 일그러진 얼굴은 환한 미소로 바뀌었다. 능력은 둘째 치고 라디안의 모습은 너무나 마음에 들었기 때문이다. 하지만 그것도 잠시 조금씩 억울함이 가득한 얼굴이 된 그녀는 다시 헤드론을 노려보기 시작했다.

"…그애를 저에게 주세요!"

그 말에 헤른드는 고개를 저으며 말했다.

"무슨 소린가! 이미 나의 제자로 들어와 정식 절차가 끝난 상태의 아이를 달라니, 절대 그럴 수 없네!"

하지만 그녀는 그 정도에 아랑곳하지 않았다. 라디안의 손목을 잡은 그녀가 라디안을 끌고 밖으로 나가려 하자, 헤른드는 자신도 잽싸게 라디안의 손목을 잡고 끌어 움직이지 않게 했다.

"자네 칠인회의 직급을 무시하겠다는건가! 6회주 로우나, 정말 건방지군!"

그제야 라디안은 2회주인 헤른드보다 조금, 아주 조금 직급이 낮은 여인이 칠인회의 일곱 회주 중 여섯 번째 자리에 앉아 있는 로우나라는 것을 알 수 있었다.

한편 절대로 라디안을 뺏길 수 없는 헤른드는 직급을 사용하여 그녀를 협박하려고 했지만 역시 레벨이 비슷했는지 그런 짓은 아무 소용이 없었다.

"흥! 이렇게 나가신다면 정식 사정 회의를 신청하겠어요!"

정식 사정 회의. 라디안은 나중에 안 것이지만, 정식 사정 회의는 칠인회 안에서 비리 등이 발생했을 때 하는 회의로, 이 사정 회의는 간식 사정 회의와 정식 사정 회의로 나눌 수 있었다.

간식 사정 회의는 회에 소속된 일반 마법사들이 신청할 수 있는 것으로 칠인회의 사정 전담실에서 임의로 선출한 일곱 명의 배심원 마법사들만 있으면 행해질 수 있지만, 정식 사정 회의는 회주 이상만이 소집 가능하며, 사정 전담실에서 선출한 이십 명의 마법사들이 있어야 가능하다.

헤른드는 정식 사정 회의를 신청한다는 말에 안색이 시퍼렇게 변하기 시작했고, 그에 반면 로우나의 입가에는 승리의 미소가 어리기 시작했다.

정식 사정 회의에서 헤른드가 레드론에게 아티펙트를 뇌물로 준 사실이 밝혀진다면 총회주가 만든 법규에 따라 일 년 간 연구비 중지에서부터 심하면 2회주 자리까지 박탈당할 수 있기 때문이다.

뭐, 회주 자리야 그냥 내쳐도 상관없지만, 그렇게 되면 헤른드는 회주만이 받을 수 있는 고액의 연구비를 지급받을 수 없기 때문에 상당한 손해를 입게 되는 것이다.

제자가 중요하긴 하나 조금 늦긴 하지만 언제든 구할 수 있는 제자보다 회주의 직위에서 나오는 연구비가 조금 더 중요하기 때문에, 이런 식으로 협박은 소용없다는 것을 안 헤른드는 라디안의 손을 놓은 뒤 다른 작전에 돌입했다. 라디안의 손을 놓음과 동시에 노년의 몸을 지탱할 수 없다는 듯이 힘없이 쓰러져 버린 헤른드였다.

리디안은 그것을 보며 깜짝 놀라 자신의 팔을 잡고 있는 로우나의 팔을 뿌리친 후 힘없이 앉아 있는 노마법사를 부축했다.

어렸을 때부터 마법의 탑에서 원로원의 늙은 마법사들의 잔심부름을 하며 그들에게서 사랑을 받고 큰 라디안은 노인 공경 의식이 가득한 착한 소년이었기 때문에 힘없이 쓰러진 헤른드를 보며 뛰어간 것이다.

"괜찮으세요?"

라디안은 쓰러진 헤른드를 부축하려고 안간힘을 썼지만 좀처럼 헤른드는 움직이지 못하고 있었다.

헤른드는 자신을 부축하려고 하는 라디안의 머리를 부드럽게 쓰다듬고는 힘이 빠진 목소리로 로우나에게 말했다.

"데리고 가도록 하게나……."

"흠."

로우나는 안면에 미소를 지으며 라디안을 데려가며 다시 한 번 회심의 미소를 헤른드에게 먹여주려고 하다가 갑자기 몸이 멈칫하고 말았다.

노년의 마법사의 안면에서 굵은 눈물이 흐르고 있었기 때문이다.

헤른드는 축 늘어진 어깨를 하며 힘겹게 일어서 방에 있는 의자에 앉고는 혼잣말인 양 조용히 읊조리기 시작했다.

"늘그막에 무슨 복이 있겠누……. 페크야, 오늘은 네가 정말 보고 싶구나. 흑흑흑."

로우나는 헤른드가 말하고 있는 페크란 사람이 누군지 알고 있었다. 페크. 그는 바로 헤른드의 손자가 되는 사람으로 한때 칠인회 소속의 마법사였으나 실험실 폭발 사고로 목숨을 잃은 비운의 마법사였다.

그때 당시 아직 로우나는 회주의 자리에 오르지 못한 상태의 젊은 마법사였지만, 손자인 페크의 장례식에서 눈물 흘리며 오열하는 헤른드의 얼굴을 보며 함께 울어주었던 것이 생각나는지라 마음이 조금 흔들리고 있는 것이다.

헤른드는 조용히 책상으로 걸어가더니 팔찌 하나를 들고 와서는 라디안의 오른쪽 손목에 채워주며 말했다.

"로우나 회주에게 열심히 배우도록 하거라. 이것은 내 손자 페크에게… 페크에게 선물하려고 만들었던 아티펙트이지만… 이젠 세상에… 세상에 없는 사람……. 어쩐지 이것을 너에게 주고 싶구나."

헤른드는 눈물을 흘리는 얼굴로 라디안에게 간신히 미소를 지으며 팔찌를 끼워주더니 자신의 자리로 돌아가 힘없는 모습으로 자수를 놓기 시작했다.

로우나는 그의 그런 모습을 보고 돌아서려 했지만, 무슨 큰 죄라도 지은 것처럼 마음이 편하지 않았다. 그렇게 한참을 서 있던 로우나는 차마 라디안을 그냥 데리고 가지 못하곤 한숨을 쉬며 말했다.

"후, 어쩔 수 없군요. 이번엔 제가 양보하도록 하지요. 하지만 다음 번에는 절대 용서없을 줄 아세요."

그렇게 말한 로우나는 라디안의 손을 놓고 밖으로 나갔다. 로우나 회주가 마법진을 통해서 자신의 직무실을 벗어나자 갑자기 상황이 엄청나게 돌변하고 말았다. 헤른드는 미치기라도 한 것처럼 갑자기 크게 웃기 시작했다.

"크헤헤헤헤! 네년이 감히 회주께서도 넘어가신 노안의 눈물 작전에서 벗어날 수 있다고 생각했느냐. 크헤헤헤헤!"

헤른드는 언제 눈물을 흘렸냐는 듯이 크게 웃으며 라디안에게 가더니 그에게 주었던 팔지를 잽싸게 빼았으며 말했다.

"아직 네 녀석이 차기에는 조금 무리가 있는 아티펙트이니, 나중에 실력이 있으면 주도록 하지. 쿠헤헤헤헤!"

헤른드의 모습을 보고 있던 라디안의 등에선 식은땀이 흐르기 시작했다. 자신을 제자로 삼기 위해 그는 눈물까지 보이며 철저한 방법으로 로우나 회주에게 사기를 친 것이다.

"사, 사부님······."

라디안의 그런 헤른드를 보며 차마 말을 잇지 못하고 있었다. 어찌 사람이 이렇게 추하게 변할 수 있단 말인가.

"다행이었다. 슬프게 눈물 흘리기 마법 스펠을 아직까지도 외우고 있다니… 크크, 유나토 스테이토라는 나라의 레이곤이란 왕은 그렇게 똑똑하다가 폐위한 뒤 알츠하이머병으로 멍청해졌다고 하지만, 이 몸은 나이를 먹으면 먹을수록 똑똑해지는 것 같군. 자자, 라디안, 멍하니 있지 말고 이쪽으로 오도록 해라."

"사, 사부님… 너무… 추했어요."

라디안의 솔직한 발언에 잠시 헤른드는 얼음이 되고 말았다. 실수였다. 헤른드는 잠시 라디안을 보통의 마법사로 봤다는 것을 느끼고 생각하기 시작했다.

'음… 순진한 녀석에게 내가 좀 충격을 준 것 같군.'

원래 마법사란 것이 머리로 먹고 사는 직업이기 때문에 사기에 관해서는 통달한 사람이 많았다. 한데 라디안의 경우에는 거의 대륙 마법 길드의 마법의 탑에서 지내다가 오호사에 가입했을 때에도 능력있고 믿음직한 동료와 같이 지냈기 때문에 사기라는 것은 전혀 모르고 있는 상태였기에, 헤른드의 이런 고도의 사기술은 적응되지 않고 있는 것이다.

"흠흠, 늙은이가 욕심이 많아 네 녀석에게 못 볼 것을 보여준 것 같구나."

그렇게 말한 헤른드는 라디안을 보며 말했다.

"라디안, 네가 보기에 이 스승의 실력은 어느 정도나 되는 것 같으냐?"

뭐, 겉보기로 말하자면 실력없는 스승 같았지만 레드론을 생각하면서 조심히 입을 열었다.

"대외 대리인이신 레드론님이 8서클 마스터이시니 9서클 정도 되시지 않나요?"

그 말에 헤른드는 고개를 저었다.

"이 스승은 현재 8서클 마스터란다."

"예?"

라디안의 놀라는 말에 헤른드는 그의 머리를 쓰다듬어 주면서 첫 번째 수업을 시작했다.

"보통 마법은 드래곤에 의해서 전파되었다고 하지. 즉, 마법의 원조는 드래곤이란 거다. 하지만 드래곤의 경우에는 드래곤 하트라고 해서 마나의 결집체가 몸에 존재하고 있지. 이것은 자연계의 마나를 쉽게 받아들일 수 있는 매개체로 드래곤은 드래곤 하트 때문에 거의 자연과 같은 몸을 지니고 있지. 하지만 인간의 경우에는 드래곤 하트 같은 마나의 결집체가 없기 때문에 보통 마법사들은 심장에 마나를 모으게 된다. 심장이 인간의 피를 만들어주는 곳이라는 것은 잘 알고 있겠지? 그것은 미루어보면 인간의 장기 중에서 가장 마나가 활발하게 모이고 움직이는 곳이란 것이지. 하지만 이러한 심장도 많은 마나를 모으게 되면 자연의 흐름에 순화되어 그 흐름이 멈추게 된다. 이것은 몰모트 생체 실험에서 나온 것으로 몰모트에게 시간마다 마나를 계속 주입하여 심장이 받지 못할 정도의 마나를 주었더니 얼마 지나지 않아 마나 처리가 불가능해져 심장 마비로 죽게 된 것에서 유추한 것이다. 마나를 과다하게 받아들이게 되어 흐름에 문제가 생기는 것이지. 하지만 인간의 경우는 몰모트와는 조금 다르다. 몰모트 실험이 끝난 후 인간을 이용한 생체 실험에 들어갔는데, 인간은 과도한 마나가 심장에 들어오게 되면 그 이전에 생명을 유지하기 위해 무의식적으로 몸을 보호하는 작용을 하게 되더구나. 이것을 자세히 설명하면, 심장이 멈추지 않게 하기 위해서 8서클을 넘어서는 마나가 모이면 피와 함께 마나를 방출시키게 된다. 즉, 피를 토하게 되는 것이지. 또 한 번 과다 마나에 몸이 이상 상태를 겪은지라 피를 토한 마법사는 그 순간에 몸을 잘 조절하지 못하면 몸에서 흐르는 마나의 통로가 막히는 현상을 겪게 되지. 미지의 대륙이라는 동양의 고서에서는 이것을 주화입마라고 한다. 하지만 이것을 제대로 조절하면 피를 토하며 주화입마에 빠지는 것을 막고, 피를 타고 몸에 흐른 마나를 체내 분비물과 함께 밖으로 흩어지게 할 수 있다. 하지만 이 경우도 전과 같이 넘쳐나는 마나를 밖으로 배출시키는 것에 지나지 않는단다. 그렇기 때문에 인간은 8서클 이상의 마나를 모을 수가 없다는 결론이 나왔지. 뭐, 개중에는 백만 명당 한 명 꼴로 무제한으로 마나를 받아들일 수 있는 신체가 있긴 하지. 바로 총회주님의 스승이신 라지베헤루님이 그런 신체를 가졌다고 들었단다. 총회주는 무한 마나 신체와는 조금 다른 방식이기 때문에 뭐라 설명할 수 없으니 그냥 넘어가자. 아무튼 어디 그런 신체가 흔하기나 하겠느냐. 있다 해도 마법을 배우지 않는 경우가 태반이니 아마 전 대륙에서 그런 자가 마법사가 될 확률은 거의 없다고 할 수 있지. 이런저런 이유로 마법사들은 많은 고심을 하게 됐지. 어떻게 하면 인간은 9서클을 넘어서는가 하고 말이야. 이런 마법사 중에는 인간의 한계를 8서클로 보고 다른 방법을 찾는 경우가 있는데, 이 스승이 바로 그 같은 경우에 속한단다."

헤른드는 바늘을 만들던 강철을 들어 보이고는 라디안에게 말했다.

"난 어떻게 하면 마법을 더욱 강하게 할 수 있는가를 고민하다가 인간의 정신력이 더 강해진다면 강한 마법이 만들어지지 않을까란 생각이 들었지. 라디안, 만약 3서클 마스터의 파이어 애로우와 8서클 마스터의 파이어 애로우를 같은 힘으로 사용한다면 어떤 것이 더 강할 것 같으냐?"

"8서클 마스터가 아닌가요?"

"왜지?"

"8서클 마스터가 만든 파이어 애로우는 마나 원소가 서클을 이루어 형태를 이룰 때 마나가 방출되는 것을 효율적으로 해서 쓸데없이 빠져나가는 마나를 더욱 줄일 수 있으니까요."

그 말에 헤른드는 고개를 끄덕이면서 말했다.

"그래. 그것이 바로 첫 번째 네가 익혀야 할 마나의 숙련도라고 하겠다. 자, 그럼 두 번째 것을 말하기 전에 한 가지를 보여주마. 강철을 잘 보거라."

헤른드는 잠시 눈을 감더니 두 개의 파이어 애로우를 만들어냈는데 한 개의 파이어 애로우는 굵기가 굵은 반면 다른 하나는 실처럼 얇은 파이어 애로우였다. 라디안은 두 개의 파이어 애로우를 살펴보면서 무엇인가 이상하다는 것을 느꼈다. 두 개의 파이어 애로우에서 느껴지는 마나의 양이 똑같았기 때문이다. 굵은 파이어 애로우의 열기는 보통과 다르지 않지만 실 같은 파이어 애로우의 경우는 강한 열기를 뿜어내고 있었다.

헤른드는 두 개의 파이어 애로우를 손에 들고 있던 강철을 향해 쏘았는데 굵은 파이어 애로우는 쇠를 약간 녹인 후 꺼진 반면, 실 같은 파이어 애로우는 강철을 뚫고 나가다 소멸되었다.

"어떠니. 이 스승이 무엇을 말하고자 하는 것을 알겠니?"

"자세히는 잘 모르겠지만 혹시 마나의 집중도를 말씀하시는 것이 아닌가요?"

"오호, 그래. 이유를 말해 보거라."

"첫 번째 파이어 애로우의 경우에는 보통 일반 마법사들이 쓰는 정도로 공기 중의 불의 기운을 뭉쳤지만, 두 번째의 경우에는 불의 기운이 강한 응집력을 보이고 있었거든요. 아마 스승님께서 두 번째의 경우는 서클의 공식을 바꾸어 마나 배열의 간격을 더욱 근접시켜 같은 양의 마나를 더욱 응집시켰다고 생각해요. 단순히 서클 공식을 바꾸는 것에 지나지 않다고 생각하기 쉽지만, 마나 배열 공식의 간격을 줄인다는 것은 그만큼 고도의 집중력이 있어야 가능한 것이니까요."

"과연 레드론이 칭찬할 만한 녀석이로구나. 그래, 그것이 네 두 번째 배울 마나의 집중도라고 하는 것이다. 또, 레드론과 같이 왔을 때 내가 바늘을 만드는 것을 보았겠지?"

"예."

"적재적소에 어떤 마법을 사용하느냐. 그것이 바로 세 번째 배워야 할 것이다. 만약 바늘구멍을 뚫는데 쓸데없이 파이어 스톰 같은 것을 쓰면, 녀석은 정말 어떤 때에 어떤 마법을 써야 하는지 모르는 녀석이라 할 수 있지. 이 스승은 보통 사람들보다 자질이 조금 떨어졌지만, 이 세 가지를 단련시켜 이렇게 칠인회의 회주 직에 오를 수 있었지."

헤른드의 말을 들으면서 라디안은 9서클은 자신이 오를 수 없는 한계라고 생각했지만, 8서클만으로도 충분히 9서클에 버금가는 마법을 사용할 수 있다는 사실에 기쁘지 않을 수 없었다.

"처음이니 배우기가 쉽지 않을 것이다. 오늘은 이 정도만 하고 대충 알아두어야 할 것을 말해 주마. 먼저 우리 칠인회 회주에 대해서 말해 주도록 하마. 나의 제자가 되었으면 다른 여섯 명의 회주들과 만날 기회가 많을 테니 이름 정도는 알아두어야 하겠지?"

"예."

"방금 네 녀석을 데려가려 한 여자 마법사는 6회주 로우나라고 한단다. 8서클 마스터의 실력을 지니고 있고 주특기는 통신 마법과 도청 마법으로 칠인회의 정보부와 첩보부를 담당하고 있단다. 7회주는 가이스터라고 하며 바람 원소의 마법이 주특기지. 담당은 운송부이고. 5회주는 웨더리우스. 오직 할 수 있는 마법은 컨트롤 웨더뿐으로 담당은 칠인회 식량부."

"잠깐만요, 스승님."

5회주의 설명에 라디안은 이상한 것을 깨닫고 헤른드를 불렀다.

"5회주인 웨더리우스님이 할 수 있는 마법이 컨트롤 웨더뿐이라니요?"

그 말에 헤른드는 라디안의 궁금증을 이해하고 너털웃음을 지으며 말했다.

"5회주가 할 수 있는 마법은 컨트롤 웨더뿐이란다. 그를 잠시 설명하자면, 원래는 농부였는데 가뭄 때문에 모든 것을 잃고 거지로 살다가 우연히 떠돌이 마법사(물론 예상은 하겠지만 이 떠돌이 마법사는 루드웨어다)에게 마나를 모으는 법과 컨트롤 웨더를 배워 마법사가 된 사람이지. 그는 컨트롤 웨더를 통해 비를 내리게 해 천신의 환생이라는 별명도 얻은 적이 있단다. 천하의 근본은 농자라는 가훈을 가지고 있는 그이기에 그는 다른 마법은 버려두고 오직 컨트롤 웨더만을 익혔단다."

"그런데 어떻게 컨트롤 웨더만을 익힌 사람이 칠인회의 회주가 될 수 있었던 거지요?"

"하하하, 그렇게 생각할 만도 하긴 하지만 웨더리우스는 컨트롤 웨더만으로도 충분히 회주에 오를 만한 사람이지. 그는 내가 만들어낸 세 가지 방법과 같이 하나의 연구를 밀고 나간다고 할 수 있는 사람이다. 잠시 그에 대해 이야기해 주도록 하지. 옛날에 이 사부와 웨더리우스는 사이가 별로 안 좋았기 때문에 한번 대판 싸운 적이 있었단다. 컨트롤 웨더밖에 모르는 웨더리우스를 비웃으며 마음껏 공격하라고 한 적이 있었는데, 그의 컨트롤 웨더에 호되게 당한 적이 있었지."

"컨트롤 웨더에요? 그건 단순히 날씨만 변형시키는 마법이잖아요?"

라디안은 좀처럼 헤른드가 컨트롤 웨더에 호되게 당했다는 말을 이해할 수 없었다. 어느 세상에 컨트롤 웨더만을 익힌 마법사에게 8서클 마스터의 실력을 지닌 자가 당했다는 이야기가 있단 말인가? 하지만 헤른드의 말을 들으면서 라디안을 이해할 수 있었다.

루로드란스 섬, 알렌하비스트 왕국 남쪽에 위치한 이 섬은 있는 것이라곤 딸랑 야자수 하나. 사방이 모두 모래로 되어 있어 말 그대로 무인도였다.

이 무인도를 알고 있는 사람은 극히 소수에 지나지 않는데, 그 사람 중에 한 명이 바로 2회주인 헤른드 라비에타였다.

오늘 헤른드 라비에타는 컨트롤 웨더만을 가지고도 회주 직에 올랐다는 그 어이없는 마법사와 대결하기 위해 이곳으로 온 것이다.

'도대체 총회주께서는 뭐가 뛰어나다고 이런 녀석을 회주 직에 올린 거지?'

헤른드는 생각만 해도 열이 뻗쳤다. 그 자신은 어릴 때부터 수십 년을 고되게 훈련하여 8서클 마스터에 올라 간신히 칠인회의 회주 직에 올랐는데 이 건방진 녀석은 중년의 나이에 마법을 배워놓고선 컨트롤 웨더 하나만으로 회주 직에 올랐으니 얼마나 고깝겠는가?

"반쪽도 되지 못하는 녀석이 회주 직에 올랐다니, 어디 한번 그 실력을 보여보게. 그 엉터리 마법 실력 한번 보고 싶으니 말이야."

하지만 이런 헤른드의 도발에도 아랑곳하지 않은 웨더리우스는 가만히 하늘을 주시하고 있다가 고개를 내리고는 헤른드에게 조용히 말했다.

"저 같은 실력없는 마법사가 무슨 이유로 회주 직에 뽑혔는진 모르지만 2회주님께서 그렇게까지 말씀하시니 제가 할 수 있는 한 최선을 다해보도록 하지요."

그렇게 말한 웨더리우스는 조용히 눈을 감고 주문을 읊조리기 시작했다. 생각 외로 웨더리우스의 마나량의 많은 것에 잠시 당황하던 헤른드였지만, 어차피 웨더리우스가 쓸 수 있는 마법은 컨트롤 웨더뿐이었기 때문에 웃으면서 그의 마법이 실행되기만을 기다렸다.

얼마 시간이 지나지 않아 그들의 위에 먹구름이 몰려오더니 순식간에 무인도를 어둠으로 덮어갔다.

"크하하하하! 그래, 그렇게 오랜 시간 외웠던 주문이 먹구름 모으는 거였나? 크하하하하!"

헤른드의 비웃음을 한참 동안 듣고 있던 웨더리우스는 그의 웃음이 끝나기를 기다렸다가 조용히 말했다.

"자연의 힘을 무시하신 것을 후회하게 해드리지요."

순간 마나의 흐름이 강렬하게 변하는 것을 느낀 헤른드는 자신도 모르게 실드를 써버리고 말았다. 오랜 시간 동안 마법을 익혀왔던 헤른드는 이미 위험스러운 순간에 자동적으로 실드가 실행되기 때문이었고, 그런 헤른드의 예감은 적중했다.

쿠구궁— 쾅쾅!

먹구름에서 내리치는 번개는 헤른드의 머리 위를 강타하기 시작했다. 보통 인간이 낼 수 있는 전격계 주문 중 최고라고 알려져 있던 썬더버드에 버금갈 정도의 파워는 헤른드가 친 8서클 급의 실드에 금이 가게 하기에 충분했다.

당황한 헤른드는 급히 8서클 해제 주문을 사용하려 했지만 번개는 마법 자체가 아니었다. 마법에 의한 부산물일 뿐인 번개는 웨더리우스가 만들어낸 먹구름을 없애야만 사라지기 때문이다.

"텔레포트!"

텔레포트로 몸을 피한 헤른드는 야자수 위로 올라가 번개를 피하곤 웨더리우스를 향해 파이어 볼을 던지려 했는데 그 순간 엄청난 폭우가 쏟아지며 헤른드의 파이어 볼을 흩트려 버리고 이어 어른 주먹만한 우박이 하늘에서 쏟아지며 헤른드를 공격하기 시작했다.

야자나무에서 내려와 우박 덩어리를 피한 헤른드는 윈드 커터를 사용하려 했지만 거대한 우박이 윈드 커터를 막으며 반으로 쪼개져 버렸다.

우박의 파편을 피한 헤른드는 급히 웨더리우스를 찾았는데 그는 야자수 근처에 자신의 몸을 묶고 있었다.

"뭐 하는 짓이냐!"

싸움을 포기한 듯한 웨더리우스의 행동에 헤른드는 노기가 치솟아 올라 소리쳤는데 그것을 보고 있던 웨더리우스는 헤른드의 뒤편을 가리키며 말했다.

"이리 오시는 게 좋으실 겁니다. 뒤를 한번 보시지요."

그의 말에 무의식적으로 뒤를 돌아본 헤른드는 한순간 말을 잊고 말았다.

그가 보고 있는 바다에서 엄청난 물의 벽이 다가오기 시작하는 것이다. 해일이었다. 헤른드는 놀라 주문을 외우려 했지만 그 엄청난 자연의 기세를 누를 만한 마법은 그에게 존재하지 않았다. 그 때문에 멍해져 버린 채로 움직이지 못하고 있었는데, 그런 헤른드를 정신 차리게 한 것은 바로 웨더리우스였다. 헤른드의 머리 위에 폭우를 쏟아버린 웨더리우스가 소리친 것이다.

"2회주님, 빨리 이리로 오시란 말입니다!!"

그 말에 정신을 차린 헤른드는 급히 웨더리우스가 있는 야자나무 쪽으로 달려갔고 웨더리우스는 힘주어 헤른드를 안았다.

그리고 그들의 뒤로 엄청난 해일이 내리꽂혀 버렸다.

헤른드의 이야기를 듣고 있던 라디안은 해일이 덮쳐 내렸단 말까지 이어지자 입을 다물 수가 없었다. 8서클 마스터의 스승인 헤른드, 그는 정말 어이없게도 패하고 만 것이다.

"그렇게 해일이 지나간 후 정신 차리고 보니 웨더리우스는 망망대해 한가운데서 나를 붙잡은 채 야자수를 잡고 바다에 표류하고 있었단다. 할 말이 없었지. 난 나의 자만심을 자책하고 웨더리우스에게 나의 패배를 말한 후 사과했지."

"와… 해일은 웨더리우스님께서 만드신 건가요?"

"그렇지. 바다라는 것이 자연의 한 흐름인 거지. 처음 녀석이 그렇게 오랜 시간 외웠던 주문은 폭풍을 조종하여 한쪽에 엄청난 폭우를 형성시킴으로써 바다 한쪽의 수면을 터무니없이 높여 버린 거지. 그리고 그 영향은 해일이 되어 우리를 덮친 거고 말이다. 참, 지금 생각해도 웨더리우스의 컨트롤 웨더의 연계 공격은 장관이었지. 번개에 우박에 폭우… 이 때문에 난 웨더리우스를 내가 인정하는 마법사 중 한 명으로 꼽고 있단다. 라디안, 잘 들거라. 이 스승이 세 가지 마나의 처리 방법을 사용하여 9서클의 능력에 도전하고 있다면, 웨더리우스는 컨트롤 웨더를 통해 9서클의 벽에 도전하고 있단다. 컨트롤 웨더는 세상에 존재하는 4원소를 모두 사용하는 것으로, 웨더리우스는 그런 것을 이용한 것이지. 그는 9서클은 바로 자연이란 말을 하고 있다. 아무리 인간이 만든 엄청난 마법도 자연 앞에선 초라하기 그지없다는 것이지."

라디안은 헤른드의 이야기를 들으면서 칠인회에 대한 경외감이 다시 한 번 들었다. 그들은 모두 자기 자신만의 힘과 지식을 가지고 하나의 거대한 산맥을 이루고 있는 자들로 보였기 때문이다.

"자, 5회주 웨더리우스는 이야기했으니, 4회주를 말해야겠지? 4회주의 이름은 소리안드. 그는 8서클 마스터의 능력을 가지고 있고, 동시에 뛰어난 하프 실력을 가지고 있지. 칠인회의 모든 축제와 파티를 담당하며, 그와 함께 죄인을 심문하는 책임을 겸하고 있지. 그가 한번 마음먹고 하프를 켜면 세이렌의 노래보다 더 큰 유혹을 뿌릴 수 있다고 한단다. 3회주 고딘은 8서클 마스터의 실력을 가지고 있으며 현재 칠인회 연금술 발전회 회장을 겸하고 있지. 칠인회의 아티펙트에 쓰이는 금속은 물론 흔한 로브의 헝겊까지 모두 그의 손을 거치게 되지. 그리고 2회주는 나. 마지막 1회주인 칼라디안스는 현재 0서클의 마법 실력을 가지고 계시지."

"잠시만요, 0서클이요?"

"그래, 0서클. 한마디로 1회주는… 얼굴마담이다……."

"헉!"

"1회주는 하이 엘프로 현재 1,354세의 정말 노인이시지. 할 줄 아는 건 한때 자신의 연인이었던 드래곤에게 받았다는 팔찌로 하는 폴리모프뿐. 하지만 그는 그 폴리모프의 팔찌로 대륙을 휘저으며 각 대륙의 정상급 정치가의 딸을 꼬시며 칠인회 발전 기금을 모으고 있단다. 개중에는 대륙 마법 길드의 길드장 손녀도 있다고 하지."

1회주… 라디안은 엄청난 실력을 가지고 있는 실력자일 것이라 생각했지만 그의 환상은 여지없이 깨지고 말았다. 하지만 어찌한단 말인가. 마법사들의 집단 칠인회는 어쩔 수 없이 많은 자금을 필요로 하는 집단, 그런 집단에 대륙의 모든 나라에서 자금을 대게 하는 1회주 칼라디안스의 위치는 정말 엄청나다고 할 수 있었다. 칠인회에서 들리는 공공연한 이야기 중 하나는 만약 그가 회주 자리를 그만두고 사라진다면 칠인회는 딱 3년만 가고 사라진다는 이야기이다. 이 이야기의 근거는 부자는 망해도 3년 간다는 속담을 근거로 삼고 실제로 부자를 망하게 한 후 얼마나 버티고 사는지 몇 명의 마법사가 실험을 했다고 하는데, 거의 2년하고 7개월 만에 죽음으로써 3년을 갔다는 것이 입증되었다고 한다.

칠인회의 회주 이야기를 들으면서 라디안은 황당한 면도 있었지만 느낀 것도 많았다. 마법이란 것은 많이 알아서 되는 것도 아니고, 그렇다고 적게 알아서도 안 되는 것이란 것이다. 한 가지 마법으로도 충분히 8서클 마스터를 넘어설 수 있으며, 수많은 마법 공식을 안다고 해도 자신의 길을 찾지 못하면 평생 낮은 서클로 살 수도 있다는 것이다. 마법의 길은 정말 수없이 많은 길이 존재하고 있었다.

어린 라디안은 대륙 마법 길드에서 단순히 노마법사들이 가르쳐 주는 마법을 배우기만 했지만, 이곳에 온 라디안은 반드시 자신의 길을 찾아야 한다는 것을 깨달았다.

자신의 길을 찾지 못한 마법사는 아무리 높은 마법 실력을 가지고 있다고 해도 도태되기 때문이다.

그런 생각을 하고 있는 라디안을 알고 있는지, 헤른드는 만족한 웃음을 띠며 라디안의 머리를 쓰다듬으며 말했다.

"아직은 네가 가야 할 길이 떠오르지 않겠지만 그 길은 원래 보이지 않는 것이란다. 많은 시련과 많은 고통을 거친 후에 자신의 길을 돌아본다면 아마 넌 너만의 길을 걸어왔다는 것을 알게 될 거란다."

"예, 스승님."

라디안은 헤른드가 한 말을 가슴에 새기며 반드시 자신의 길을 찾고야 말겠다는 것을 다짐했다.

나중에 알게 된 일이기는 하지만 라디안은 헤른드가 말한 무한의 마나를 받아들일 수 있는 몸을 지녔다고 한다.

그는 평생 동안 마법을 통한 영생을 연구했는데, 그가 죽었을 때의 나이는 643살. 그것도 외적의 습격으로 사무처가 무너져 과도한 업무를 처리하다 과로로 불치병을 얻어 죽었을 뿐이지, 천수에 의해 죽은 것은 아니라고 한다. 시대의 기린아라 이름을 날린 대마법사 라디안의 죽음을 사람들은 세상에서 가장 비참한 죽음이라 했다고 한다. 뭐, 이것은 앞으로 600년 정도 후의 이야기이니 넘어가기로 하자.

헤른드는 라디안에게 자신이 바늘을 만들었던 쇳덩어리를 건네주며 말했다.

"오늘은 내가 마련한 임시 숙소에서 잠시 묵으며 아까 이 스승이 했던 바늘 만들기에 한번 도전해 보거라. 바늘 만들기는 아까 내가 말했던 세 가지 사항인 숙련도, 집중도, 그리고 정확한 사용을 어느 정도 익히게 할 수 있는 방법 중에 하나지. 반드시 명심해야 할 것은 내가 사용한 마법 외에 다른 마법을 사용해서 만들어야 한다는 것이다. 바늘 만들기에 사용될 마법은 많이 존재하니 말이다."

"예, 사부님."

"그래. 그럼 나가보거라. 아마 비서실에서 레드론 녀석이 기다리고 있을 게다."

"예, 사부님. 그럼 내일 문안 인사드리며 뵙도록 하겠습니다."

"그래, 오늘 하루는 편히 쉬도록 하거라."

라디안은 인사를 하고는 방을 나왔다. 텔레포트로 들어온 비서실에서는 세 명의 비서들에게 시달리는 레드론의 모습이 보였다.

레드론은 세 여자의 수다에 지쳤는지 정신을 못 차리고 있다가 라디안이 나오자 잽싸게 그들의 사이를 빠져나왔다.

"이제야 끝났니?"

"예, 정말 많은 것을 배웠습니다."

"그렇지. 헤른드님이 조금 주책이긴 하지만 실력 하나만은 칠인회 회주님 중에서는 최고의 실력을 가지고 계시니까. 그럼 네가 묵을 숙소에 가보도록 하자꾸나."

하지만 레드론의 바램은 이루어지지 않았다.

"홀드×3!!"

세 명의 비서는 잽싸게 홀드 마법으로 레드론을 묶어버리곤 사일런스 마법을 펼쳐 스펠도 못 외우게 했다. 아무리 8서클의 마스터 레드론이라고는 하지만 세 여비서들의 실력도 만만치 않았기 때문에 모든 것을 풀려면 적어도 10분은 필요했다. 이 시간이 그렇게 긴 시간은 아니었지만, 문제는 그것이 아니었다. 레드론이 걱정하고 있는 것은 바로 라디안이었다. 자신이 이곳에 묶여 있는 사이에 세 명의 여비서들에게 무슨 짓을 당할지 모르는 라디안을 생각하면 눈물이 날 지경이었다.

그리고 자신을 보호해 줄 유일한 사람인 레드론이 세 명의 여인에게 당하자 라디안은 이제부터 자신에게 올 재난이 두려워졌다.

다가오는 세 여자를 피해가며 스승이 내준 쇳덩어리까지 던졌지만 천 년 묵은 구미호 같은 세 여자 마법사들은 그런 라디안의 공격을 가볍게 피해내고선 라디안을 둘러쌌다.

"왜, 왜 그러세요."

두려움에 가득 찬 라디안은 세 여자에게 말했지만 그런 말은 세 여자들의 본능을 더욱 용솟음치게 하는 것이었다.

미소년의 가녀린 한마디가 쇼타콘의 추종자인 그녀들에게 어떠한 영향을 주겠는가.

"호호호호, 목소리가 곱기도 하지."

"아까 보니 속살도 부드러울 것 같았는데… 호호!"

"아! 만져 보고 싶다."

정말 변태 같은 소리를 하며 다가오는 세 여자의 모습에 라디안은 칠인회의 무서움을 처음으로 알 수 있었고, 처음 레드론이 이 미녀 삼총사를 보며 한 레드론의 노총각론에 박수를 치고 싶었다. 하지만 그것도 지금에 와서는 소용없는 한탄에 지나지 않았다. 그녀들의 손은 무자비하게도 라디안의 몸에 닿아버린 것이다.

"아악!!"

라디안의 피 맺힌 절규 같은 비명 소리. 이럴 때 로망스에서는 가끔

백마 탄 기사 같은 이들이 등장하곤 했지만, 현실은 결코 로망스처럼 달콤한 이야기가 아닌지라 그런 백마 탄 기사 같은 사람은 나오지 않았다.

서서히 몸을 쓰다듬어 가는 그녀들의 손길… 참을 수 없었다.

라디안은 여자 마법사들에게 당하면서 헤른드가 한 말이 생각났다.

'적재적소의 마법! 그래!!'

소름을 돋게 하는 손길 속에서도 라디안은 조용히 주문을 외우기 시작했고, 그녀들의 손길이 정말 중요한 곳에 닿으려 할 때 마법을 시행하면서 소리쳤다.

"으악! 쥐다, 쥐!!"

"까악!"

쇼타콘 증후군의 여자도 여자는 여자였다. 쥐라는 말에 라디안을 더듬던 손길을 멈춘 여자들은 자신들의 주위에 모여 있는 쥐 떼를 본 순간 미칠 지경이었다.

"끼야악!!"

쥐 떼를 피해 책상 위로 올라간 여자들은 어쩔 줄을 몰라 했고, 그제야 세 여자가 시전한 마법을 푼 레드론은 잘했다는 듯이 라디안의 머리를 쓰다듬어 주며 말했다.

"적재적소의 멋진 기술이었다."

"감사합니다."

라디안이 외운 주문은 일루전이었다. 라디안을 쓰다듬는 데 정신이 팔린 여자들은 일루전 주문을 눈치 채지 못하고 있었고, 라디안은 그런 그녀들을 향해 일루전을 펼친 것이다. 여자들의 마법 실력이 뛰어나긴 하지만 개인적으로는 마법의 천재 축에 속하는 라디안보단 못하기 때문에 마법조차 해제하지 못하고 일루전에 시달리고 있는 것이다.

뭐, 마법사인 그녀들도 자신의 발 밑에서 놀고 있는 것이 라디안이 만들어놓은 일루전이라는 것을 알고는 있지만 감히 내려설 수가 없었다.

"자, 이젠 안심하고 숙소로 갈 수 있겠구나."

"네, 레드론님."

정말 기분 좋은 하루였던 라디안이었다.

레드론에게 안내되어 자신의 방에 도착한 라디안은 새로운 스승이 된 헤른드가 건네준 쇳덩어리를 보며 고민에 잠길 수밖에 없었다.

말이야 편하게 쉬라는 거지 이런 과제를 내주면서 편히 쉬라니 할 말이 없었다. 스승이 하는 방법은 보긴 했지만, 도대체 바늘을 어떻게 만들란 말인가?

라디안이 한참 고민에 잠겨 있을 때 라디안의 방으로 한 사람이 들어왔는데, 바로 레드론이었다. 레드론은 라디안이 배가 고플까 봐 약간의 음식을 들고 와 멍하니 쇳덩어리를 바라보고 있는 그를 보면서 미소를 지었다.

"하하하, 네 녀석도 바늘 만들기 과제를 받았나 보구나."

"예. 그런데 도저히 어떻게 만들어야 되는지 모르겠어요."

라디안이 한숨을 쉬며 고민하는 것을 본 레드론은 쇳덩어리를 건네받고는 조용히 주문을 읊조리기 시작했다.

"잘 봐둬라. 레비테이션 아더."

레드론은 부유 주문으로 쇳덩어리를 공중에 띄우고는 다시 주문을 외우기 시작했다.

"윈드 커터."

레드론이 만드는 바늘은 스승이 했던 것과는 조금 다른 방법을 취하고 있었다. 헤른드가 쇳덩어리의 일부분을 녹여 새롭게 바늘의 모양을 만들었다면, 레드론은 조각하듯이 윈드 커터를 사용하여 쇳덩어리를 잘라내고는 바늘 모양으로 다듬어 나갔고, 얼마 지나지 않아 하나의 침이 만들어졌다.

침 모양이 만들어지자 레드론은 바늘귀를 만들기 위해 한참을 정신을 집중하더니 바늘귀를 윈드 커터로 파고들어 가기 시작했다.

바늘귀라고 하는 것이 커봤자 깨 알맹이보다 작은 크기였기에 상당한 정신력이 소모되는 작업이었지만, 십 분 정도가 지나자 바늘귀가 뚫리고 모든 작업이 완성되었다.

"봐라, 만들었잖아."

"와!"

라디안은 레드론이 바늘을 쉽게 만들자 탄성을 내질렀다.

"라디안, 헤른드님께서 너에게 바늘 만들기 과제를 내주었다고는 하지만, 그것을 꼭 성공하라는 것은 아니었단다. 모든 일에는 실패도 성공도 있는 법. 너는 그 일에 꼭 성공만을 바래서는 안 되는 거란다."

"예? 하지만 성공을 하지 못한다면……."

"바늘 만들기는 수십 년을 마법에만 생을 바친 자들도 힘겨워하는 작업이다. 상당히 세밀한 작업과 함께 고도의 정신력이 있어야 하기 때문이지. 더블스펠은 물론 심지어는 쓰리스펠까지 사용하는 경우가 있기 때문에, 마법 능력이 떨어지는 자는 실패할 수밖에 없는 작업이란다. 지금 네가 할 일은 성공을 바라는 것이 아닌 노력하는 거란다.

노력하는 자만이 발전할 수 있고, 백 번의 실패가 있을지라도 마지막
에는 성공할 수 있게 되는 거지. 알겠니?"

"예, 레드론님."

"허허, 레드론님이라니… 다음부터 나를 만날 때는 형이라고 불러
주라고. 조금 나이 차이가 나긴 하지만 네 녀석에게는 형이라고 불리
고 싶구나."

"예?"

"나도 젊은 엉아가 되고 싶단 말이야. 네 녀석이 형이라고 불러주
면 조금 젊어지지 않을까 생각하고 있었는데……."

레드론의 유아기적 발상을 들으며 잠시 등줄기에 식은땀이 흐른 라
디안이었지만, 뭐 어떤가. 죽은 사람 소원도 들어준다는데 산 사람 소
원이니 들어줄 수밖에. 또 레드론과 친하게 지내면 외지에 있는 시스
들의 소식을 쉽게 접할 수 있다 생각하고 좀 친해지기로 마음먹은 라
디안이었다.

제1권 끝

『드래곤의 마법사』 설정

드래곤의 마법사는 다른 판타지와는 다른 몇 개의 새로운 설정이 들어가 있다. 이 세계의 특이 사항을 설명하면……

첫째, 대륙의 정치 체계는 크게 두 개로 분리되어 있다는 것이다.

이는 독특한 두 개의 정치 집단인 마령과 로아냐드 제국에 의한 것으로 대륙의 중앙에서 큰 국가를 이루고 있는 이 두 개의 국가에 의해 각기 대륙 서부의 자유 국가와 동부의 전통 왕조 국가로 나뉘어진다.

대륙은 두 개의 정치 집단 마령과 로아냐드, 그리고 나머지 두 개의 강한 왕조 소비에르 왕조와 리트아니아 왕조의 4강과 서부 자유 국가의 십여 개의 중진국과 로아냐드 동쪽 서부의 수십 개의 약소 국가가 있으며 그 밖에 대륙과 떨어진 마법 왕국인 알렌하비스트, 대륙에 위치해 있는 알렌하비스트의 속국인 마법 왕국, 대륙 동쪽 끝에 위치한 유목 국가 유온 족들이 있다.

둘째, 로아냐드는 신성 제국이라는 것이다. 동부의 거의 모든 왕국을 속국화시킨 로아냐드 제국은 이른바 신성 황제라는 이름을 가지고 있으며, 동쪽에 있는 모든 나라는 교황과 황제의 인정을 받지 못하며 왕국으로 인정받지 못한다. 그렇기 때문에 동쪽 끝의 유온 족의 국가는 유온 국이 아닌 유온 족 자치령으로 불리고 있는 것이다.

셋째, 마령은 마계가 세운 대륙의 나라이지만 지상계에서의 국가 체계는 인정하지 않는다는 것이다. 그렇기 때문에 타국에 대한 침략은 절대 불가하고 이름 역시 마국이 아닌 마령으로 불리고 있다. 즉, 마계의 지상계 영지란 뜻이 포함되어 있는 것이다.

넷째, 악과 선의 관계가 모호하다는 것이다. 주인공이라 해도 필요에 따라서는 악하게 변할 수 있고, 대륙의 악의 중심에 있는 자도 선하게 변할 수 있다. 역사는 결과에 선과 악이 뒤바뀔 수 있다. 같은 편을 배신한 자 프레드 백작의 경우에는 승리를 쟁취함으로써 배신이라는 악의 관념을 결과에서 선으로 바꾸어 버리는 것도 바로 이에 속한다고 할 수 있다.

선에 속한 신들을 믿은 이들은 악하게 보이며, 악에 속한 신들을 믿는 이들은 선하게 보이는 모습, 선과 악의 관계를 모호하게 설정함으로써 믿음이란 믿는 자에 의해서 변할 수도 있는 것으로 말한다.

다섯째, 불사의 모습. 중국의 진시황의 불사를 위한 바램처럼 드래곤의 마법사에서는 세 명의 불사의 존재가 나타난다. 신의 대리자란 이름을 가진 이들은 불사의 힘을 가짐으로써 인간의 한계를 극복하는 듯 보이지만, 사실 그들 역시 하나의 약점, 즉 대리자의 심장을 파괴함으로써 죽음을 가질 수 있다.

인간의 꿈일 수도 있는 영원한 삶에 하나의 제약을 가함으로써 그들은 그 제약에 의해 무너지고 살아남는다. 완벽함이란 것은 세상에 존재하지 않는 것이기 때문이다.

여섯째, 신은 불평등한 존재이다. 드래곤의 마법사에서의 세계는 창조주가 만들어놓은 세계로 완전한 세계를 창조하기 전에 만들어놓은 실험적인 세계이다. 불평등한 종족 간의 균형을 만들어놓음으로써 이지를 가진 존재들은 서로에 대한 두려움과 거부감을 가지며 살아간다는 것이다. 이 불합리한 세계에서 세 명의 불사의 인물은 서로 다른 입장을 믿으며 실행함으로써 대륙은 분쟁에 빠진다. 하나의 문제에 세 가지 답이 나올 수 있는 세계인 것이다.

신인작가 모집

시작이 반이라고 했습니다.
작가의 길에 대한 보이지 않는 벽을 과감히 깨뜨리십시오!
청어람은 작가 지망생 여러분들의
멋진 방향타가 되어드리겠습니다.

저희 도서출판 청어람에서는
판타지 소설 신인 작가 분들을 모집합니다.
판타지 소설을 사랑하시는 분들의 많은 참여를 바랍니다.
소정의 원고(A4용지 150매)를 메일이나 우편으로 보내주시면
검토 후 출판 여부를 알려드리겠습니다.

주소:경기도 부천시 원미구 심곡1동 350-1 남성B/D 3F · 우편번호420-011
TEL:032-656-4452 · FAX:032-656-4453
e-mail:eoram99@chollian.net